正泰创业35周年纪念图书
谨以本书，献给正泰创业35周年！

筑梦正泰

——百名基层员工"成长史"

正泰文库编委会　编

浙江工商大学出版社 | 杭州
ZHEJIANG GONGSHANG UNIVERSITY PRESS

图书在版编目（CIP）数据

筑梦正泰：百名基层员工"成长史" / 正泰文库编委会编.
— 杭州：浙江工商大学出版社，2019.9
ISBN 978-7-5178-3406-9

Ⅰ．①筑… Ⅱ．①筑… Ⅲ．①散文集－中国－当代
Ⅳ．①I267

中国版本图书馆CIP数据核字(2019)第169391号

筑梦正泰：百名基层员工"成长史"
ZHUMENG ZHENGTAI
BAIMING JICENG YUANGONG "CHENGZHANGSHI"

正泰文库编委会 编

出 版 人	鲍观明
责任编辑	谭娟娟
封面设计	林朦朦
责任印制	包建辉
出版发行	浙江工商大学出版社
	（杭州市教工路198号　邮政编码310012）
	（E-mail：zjgsupress@163.com）
	（网址：http://www.zjgsupress.com）
	电话：0571-88904980，88831806（传真）
排　　版	杭州彩地电脑图文有限公司
印　　刷	杭州高腾印务有限公司
开　　本	710mm×1000mm　1/16
印　　张	21
字　　数	213千
版 印 次	2019年9月第1版　2019年9月第1次印刷
书　　号	ISBN 978-7-5178-3406-9
定　　价	59.00元

正泰文库编委会

前　言

壹

白驹过隙，逝者如斯，不知不觉间，正泰已走过35个春秋。从一家默默无闻的电器小作坊到名震业界的电力能源巨头，从浙南一隅温州柳市起家到产业遍布全球，从5万元的启动资金到年销售700亿元……35岁，正泰已然蜕去年少时的稚气与莽撞，步入成熟稳健的时代。

2018年末，正泰集团董事长南存辉在北京人民大会堂被党中央、国务院授予"改革先锋"称号。当他从中央领导人手中接过奖牌，所有灯光齐聚一身的那一刻，不仅仅是他，那些分散在世界各地同步收看电视直播的正泰员工同样心潮澎湃，因为这不仅是对南存辉一人的肯定，更是3万多正泰人的荣耀。

贰

如今早已不是个人英雄时代，一个人再也不能靠单打独斗行走江湖，一家企业的成功更仰仗的是团队的精诚合作。比如著名的阿里十八罗汉、腾讯五虎将、谷歌双子星、小米七剑客……而正泰能走到今天，靠的也是背后3万多名员工默默奉献的青春与汗水。

在正泰各个园区，每天都会出现许多青春的面孔。在我们看来，正泰的传奇，不是领先行业的股票市值，也不是成排的厂房和高楼，而是一张张鲜活的面孔，以及发生在他们身上的生动故事。

而正泰人习以为常的这些平凡事，恰是外界朋友难以深切感知的企业另一面。他们虽不如镜头中的正泰光鲜亮丽，但他们质朴温暖的真实触觉，更能穿透人心。因此，我们决定打破隔阂，深入肌理，以微观视角聚焦那些可爱的正泰人，将正泰人的真实生活如画卷般展开。

在采访过程中我们发现，许多员工拥有令人艳羡的职业经历，在正泰一路走来的高光时刻贡献过自己的力量，在旁人看来，他们无愧于"正泰斗士"的称号。但当聊到这些荣光的时刻，每个正泰人都觉得只是尽到本分，甚至自觉太过平凡，不值得言说。比如经常有同事介绍完自己的故事后，无不担心地问："这些事真的挺普通的，我们只是扮演了小蚂蚁的角色，真的能写到书里去吗？"如果说他们是小蚂蚁，那35年的波澜壮阔，正是3万多只小蚂蚁的青春与正泰命运在同一谱系共振，造就了中国民企的不凡绝响，正泰不会忘记每一只小蚂蚁的付出。

叁

从这些基层员工的叙述中，你会发现一个有趣的现象：在所有具体的工作项目中，几乎没有人抱着"改变世界"的雄心壮志，他们从不想颠覆什么，只思考如何改变自己，如何完善工作中的每一个细节，日复一日，孜孜不倦。所谓聪明人肯下笨功夫，简单的事情重复做。经年累月，被滚滚时代浪潮推向前方。借助正泰平台的势能，不经意间，他们反而参与到创造历史的进程中，完成生命中完美的腾空一跃。

这让我想到历史学上的一个经典之问：究竟是英雄造就了历史，还是历史造就了英雄？

太史公司马迁相信前者，于是用史记五体串联大人物，成就皇皇52万余字的史家绝唱。有些人信奉后者，认为是时势造英雄，人力过于渺小，无法超越时代局限。正如龙永图在中国入世谈判后的感慨："所谓伟大，不过是在不平凡的时刻、不平凡的地点，做了件平凡的事。"

在我看来，两者是辩证的统一体。正如这些正泰人，首先遇上一个好时代，能够惠享改革开放的福利；其次选择了一个好平台，能在正泰的舞台上大施拳脚；最后自身具备过硬的素质，抵受得住天降大任的考验。天时地利人和，三者皆备，从此命运发生转向。而正泰在这些精英的砥砺耕耘中，一路加速狂奔，跑着跑着，突然发现其他选手都落在后面了。两者互相成就，共同踏上一往无前的康庄大道。

肆

这些奋斗在一线的年轻人，平凡如你我，细细品阅他们的故事，能感知到他们心中也有小欲望。比如谈起结缘正泰的契机，有的是想寻求个人成长，有的关乎物质条件，有的为满足父辈期望，有的甚至未做周密考虑，经朋友介绍，阴差阳错地就加入了。这些个人小欲虽比不上家国天下的宏伟理想激动人心，但有血有肉有温度，正是每个普通人心中的真实写照。如果化用著名导演李安对电影《卧虎藏龙》的评价，就是"每个人心中都卧虎藏龙，这头卧虎就是我们的欲望"，那每个正泰人心中都藏有一只"小老虎"。

国学大师南怀瑾曾说："伟大的事业都是人做出来的，而人最难的是管理自己。"正泰3万多名兄弟姐妹来自五湖四海，怀揣不尽相同的"小老虎"缘聚于此，彼此目标不同、习惯不同、性格不同。而正泰的神奇之处，在于能将这些个人的小欲拧成一股绳，做到上下同欲，万人操弓，其射一招，招无不中。每个人都像互洽的齿轮精密协作，支撑正泰这台大机器运转自如。这背后的根本正是企业文化的力量。正泰"以客户为中心"的核心价值观并非一句空洞的口号，而是在长期的经营实践中逐渐形成，在一次次宣贯中逐渐渗透人心，融入每个人的工作日常的。正泰文化改变了他们，他们也成为这一信条的坚定践行者。

企业的历史，是由一个个员工的历史构成的。在正泰创业35周年之际，我们选编了这本小书，把来自各个层面的约百名员工的故事汇集在一起。通过不同人物讲述的"正泰故事"，编织起35岁正泰的"多彩人生"，也向世人展示出这家民营企业志在未来的斑斓图景。

目 录
Contents

| 第 二 辑

心中那一抹靓丽

| 第 三 辑

我的团队我的伙伴

| 第 五 辑

憧憬与梦想

第一辑

给雏鹰插上翅膀

我的"正泰故事"

2006年4月，我之前的同事在电话中告诉我，乐清有个叫"正泰"的公司需要招聘冲模设计人员，问我是否有兴趣，并给了我招聘单位联系人陈经理的电话。因为一直在连接器行业工作，所以"正泰"这个名字我没有听说过，通过上网查询，我才了解到这是一家位于乐清的知名民营企业，知道了正泰的中英文名称，这才注意到在电脑城边上有一家正泰的专卖店。印象最为深刻的是正泰的logo，在蓝色小方块形成的矩阵中，"CHINT"中H字母上的那个红点。

在深圳工作多年，就当时的单位，无论是在职业发展，还是薪资待遇上，我感觉已经到了一个瓶颈期，确实有了想换份工作的想法。而且我了解到，去乐清工作的朋友，都混得还不错。于是，在4月底与陈经理通过电话后，约定5月8日前往乐清面试。5月7日，经过近17个小时的车程，在下高速时看到了正泰公司，到达乐清市后转车至虹桥镇，与朋友寒暄小聚后，晚上又辗转来到位于北白象镇小港村另外一个朋友的住处。习惯了城市的喧嚣，那个夜晚，感觉就像儿时住在家乡那样，显得格外宁静。但在陌生的环境里，在宽敞的房间里，这样的静让人有点害怕，我良久难以入眠。

　　天刚蒙蒙亮，我就被一种奇怪的未曾听过的声音吵醒，朋友的妻子告诉我这是卖猪肉吹牛角的声音。朋友在一家小厂负责模具设计与生产管理，其妻子负责销售。相比在深圳所工作过的企业，无论是规模还是工作环境，这家小厂与其都是天差地别，那里其实就比加工作坊大一些，生产车间在民房内，东一间西一间的，朋友正是从这里起步，积累了经验与资金，2年之后投资办厂，这是后话。朋友与老板打过招呼后骑着"小毛驴"带着我去正泰面试了。朋友与我敲门进入陈经理办公室后，只见一位身材高大穿着正泰工作服的人坐在办公桌后。办公室陈设很简单，陈经理很热情地跟我们打招呼，他给我的初次印象是平易近人，我完全没有感受到以前在台资、港资或合资企业时与高管之间的那种距离感。陈经理很健谈，谈话的风格也很务实，我们沟通得很愉快。虽然我之前所从事的是连接器行业（薄材料零件）的模具设计工作，但陈经理还是给了我从事低压电器行业（中厚材料零件）模具设计的机会。从此我进入了正泰工装公司（模具中心），成了一名正泰人。

　　在正泰工装公司上班的第一天，我接到了一个再扣产品的设计任务，在设计过程中，遇到了产品电子图与纸质图纸不一致的问题。由于多年工作养成的严谨性，我明白这种情况需要根据产品纸质图纸与产品电子图的每一尺寸逐一核对，但这极大影响了模具设计的效率，而且增加了模具设计的质量风险。因为这个，加之对中厚材料产品的模具设计还不太习惯，下午下班后我便已打算放弃这份工作，直接回到了朋友住处。经过朋友的一番劝说后，第二天我还是回到了工作岗位上，努力适应并习惯这种新的工作环境。几年之后出差到深圳，晚上去街上散步时，看到人来人往，蓦然有种浮躁感，反而更习惯正泰给我的心静的感觉。

5月的乐清，早晚温差还是比较大的。由于在深圳早已睡凉席，我来正泰时带的行李比较简单。见我冻得蜷缩在床上，同一个宿舍的同事拿自己的被子给我盖。在一个陌生的环境里，无论是身体上还是心理上，我都感到了莫大的温暖。

进入正泰工作一个月，我有幸与人力资源部潘总沟通交流，潘总平易近人的风格给我留下了很深的印象；在工作和生活上，陈经理及同事给予我很大的帮助与支持，使我很快融入了这个团队。还值得一提的是，工装公司的工作氛围是之前在深圳所不能遇到的。在深圳，工作初期由于人员供给大于职位需求，同事间是互为竞争的关系，而且由于人员流动性大，同事间的关系较为冷漠。而在工装公司，不管是新同事还是旧同事，同事之间如师兄弟般，有困难都会互相关怀和帮助，这种氛围一直到现在都存在于工装公司技术科。正是因为这种工作氛围，技术团队很稳定，有一半人员的工龄在10年以上。

正泰给予我学习和成长的机会，通过人力资源部组织的各种培训，我的工作能力得到了加强，如TTT培训。通过给其他部门进行课件开发及培训，原本在人多的时候讲话都会颤抖的我，到现在可以在讲桌前面就自己开发的课件侃侃而谈。在工装公司的设计工作中，我不断累积经验，慢慢掌握了低压电器的一些知识，已能根据其使用特点进行相应的模具设计。在正泰12年的工作中，我感到最大的骄傲就是在领导的支持下，在冷冲模设计团队及生产部门的努力下，配电类NM系列产品产量增长了4～5倍，从事冲压生产的人员却减少了三分之一，且10年前设计制作的模具还在使用中；DZ47-60动触头通过工艺改进，每年为公司节省成本200多万元。成为一名正泰人，是我人生中很重要的一个决定，我直接或间接介绍从深圳来正泰工作的人员也有10多个，如今他们都有了不错的职业发展。

正泰或许有这样或那样的小问题，但瑕不掩瑜。进入不惑之年的我，目标很明确，那就是在正泰这艘巨轮上，在舰长的指挥下，大家齐心协力，同舟共济，驶向更为广阔的海洋。

（正泰电器工业化部模具工程及制造中心经理　罗俊伟／文）

相识 相知

天天的周而复始，若不在哪里留下折痕，说不定会产生错觉；一年年的日积月累，若不去灿烂绽放，总感觉留有遗憾；在内心的挣扎与斗争中，杭州，我来了……

记忆里的杭州永远是美好的，如白居易"最爱湖东行不足，绿杨阴里白沙堤"的潇洒快意，令我神往而不可得。往昔如白驹过隙，腾空而来又绝尘而去，一个人的一生如果是一段路，那么我已行走三分之一。这段时间里，父母的呵护，朋友的关照，工作的磨砺，都让我成长，让我明白前进的方向在哪里。所以，这一年，我辞职了，来到了杭州，来到了正泰。

我是从光伏相关的期刊上了解到正泰太阳能的，知道它是一家大规模生产电池片与组件的企业，涉及层面较广。那时的我还在合肥一家光伏企业工作。随着对光伏行业的深入了解，我对正泰的新型技术理念也越发向往。最终在2018年，我迈出了人生的一大步，离开了生活多年的合肥，给了自己一次挑战自我的机会。在一个新环境，刚开始一切都是陌生的，生活模式、工作模式、人际关系的磨合，都需要从头开始，尤其是丝网印刷这样的工序，一个细节就能决定一件事的成败，更何况是正泰这样需要高度协调配合的公司。苦过，累过，开心过，我努力把自己的能量渐渐放大。也许在别人眼里，我做得还不是很好，但是现在，我渐渐感觉我和正泰的一切交叉融汇在一起了，荣辱与共，彼此不分，也许这就是认可，是归属感。

6月初到杭州，花了3个月的时间，我们团队通过不断优化网版和浆料，将多晶电池效率提升了0.2%；国庆后转到海宁，面对新生产线，一系列降本增效项目也是有条不紊地进行着。转眼间半年过去了，正泰发生了很多变化，杭州的工厂搬到海宁，海宁工厂的项目陆续投产，各类攻关项目也在陆续开展。

最近听到最火的一句话：没有时间给不了你的，如果有，那就是时间还未到。事实正是如此，时间让我们明白了"正"字的含义，刚正不阿，一生不偏；同样也让我们明白了"泰"的含义，泰斗，不居人下，引领行业。当两个字组合在一起，就是我心中的正泰。历时35年，在风雨飘摇的大环境中，如磐石般屹立，如灯塔般照亮我们前进之路的，就是我们生气蓬勃的正泰！

（海宁正泰新能源公司电池一厂工艺主管　邹超／文）

不解之缘

1984年、1994年、2004年对于正泰来说，都是具有里程碑意义的节点；而1984年，正泰集团成立的这一年正是我出生的日子。我想，这定是冥冥之中的缘分。

2016年10月，大规模的秋季招聘会如期而至，我想趁这个机会找一份满意的工作。前期就是广撒网，多面试。我前前后后参加了几十次面试，最后锁定了几家大的企业，正泰、宇通、百威英博等，我想毕业后去上海，我也被正泰的企业文化所吸引，一身正气，处事泰然！

2017年7月，我大学毕业，正式来到正泰工作。在各位同事的帮助下，我办完了入职手续，被分到了当时的市场部新能源市场拓展处，后来在公司领导的支持下我们成立了正泰电力服务公司，开创了公司几个新的业务板块。

刚进入正泰，公司为我们这些新加入的大学生举行了新一期雏鹰训练营。我很兴奋，积极参加各种活动，踊跃地表现自己，也承担了一些琐事，最终获得了公司授予的"十佳雏鹰新秀"称号。这算是我在正泰一个还不错的开始。

说实话，在正泰电力服务公司待了一年多时间，我非常喜欢同事们之间的相处氛围。我们之间不存在尔虞我诈，不存在明争暗斗，大家互相帮助，共同进步，这种感觉真的很不错。

记得一次部门聚餐，大家都比较开心，当天晚上喝了好多酒。到最后我直接喝得睡了过去，最后是几个室友把我抬回去的。半夜我竟然从床上摔了下来。室友不放心我，在地上给我铺了张临时床铺。第二天醒来我的床头边还放着牛奶，说实话，我很感动，也非常感谢同事和室友对我的关心。

在这里我也学到了不少东西，从最开始的不太会和同事沟通，到后来独自一人跑到项目所在地待了十几天，再到后来一个人到处出差，投标谈判，拜访项目经理等，我整个人也慢慢变得自信了，感谢公司给我提供了这么好的平台，也感谢公司对我的培养。

总的来说，第一次参加工作就来到正泰，这里有友好的同事，良好的工作氛围，个人觉得还是比较幸运的。

（正泰配售电事业部销售　张文进／文）

给雏鹰插上翅膀

很荣幸作为一个新人可以参加"正泰35周年征文"活动。2017年10月，怀着期待的心情，我收到了正泰发来的offer，看着精美的卡片上大大的"CHINT"，我知道以后的很长一段时间里这个logo将和我无法分割了。2018年7月6日，我孤身来到上海，来到这个魂牵梦萦的城市，立誓要在这座繁华的魔都闯出一片天。我想这应该是每个来到上海的人的梦想。如果说我是一个战士，那么正泰就是我开疆拓土的帅营。上海，我来了！正泰，我来了！

经过为期两周的雏鹰训练，我们这168名大学生，了解了公司的历史，学习了公司产品的相关知识，体会了团队合作的双赢，明白了职场的基本礼仪。我们在学习，我们在蜕变，从学生变为员工，从稚嫩变得成熟。这两周的相处，让我们在正式工作后不那么生疏，不那么拘谨，可以让我们快速融入各自的工作团队，成为一个真正的正泰人。之后我们利用工作之余辛苦组织排练，给公司带来了一场完美的雏鹰晚会，至此我们真正成为一名职员，开始我们的征战。在这场雏鹰培训中，我付出了很多，当然也得到了很多，我被授予了"十佳雏鹰新秀"的称号，这项荣耀让我信心满满地开始我的职场生涯。

雏鹰训练结束后，我来到了正泰电力服务公司，这是一个年轻而干劲十足的公司。在同事的热情欢迎中，我体会到了公司对新人的关照。在与投资项目业务部张彬经理、配售电业务部饶磊经理以及我们电力服务公司的领军者陈季虎总经理的初次交谈中，我了解了公司成立的原因、公司的战略布局、公司的业务等等。从对话中我感受到我们电力服务公司一定会有大作为，而我要做的就是尽快熟悉业务，为公司的建设出一份力，同时也让自己尽快强大起来。

至下笔起，我已经来到正泰5个月零18天了，在这将近半年的时间里，在饶磊经理的关照下，我成长了很多，从不懂到懂，从不会到会，我能感觉到自己的成长。这段时间过得很快，也很充实。我参加编制了5项投标文件，也曾为了赶制标书和同事张文进忙到深夜12点，但是看到中标结果的时候，我觉得所有的劳累都是值得的。这半年我还独自去了浙江杭州、山东德州、河北邢台、山西大同、河北巨鹿、山东东营参加投标，并负责运维项目，从开始的不习惯到后来的熟练，这便是成长，这便是我的收获。在以后的时间里，我可能会去更多的地方为我们的公司寻得商机，洽谈业务，获得利润。

作为一个正泰新员工，我要学习的、要做的有很多。在2019年我希望获得更多锻炼的机会，更多业务交流的经验和真枪实弹的经历，早日成为独当一面的员工。相信在领导的支持和培养下，我一定可以快速成长，我这只雏鹰必然会早日插上翅膀，腾空飞翔。

最后献上我的座右铭：越努力，越幸运。

（正泰电力服务公司投资项目业务部　李国栋／文）

当空而舞

　　2018年12月的浙江终于漫起丝丝寒意，但远比不上家乡的冬来得迅猛、寒冷。多少四季里，留住一冬季，在蒙蒙冬雨中追溯往昔，告别喧嚣，告别年少。

　　时光总是如此匆匆，让人措手不及。从踏入正泰至今，猛然发现已经快6个月了。进入正泰的那一天，我站在科技楼前，虽然觉得自己与这个偏僻的小山村格格不入，但是内心还是很得意的："这才是我该工作的地方，这才是我大施拳脚的地方……"报到完找自己的宿舍，炎炎夏日，不知拐了多少胡同才找到。宿舍楼依山而立，面向祠堂。推开宿舍的木门，两张上下铺的床格外显眼。我扔下行李，默默地倚在门口，环视四周，雏鹰的生活从此刻开始。

　　我非常荣幸能够加入工业化部，这是个集设备研发与制造于一体的部门，也跟我的爱好和专业相符。到部门的第一天，技术部经理和综合管理部主管等领导就给我们这些新入职的大学生开展了一次简单的见面会，主要是了解一下我们，也让我们了解部门及行业发展前景。随后我们去车间参观了一下，地方虽然不是很大，但是摆满了大量正在组装调试的机器设备，那种场面让刚刚毕业的我触动很大，能研发制造这么多设备的确很厉害，这也刷新了我对公司的认知，当时我心里就特别想见一见这些机器设备的设计师。领导并没有让我失望，我很快如愿以偿。第二天的会议室中除了见过面的领导外，还有未曾见过的4个人，那就是工业化部里能称得上设计师的4位。从他们身上看不出一点与众不同，他们低调得让人有些发慌，他们的谈话不花里胡哨，很直接，很简单，很有道理。也许是老天眷顾，我们一起来的也是4个人，就这样他们成了我们的师父，我们新人也组成了一个小团队。当我得知我有一年的实习期时还是很吃惊的，因为其他部门都是3到6个月的实习期，后来我才知道这是必须的，我要学习的东西有很多，需要一点一滴去感悟。

实习第一阶段需要完成自动延时校验单元的装配和调试，我现在都无法想象我们4个人的小团队在第一阶段竟然完成了11台延时设备和2台成品参数检测设备的装配工作。刚开始做时，我们对一切都感到陌生，最简单的扳手都认不全，每一步的进行都要经历从陌生到熟悉的转变，这个阶段极其痛苦，但是痛苦过后带来的是经验和成长。现阶段我们要独立完成CJX2-32自动线的装配调试，装配对我们来说已经相对熟悉。调试比装配更难，将一台设备装配好，与将一台设备调试好完全是两种概念。在一些老师傅的眼中，在有限的时间里完成一条自动线是不可能做到的，那么就逼自己一次，如果不逼自己，你永远不知道自己能达到什么程度。每个人在成长的道路上，必会经历种种考验，只有经过这些考验，我们才能更富信心。

雏鹰抖落静待时的一身灰尘，虽然羽翼尚未丰满，但是梦想与天空同在。一个时代的结束，也是一个时代的开始，我们该做的就是，坚持理想，追求目标，努力工作，回报父母，不做俗人之举，不落窠臼，永葆青春。

（正泰电器工业化部 苑华瑞／文）

在此刻，在正泰

人总是很难在合适的时间做恰当的事情。初中政治课本上有一句令我记忆非常深刻的话："现在是春天，就不要去想秋天的事。"这是用来教育情窦初开的少男少女们如何面对懵懂情愫，过早地成熟就会过早地凋谢。春天该开花的时候，却偏要让它结出秋天才能结的果实，这是不合时宜的。每个时段都有属于每个时段该做的事，那时应该专心学业，刻苦用功。而现在的我仿佛正是在合适的时间找到了适合自己的工作，这份工作带来的一切都能让我在学习中成长，在成长中将自己的力所能及反馈给公司。

来到正泰已8个月了，8个月是我生命中某段在标尺中漂浮不定的度量，我无法用言语准确说清它是长是短。但回眸8个月在岗位上的点点滴滴，却是格外令人感慨。与部门同事共工作、共学习，与寝室好友共生活、共成长。在这8个月里，从学生到社会人身份的转变，在我身上仿佛并没有那么困难。毕业前我就早早来到正泰实习，现在看来是一个非常明智的决定，虽然实习时间并不长，但也能让我充分了解今后自己将处的工作环境及氛围，让我对自己的工作内容也大致有了数。从无到有的过程总是不容易的，虽然我从事的是与我大学所学专业对口的工作，但刚毕业的我只了解一些理论知识及典型案例，在具体的执行中还是需要学习一些工作方法的，不管是人与人之间的沟通交往，还是公司惯有的工作方式。我很庆幸的是，遇到了非常愿意教我、与我分享经验的同事们。无论是报到第一天带我一起吃饭，教我使用打印机，借我阅览与工作有关的学习资料，还是在日常工作中教我一些处理技巧，都让我深深感受到了这份工作带来的亲切与友善，也让我了解到这个岗位需要的是怎么样的职员。

我说自己是在合适的时间找到适合自己的工作，是因为工作带给我的不仅有严苛的考验，还有难能可贵的积累。虽然工作是琐碎平凡的，可我却充满信心，自我鼓舞着尽心尽力做好本职工作。所谓敬业，我一直认为是指用一种严谨的态度和责任心，在合适的阶段做适合自己并力所能及的事务，在该学习时专注积累，在攻克难关时发挥自我。在合适的时间，做该做的事，真是人生至理名言，能找到这一状态也是非常难能可贵的。在此刻，在正泰工作与生活，我相信会是我人生另一阶段的良好开端。

（正泰新能源技术质量部　李佳唯／文）

初遇的日子

转眼间，我与公司共同跨过了7个多月的时光，而校招的那个上午，我还记忆犹新。我拿着头天晚上打印好的5份简历，在投完几家电池公司之后，我看了看手里的最后一份简历，然后投给了名为"正泰电器"的公司。一个星期后我陆陆续续收到几家公司的offer，正当我犹豫着去哪家公司时，正泰工艺主管刘浩给我打来了电话，他热情地向我介绍正泰优秀的企业文化及先进的管理理念，最后我决定加入正泰这个大家庭。

美好的生活应该充满期待、惊喜和感激。比如下火车时欣欣的热情接待，入宿时阿姨的亲切问候，……我见到的第一个部门成员当然是我们的主管，他做事干练利落，事事为人先 。2018年受"5·31"政策的影响，许多公司停产倒闭，正泰凭借其涉及行业广泛，一直处于扩产状态。到我们部门后，我发现部门内部人员配备不齐，连设备也略显陈旧，但这丝毫没有动摇我们主管前进的信念，在他的带领和推动下，海宁组件二厂良率稳步提升。

二厂工艺后段负责人是个逻辑缜密、干活亲力亲为的人。车间产线突发异常时，领导交代事项时，他总能很快地抓住重点并完美解决，分析问题时他思路清晰得让人诧异。北区后段的设备大多是从上海那边工厂移过来的，那是我们指标达成的重大阻碍，他凭借活跃的思维及"三寸不烂之舌"，在各部门的配合下，将红外由最初的8%下降至1%左右，这让我们不得不从心底佩服。我们在没有思路时都喜欢向他咨询，他也像个大哥那样很耐心地点拨我们。虽然他是我的直属领导，但我却不惧他，这或许源自私下里他的平易近人。

相比人才聘用，正泰更注重人才培养，在这里的每个人都能人尽其才，才尽其用。年轻、创新、扎实、肯干的员工是一个公司的新鲜血液，在海宁正泰最不缺的就是肯作为、有作为的员工。在这种环境的熏陶下，我们始终坚持着"今天我们以正泰为荣，明天正泰以我们为荣"的信仰并努力奋斗，为公司的发展添砖加瓦。

（正泰新能源海宁组件二厂工艺工程师　程逸／文）

我的"正泰缘"

12月的天，气温已达零下20摄氏度。6点钟，起床、洗漱、吃早饭一气呵成，或许高压线上的喜鹊还睡眼惺忪，而我的脚步已伴随着渐渐泛蓝的天空准时到达公交站点。踏上清早第一班3路汽车，顺势坐入我的"专座"，戴上耳机点选周董的《晴天》，至此嘈杂的人声变成我最爱的旋律，一天的生活就这样开始了。

"因为一个人，爱上一座城。"而我，4年前就决定来到大同这座城市，爱之所向，一往情深。于是我留在了山西继续学业深造。山西的大学生就业率并不高，工作机会也很少。正所谓，众里寻他千百度，蓦然回首，那人却在灯火阑珊处。正是因为留在大同的决心，我才会与正泰结缘。记得那是2018年6月，刚刚结束硕士毕业论文答辩的我，像无头苍蝇一样，到处投简历，心里一边焦虑难耐，一边安慰自己，会找到工作的。从小我就不服输，倔强的性格让我凡事都会比别人多努力一些，多准备一些。6月的某一个晚上，我与往常一样浏览着招聘信息，突然看到人才网上弹出的招聘提示，虽然当时对光伏发电并不熟悉，但我还是下意识地投了简历，没想到当天就被通知面试。身在太原的我马上订了第二天去大同的火车票，忐忑得一晚上没有睡觉。因为本硕专业不相符，又没有电力方面的工作经验，面试的过程并不是一帆风顺，所以当领导通知我能入职了，我欣喜万分。

进入正泰这个大家庭，我觉得要学习的东西真的太多太多了。虽然今年我已经26岁，但是拥有的工作经验少之又少。在与同事沟通的过程中，我逐渐摸索到了适合自己的工作模式和处事态度。所谓三人行，必有我师焉，每一个同事的身上都有很多值得我借鉴和学习的地方。

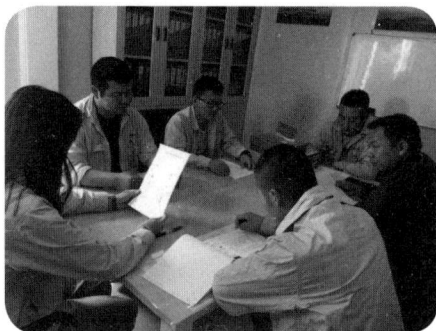

初入正泰，最先接触的人是我现在的领导，他是山西区的主管，因为姓丁，大家都喜欢称呼他为"丁站"。他个头很高，脸上自带婴儿肥。刚入职时，我一直秉持着谨慎与敬畏的心态与领导沟通和交流，但是渐渐地，我发现他其实很平易近人，经常给我讲述他自己的各种见闻乐事及工作经历。听过他的故事，我明白了不管身在何处都要有一颗钻研的心，不论何时都不要停下学习的脚步。在工作中，"丁站"也会督促我们多学习电脑、生产方面的各类知识，逐步引导我们快速进入工作角色，提高工作技能。

进入正泰，带我的人是孟师傅，他有着一双大眼睛，给我的第一印象是特别平易近人，后来与他的接触也印证了这一点。无论是在升压站还是在场区，他总是兢兢业业、一丝不苟地研究工作中出现的各类问题。虽然不是电气科班出身，但是他努力钻研的劲儿，着实让我佩服。他对每一个故障点都有精准的分析，对场区、升压站的各类设备都"较真式"地剖析。虽然对电脑软件的使用并不擅长，但是他总是逼自己去接触使用。他对工作总是秉持着一颗热爱的心，吃得了苦，也愿意吃苦，这对于我来说都是非常值得学习的品质。

进入正泰后我还有位师傅，工作一段时间后才知道是他选中了我，我才得到那宝贵的面试机会。初见这位师傅，觉得他是一个特别严肃的人，后来我才知道原来我们都有一段在湖北生活的经历。"老乡碰老乡，两眼泪汪汪。"虽然没有那么夸张，但是我也有了遇见大哥般亲切的感觉，在食堂吃饭的时候我们总会聊聊湖北的那些事，比如风俗习惯、乡土人情之类的。

这位师傅是一个性格和节奏都很慢的人，说话的时候喜欢打手势。在我

眼里他完全就是一副大人的样子，做事喜欢按部就班，不紧不慢，不像我，天生急性子，所以在最初的工作中我才会出现很多错误。

李同学和姜同学都和我年龄相仿。李同学比我早入职一个月，但是在我读研的3年时间里，他已经积攒了3年的工作经验，对于二次舱内的自动化设备，他都十分了解。姜同学外表看似成熟，但是与他相处下来，还是有同一年纪的轻松感。虽然他人很憨厚，但是在工作的时候特别积极，检修设备的时候敢于上手，学习PPT的时候虽然不熟悉，但是也会沉下心去一步步搞懂。

老刘是我们站上年纪最大的电工，虽然相处不深，但是从工作和生活中看得出，他是一个做事很靠谱、很沉稳，也是大家都很尊敬的人。而另外一个同事小胖则是有着"活在当下，及时行乐"的良好生活态度的人，他干活时是一把好手，工作中肯吃苦、肯卖力。狄师傅是我们站上的司机，也是性格很洒脱的人，喜欢听《沙漠骆驼》《38度6》这类歌曲，喜欢看电影，是一个不折不扣的文艺青年。小关是我们站上专业素养较好的电工，初到单位时，我请他给我讲解了我需要了解和学习的设备，并且生活中有任何的问题我也会及时请教他。虽然他只比我大两岁，但是他是一个做事很认真、很靠谱的人。

我发现，同事身上都各有所长，在日常工作中他们也都会把自己的才能发挥到相应的领域，大家配合，这样才能完成每个月的工作。入职5个月了，我从最初的"小白"慢慢变成了能主动工作的职场人。每一天我都会把要做的工作记录到一个小本子上，这也是站长传授给我们的方法，把工作做到有条有理。每当遇到一项需要研究和钻研的工作时，我都会把它当作一次锻炼和挑战，在顺利了解并上手完成后，心中的成就感就会满满的。多总结工作方法、工作流程，我犯错误的情况也越来越少，当然其中也少不了同事的指点和帮助。对于未来，我的目标是实现理论结合实际，捡起本科的知识，多看书，多实践，多考证，以充实自己的职业生涯，并且希望能和同事一起共同将电站的运维做到最好。

（正泰新能源电站运维事业部晋鲁豫区域运维主管　丁成平／文）

遇见人生中的 "1"

2018年1月某天晚上9点，我坐在飞往上海的航班上。飞机上灯光灰暗，周围的人要么已经进入梦乡，要么昏昏欲睡。但我的头脑却非常清醒，甚至有些兴奋。我在脑海里不断地琢磨我的5432。这不是什么代码，而是我之前在应聘华为合同经理时准备的自我介绍。第二天我要去上海松江区参加上海诺雅克法务经理的面试，5432正派上用场，其中包括受教育经历和工作经历等我的主要信息。面试中的自我介绍总是千篇一律，面试官早已听烦了，作为一个法律人，我的自我介绍应该精炼、有条理，体现法律人的清晰思维，5432就应运而生。果然在华为的面试中，我用它过五关斩六将，用人部门两次面试，每次都有5个人，我都能轻松应对。只可惜最终功亏一篑，在最后一关的人力资源领导的面试中，人力资源领导否决了我。可能是因为我偏大的年龄或我过去的工作岗位，不得而知。

刚下飞机，正泰电器（开始以为是诺雅克）的人力资源经理池政宏就打电话过来，询问我到上海了没有，给我推荐了宾馆并再次提醒我第二天早上面试的时间和地点。我感到正泰的人力资源部门很专业，对候选人也很尊重。到了宾馆，我一如既往地失眠，我每次一换睡觉的地方就必然会失眠，直到凌晨3点多才慢慢地睡着。本以为会影响第二天的面试，结果第二天很兴奋，思维很敏捷。可见人的精神力量是何等强大。

第二天，我7点多就起床了，坐在桌子前，再次细细梳理自己的5432，并把信息有条理地写在纸上，进行了多次演练，这是头马俱乐部让我养成的好习惯。头马俱乐部是来自美国的公益性公众演讲俱乐部，头马人认为精彩的演讲来自演练，演练，再演练。随后我打开电脑，又详细地了解了上海诺雅克、正泰集团的信息和历史，并做了整理。最后我又猜测了一下面试官可能提出的问题，并做了准备性答案。这都是面试之前必须准备的。中午12点我到达上海松江区的正泰工业园区，惊讶于正在建设中的工业园区规模如此庞大。

我的面试被安排在下午1点，在正泰上海园区办公楼的3楼，我见到了池政宏经理，他是一个中等个子、偏瘦，但非常优雅的男人。他递给我一本介绍正泰掌舵人南存辉先生的书——《南存辉讲故事》，让我边看书边等待面试。在这本书中我了解到了"正泰"二字取自"正气泰然"，同时我也明白了诺雅克这个品牌产生的原因。

"殷先生，面试时间已到，请跟我来。"池经理的声音把我从书中短小精悍的故事中拉回了现实。我跟在他身后，来到一间会议室门口。池经理打开门，我看见长方形会议桌边已经呈U字形坐了5个面试官，U形的开口正对着门口，只有U形口的左边侧面的一个座位和U形口正中间的座位空着。"各位领导下午好。"我礼貌地向面试官们问好。面试官们对我回以点头或微笑。气氛顿时放松了好多。池经理在左边的座位坐下，示意我到正中间的座位坐下。其实我当时是想站着面试的，因为演讲就要站着。看来我在头马俱乐部的老毛病又犯了。由于以演讲的形式面试太过于新颖，我现在放弃并在中间的座位坐下。

"请你简短地介绍一下你的受教育情况和工作经历。"池经理对我说。所有的面试似乎都是这样开始的。

"我通常将我的受教育和工作经历归纳为4个数字，5-4-3-2。5是我工作过的5个单位，4是我拥有的4种资格证书，3是我工作中曾经扮演过的3个工作角色，2是我的2个受教育经历。"我开始了我的自我介绍。正对着我坐在U形底部的是一位中年男士，留着精干的寸发，衣着优雅，整个人都透着儒雅的气质。刚进会议室时，池经理对面试官都一一介绍过，但由于注意力在面试上，我很快就忘记了这位气质儒雅的面试官是谁。他仔细听着我的介绍，间或点点头。我介绍完后，面试官逐个向我提问。最后，池经理向那位我正对面的面试官征询到："赖总，您有问题要问吗？"哦，想起来了，他就是赖总，后来我知道他叫赖志高。赖总对我微微一笑，说："我觉得你还缺个1。""啊？"我有点疑惑。赖总又继续道："你的5432是很丰富的阅历，但如果没有一个平台让你施展，你的5432其实是没有任何意义的。"赖总的话让我如醍醐灌顶。我工作14年，换了5个工作单位，不断地奔波其实就是为了找到一个适合自己的平台，发挥自己的特长，借助平台的力量不断提升自己。他又说："还有，依据你的法律和英语的教育背景，以及你的追求，我觉得诺雅克不适合你。正泰旗下的新能源板块正在不断发展国际业务，那里的岗位非常符合你的教育背景和职业追求。我建议你去杭州正泰新能源。"

因此，我在1月底来到了大雪纷飞的杭州，参加了正泰新能源国际法务经理的面试。面试一切顺利。面试完，我直奔西湖，欣赏了银装素裹的西子湖。正泰新能源离西湖不是很远。杭州的确是人间天堂，我尤其喜欢雪中的杭州。我入职的当天就被同事拉到法务群里，赖总在群里欢迎我说："恭喜你终于实现了自己的12345。"同事们都猜什么是12345，有同事问我，我微微一笑，说："就是你们小时都唱的呀，12345，上山打老虎。"顿时办公室充满了笑声。第二天早上，我第一个来到办公室，刚放下包，一个中等个子、西装革履的人走进办公室，他向我打招呼，我微微一怔，哦，是赖总，他还是那么儒雅。

（正泰新能源国际法务经理　殷海荣／文）

积聚生命的厚度

来正泰之前，了解到正泰是工业电器领域公认的领先品牌，产品涵盖新能源、仪器仪表、低压电器等领域，正泰户用光伏在浙江省市场上的占有率排名第一。

我在2018年2月正式加入正泰。当时投完简历后，正泰公司的人打电话通知我去面试时，我人在老家，到合肥已经晚上6点了，卓建军卓总一直在办公室等我。在谈话中我感觉到卓总是一个非常细心负责的领导，一些工作上的问题他也问得比较细致，工作方式双方也都比较认同，在后期的工作当中也确实证实了这一点。

安徽办事处现在共有9个成员，团队之间相处融洽，配合默契，同事之间互帮互助，像一个大家庭一样。同时，不仅在工作上，而且在生活中大家也都相处融洽，由于我自己和另外两个同事的家都不在合肥，所以我们3个人租住在一起，闲暇之余打打篮球、做做饭，即使身在他乡也不会觉得寂寞。

我从事的是销售管理岗位，主要负责户用渠道拓展、维护、销售回款等；通过努力，我们团队把正泰户用光伏的经验，成功引入了安徽市场，加强了安徽百姓对正泰品牌的认识和了解。目前我们的业务等各方面事宜都开始步入正轨，年底储备能量，明年发力，自己也准备好迎接明年的挑战。

卓总作为安徽办事处的负责人，他对工作认真负责的态度一直影响着我，是一个很好的学习榜样。卓总对工作非常执着，碰到问题会想尽一切办法解决。他积极乐观的态度影响着办事处的每一个员工，在他的带领下，办事处员工在工作上也更加积极向上、勇往直前。我在正泰工作了近一年时间，这一年里我快速成长，能够更加主动、细致地完成公司下达的任务，为人处世更加稳重，对待事务的看法更趋向于理性，这一切都离不开办事处领导对我的悉心培养，也离不开同事对我的照顾。希望未来继续与正泰携手并进，贡献自己的力量。

（正泰集团安徽办事处 刘军军／文）

走过春夏秋冬

人生短暂，难以忘怀的日子屈指可数。2018年4月27日对于我来说就是一个终生难忘的日子，即将步入知天命之年的我进入新的工作岗位，这也算是我人生的一大转折。

4月27日接到入职通知时，我心潮澎湃，好像年轻了20岁。当晚我彻夜难眠，憧憬着我的未来，想着："给我一个电站，如何把它治理得井井有条，建成一个树木丛生的花园式电站，建成一个四季常青的家园。"28日早上，我随便带了点行李就踏上了"出征"的列车，经过8小时的颠簸，在下午4点赶到了固始县城。忘记了午饭，忘记了疲惫，见到项目上的同事，我如同见到了家人，不问吃住在哪里，只问电站在何处。

开始的两个月，7个乡镇31个电站，星罗棋布，近的相距八九千米，远的相距四五十千米，为了统筹安排，合理规划，我就在地图上把31个电站标注出来，安排好今天去哪个电站，明天又去哪个电站。29日早上8点，我带上干粮就坐上了去最远的三观村电站的乡村巴士。下了巴士我分不清东南西北，一路走一路问，冤枉路走了不少，总算见到了第一个电站。看到一排排整齐的组件，一种亲切感油然而生，这就是我将来日夜相伴的伙伴。就这样，有时一天步行十几千米，有时一天步行二三十千米，31个村庄，31个电站，我一个个走遍。我忘不了去南大桥乡大庄电站的那天，下午2点刚到电站，狂风大作，乌云布满了天空，紧跟着倾盆大雨从天而降，我在老乡的屋檐下待了一个多小时，雨小了赶紧往回赶，踏着雨水步行了将近5千米路才赶到镇上坐上回县城的车。更忘不了4月30日去汪鹏乡的3个电站，头顶骄阳似火，下车后步行8千米到堰岗，路上遇到好心人开车载了一程，感激不尽，回头又步行10千米到常岗电站。下午1点多钟，乡村里没有饭馆，在小商店买了一包吃过一次再也不想吃的火腿肠，强忍着恶心感吃了四根，喝了四瓶矿泉水，包里带的两斤大枣走一路吃一路，吃了个精光。最后一站是侯岗，我在路口问了半天，没人知道电站在哪里，最后是一位慈祥的大爷用电动车把我带到电站，原来大爷就在电站边上住着。回来的路还是那么艰难，下午3点多钟太阳正红，脖子上只感到阵阵疼痛，用手一摸掉了一层皮，即使这样也阻挡不了我前行的步伐。

工程虽然没有交接，但我依然把它当作自己的事情，多次到电站处理缺陷问题，消除隐患，多次配合厂家整改、系统升级，最后工程验收时配合第三方检测，组件测试。测试大多在黑夜进行，我打着手电，蚊蝇在头顶嗡嗡，有时测试结束就已经半夜11点多了，回到住处饭都顾不上吃，倒头就睡。虽然苦，但心里是高兴的，因为我学到了新东西，累并快乐着。

还忘不了6月27日，傍晚7点，三门峡卢氏电站准备并网，人员急缺，当时我正在吃饭，领导一声令下，丢下饭碗就赶往车站，在出站口赶上了前往郑州的大巴。几经周折，我于29日下午2点赶到卢氏官道口电站，电站6月30日顺利并网，我从此扎根在官道口电站。看着漫山遍野的组件，我心中不知道有多激动，七百多亩山坡处处留下了我的足迹，4万多块组件一个个被我抚摸，160多个汇流箱被我一个个标注，看到它们，我就像见到宝贝儿子一样，感到亲切温暖。

并网结束，人员撤离，我和其他3个人留下，坚守岗位。炎炎烈日，三十七八摄氏度的高温，海拔一千多米的山顶，艰难程度可想而知。更重要的是，山上没有水源，早上起来，我们就到山上找雨水坑洗把脸。七八月，雷雨频繁，雷声震耳欲聋，闪电似乎就在头顶，屋外大雨倾盆，室内水滴不断，通往山上的路更是泥泞不堪，推土机推出来的山路真应了那句话：晴天扬灰路，雨天水泥路。为了保证站内备用电源正常，我们几个人就在淤泥没膝的泥土里把电缆一米一米拉出，没人喊一声苦，没人说一句累，因为我们都是正泰运维人，骨子里没有苦累这个词。

随着公司不断壮大，河南区域电站不断增多，领导就让我负责豫西区域电站，我感到肩上责任重大。"安全第一，预防为主"是发电行业的方针，一手抓生产，一手抓安全，安全为了生产，生产必须安全。从自己学习《安规》开始，我有空就组织大家学习，从两票三制到各级责任人的职责，从高压设备巡视到电气设备停送电操作。按照公司安全事业部的要求，我每周组织大家学习公司下发的安全技术培训内容，天天讲安全，时时提安全，使大家的安全意识不断提高。另外每周组织大家进行一次技术培训，让理论知识与实际生产相结合，做到物尽其用，人尽其才。

送走炎热的夏季，迎来了收获金色硕果的秋季。电站在不断增多，只有不断学习，提高自身能力，我们才能应对更多的事情，打铁还需自身硬，年轻人就应该出去锻炼，接触更多的新事物，在实践中丰富自己。正所谓"铁打的营盘流水的兵"，送走一个个尖兵，迎来一个个新兵。

严寒的冬季，如期而至。官道口的第一场雪比其他地方来得都早，11月下旬狂风夹着雪花飘然而至。天寒地冻，却冷却不了我对工作的热情。寒风凛冽，我依然穿行在光伏组件间，战天斗地，快乐无穷。一年四季就在这忙碌中度过，正是这忙忙碌碌让我感到充实，正是这忙忙碌碌让我不断成长。我骄傲，我是正泰人！

（正泰新能源晋鲁豫电站运维值班长 曾宪卿／文）

设计专业的采购小达人

彻底脱离了象牙塔的自己，对待这份新的工作总是有太多想要说的。转型也罢，新的开始也好，总之我很享受这份工作带给我的愉悦感和新鲜血液注入的那种鲜活的成长感觉。

从小我就是个"散养"的孩子，正因为这种"散养"，我比同龄人的独立性要强些，适应能力自然也不差。我是个北方来的孩子，说真的，杭州的冬天刚袭来的时候，我真是有点接受不了，湿冷的风刮着，刺骨地冷，每股刮过去的冷风都在提醒自己要入乡随俗，其实转念想想工作不跟适应环境是一个道理吗。我大学的专业是产品造型设计，很多人听了后会觉得采购和设计是两个八竿子打不着的职业，为什么要跨度这么大去选择一个自己毫不熟悉的领域呢？重新来过又要耗费很多的时间和精力。其实我一直都很清楚自身的长短处，我深知做一行爱一行的重要性。产品造型设计是一个多元的行业，感谢设计专业在大学四年对我的熏陶，感谢这个美感与力量并存、创新与时尚感兼具的学科，它让我学会的不仅是一个绘图软件，更多的是对生活的交融感，只有获取到生活中更多奇妙的灵感才能激发创意的源泉。我喜欢设计带给我的奇妙，但我不喜欢把它当成一份忍辱负重的工作来做。所以我选择让设计融入我的生活点滴，这依旧可以让工作之外的生活更富有美感和诗意。

我自己也尝试做一些不属于设计范畴的工作，就像采购这个职位。从面试到今天，晃眼之间来到正泰已3个月，今天正好是自己转正的日子。3个月来，对工作也罢，对身边的同事和环境也罢，我从陌生到熟悉，最大的感受就是正泰是个有爱的地方，是个在寒冷的冬天能为你在心里燃起一把热火的地方。工作上的感受就是，这项工作是严谨而又精准的，要有敏锐的职业嗅觉，要彻底地摒弃自己以前对"采购"即买东西的理解，有时我也会在心里反思为什么自己以前会有那么low的想法。

做任何工作，都有一个从不懂到懂、从陌生到熟悉的过程，采购这项工作又是一项主动性很强的工作，只有主动与同事沟通，与仓库、品质的相关人员多接触，才能便于自己了解产品，跟踪到货，减少工作失误，从而更好地提高工作效率。这中间更要做好对订单的持续跟踪，确认到货情况，做好自己的台账，便于后续的查询和统计。系统地做好记录会提高自己的工作效率，更会迅速地解决问题。在3个月的采购工作中，最让我佩服的是我的同事cherry，她带我正式跨进采购的大门，她教会我的不仅是如何系统操作，更多的是她身上所具有的作为采购员的良好的职业操守和统筹能力，给了我很多启发。从一开始签订合同到货物交清，其中有太多细枝末节的东西，都需要有强大的责任心去细致地完成，都要做到滴水不漏。她身上有太多让我学习和受用的闪闪发光的点。

　　总之，这份工作让我受益颇多，如果说设计带给我的是生活的创意源泉和多彩的内心世界，那么采购教会我的是自主的沟通能力和一生都将受用的自律性。未来要走的道路阻且长，但行好事莫问前程。嗯，总的来说做个设计专业的采购小达人还蛮不错！

（海宁正泰新能源硅料采购管理　周茹茜／文）

写给小泰的一封信

亲爱的小泰：

你好！

有感于与你共度的第六个年头，今天提笔写这封信，不知道你是否还记得自己的初心？

投身你的怀抱也是机遇使然，大学毕业第一年工作后很是迷茫，恰巧当时有个制造部在招人事管理员，基于原单位也是服务于小泰柳市厂区的，我欣然前往。入职的时候填写履历表，问自己未来的规划是什么？我仔细地思考了这个问题，填了：认真做事，好好做人，希望在HR方向有长远的发展。我知道自己的起点并不高，所以在派驻的制造部，向同事请教日常业务如何开展，认真学习法律法规及公司的管理标准，一年后我的业务操作能力取得了长足的进步。第二年在原先的工作基础上创新思维，尝试做一些降本增效的改变。第三年开始拓宽业务，因自身个性较内向，沟通表达能力欠佳，我努力加入了公司内训师的团队，希望可以多锻炼自己。第四年的工作也是有条不紊地开展着。

直至2017年7月，因人力资源部架构调整，人员岗位轮换，我有幸接到更有挑战性的工作。从到新的岗位到今天正好是1年零4个月，在这1年零4个月的时间里我真正地认识到工作的苦涩，与人沟通的不易及自身认识的片面性。好几次加班到晚上11点，然后一个人默默地走在回宿舍的小路上，数次因很想把事情做好，但就是事与愿违，忍不住一边做数据一边在那里抹眼泪；在很多个节假日里因临时需要统计某项数据而爽朋友和家人的约，回到公司继续加班；太多次因电话、OC和微信消息同一时间响起而不知所措。不是没有怀疑过，我这么硬撑到底是为了什么？只因面向整个职能部门、辐射整个低压本部我就要承受那么多吗？为什么我不可以拖延懈怠懒散？

　　但内心的小人告诉自己，勿忘初心。小泰的工作环境是舒适的，冬暖夏凉；办公氛围是和谐的，轻松也严谨；食堂伙食是可口的，美味价廉；宿舍周围是方便的，应有尽有；上级领导是和蔼的，平易近人；同事朋友是可爱的，亦师亦友；工作内容是有意义的，我相信我可以做好并且也在努力做好。每当夜深人静时，我总会想起这一路走来的点点滴滴，有收获的喜悦，也有解决难题的兴奋，当然也有艰难苦涩。不要总是想着你能给予我什么，也不要一直想着索取什么，扪心自问，我又付出了什么呢？犹忆当年入职时填写的履历表，我的未来规划是什么——认真做事，好好做人，希望在HR方向上有长远的发展。有情绪可以发泄，有抱怨可以诉苦，但是之后呢？务必重整旗鼓，继续砥砺前行。

　　我将继续用辛勤的汗水擦亮每一个平凡或不平凡的日子，继续用锲而不舍的精神开拓一个又一个匆忙的季节。小泰，让我们携手前进！

（正泰电器人力资源部　胡丽婷／文）

第二辑

心中那一抹靓丽

与正泰共舞20年

2019年2月22日，是我进入正泰的20周年纪念日，恰逢正泰35周年，突然想写点什么，算是送给自己、送给正泰的一份礼物吧。

幸运"三连跳"

1998年10月，我在老家工作了3年的国企已在破产边缘。为了另谋出路，我和单位最好的朋友做伴毅然离开老家，来到据说有很多发展机会的温州柳市。初到柳市，满眼看过去都是正泰的高大广告牌和霓虹灯，一问才知道原来正泰是当地最大的公司，来到柳市的人都以进入正泰工作为荣。当时心想这么高大上的公司怕是高攀不上，于是连应聘的想法都没敢有，直接找了一家小五金件公司先安顿了下来。工作了3个月后，有在正泰工作的朋友带来好消息，说正泰的子公司仪表公司计划年后招聘大批校验工人，要求应聘者必须是大专以上学历。于是摩拳擦掌，也不回家过年了，大年初八，赶在仪表公司招聘的第一天去应聘。因为招的是普通工人，要的人数又多，所以轻松通过了面试，顺利成了仪表一公司的一名校验工人。第一天上班，跟着公司安排的工人师傅学校表。校表的工作要求全程都站在校验台前，这是平生第一次在生产线上工作，一天下来，整个人累得都快要散架了。第二天，决心继续挑战自己，适应工作环境，没想到刚上班就被厂长叫去问话，问会不会打字，原来这次招了一百多个工人，急需要一个会打字的人协助厂长做些电脑录入的工作。而我恰好从老家出来前在一个打字中心学了一个月的五笔打字，于是当天下午就从校验车间转岗到办公室，开始每天敲敲电脑、出出通知等简单的办公室工作。这么华丽的转身，现在想来都觉得如做梦一般。事后总结，多学点技能总是没错的，说不定哪天就成了你结交幸运的垫脚石呢！

自此，我开始了与正泰长达20年的缘分。进入正泰之初，幸运女神便开始连连眷顾我。在仪表一公司办公室工作半个月后，仪表总公司的办公室主任找我谈话，原来是他看我的简历里提到在国企曾担任过厂办秘书一职，还兼任工会人事干事，正好总公司需要配置一名人事管理员，问我愿意不愿意调到总公司来工作。我当然愿意呀！虽然我当时在人事业务领域几乎算是门外汉，但只要有机会，我都愿意尝试。经仪表总公司施贻新总经理面试后，我成了正泰仪表总公司唯一的人事管理员。人事管理到底是做什么的？工作怎么开展？没有人告诉我，一切都是空白，需要全新搭建。正好那时集团开始加强对子公司的人事管理，每月由集团人力资源委员会召集分公司、子公司和成员企业的人事管理员开人事例会，这成了我学习和取经的绝佳途径。每次开完会，其他人事管理员纷纷离场，我总是最后一个走的，因为我有太多的问题需要向专业人士请教了。每次请教完，我会再带几本人事杂志回单位学习，在实践中结合理论提升自己的工作能力。我的努力被当时人力委（人力资源委员会）的主任潘性莲和人事管理处张福江处长看在眼里。当人力委的一名人事管理员突然提出离职后，我便成为他们补员的第一人选。于是，在我进入正泰那一年的11月，我又从仪表总公司调入集团人力委，成为集团的一名人事管理员。这便是我在正泰第一年的"三连跳"。

巧遇伯乐，成就HR生涯

虽然我在正泰20年的工作中一直担负着一些HR的职能，但真正在HR部门的工作时间其实只有5年。5年的时间不长，但对我的职业生涯来说却是最重要的一段经历。在那里我经历了最多的人与事，收获了最大的个人成长，以致离开HR部门多年，如果有人问我的职业，我的第一反应通常还是"HR"，可见当HR的经历在我的生命中留下了多么深的烙印。

在HR部门，我最大的幸运是遇到了我的"伯乐"，就是当年集团人力委的负责人潘性莲女士，是她从集团下属单位众多的HR中发现了我并把我调到身边培养的。我也算比较争气，拼命学习，拼命工作，很快就成了潘总的得力助手。当年的人力委一共不到10个人，但在睿智又气场强大的潘总的带领下，原先仅担负人事后勤服务职能的人事部得以华丽转身，变成了公司的核心管理部门和战略合作伙伴。我们提出集团人力战略规划，在全集团推广宽带薪酬、

KPI绩效，用星级工资替代工龄工资，实行职称评聘分离制度，开展岗位轮换和人才梯队建设，建立分级培训体系，成立正泰学院，使正泰成为浙江第一家覆盖全员社保的企业。这些现在看来普通的HR业务，在当年却都是新鲜的概念和事物。我们把新的HR理念和方法应用在公司内部管理上，为公司的快速扩张和发展提供了优秀的人力资源保障。在这过程中，我们部门在公司上下的影响力和美誉度也日益上升。

我为身处优秀的团队而自豪，干活自然也竭尽所能。那时单身，没有牵挂，除了睡觉时间，每天不是在办公室就是在去办公室的路上。周末则基本上在各大人才市场和各种招聘会的现场度过，每当网罗到一个优秀的人才我都会特别开心。现在公司很多的中高层和技术骨干都是那个时候我陪同潘总在全国各地引进回来的，如今个个独当一面，是正泰的中流砥柱。现在想来，我还觉得蛮自豪的。

2001年，集团的管理职能大多下放到正泰电器股份有限公司。正泰电器股份有限公司作为集团下属最大的全资子公司，代行集团的大部分管理职能，管理全集团的产业公司，我们那时戏称它为"老大当家"。股份公司成立了人力资源部，集团人力委的原班人马并入人力资源部。那时，潘总力排众议，提拔我担任人事管理处兼薪酬管理处的副经理，主持两个处室的工作。进公司两年多的时间便提升到经理岗位上，在当年的正泰是不多见的，尤其是女性经理，更是凤毛麟角。感谢潘总的知遇之恩，我唯有更加努力地工作，更加努力地提升自己的能力和水平，才对得起这份信任和期望。

也就是从2001年开始，人力资源部和企管部在股份公司推行

"管理者利润分享激励机制"，把当年超额利润的10%拿出来，在原有奖金制度不变的基础上，给管理、技术和业务骨干们额外发放超额奖励。记得第一年销售系统的一位业务老总拿了100万元的额外奖励，生产公司的一位老总拿了60万元的额外奖励，还有不少管理岗位人员拿了十几万、二十几万、几十万元不等。印象中特别深刻的场景是发奖金那天，因为正泰当年的传统还是发现金，所以数大把钞票的感觉毕生难忘。奖金拿得多的老总们一个个拎着手提箱来我们办公室，然后拎着沉甸甸的箱子出了办公室，穿过天桥，从后门出去，再坐车去银行存钱。办公室的同事们有时就透过玻璃窗看天桥上的老总们拎箱子的力度，猜箱子里有多少现金，也相当有趣了。不过现在想想拎着一箱子现金上街其实是挺危险的。利润分享机制非常好地激发了公司管理层和骨干们的工作激情和动力，也吸引了大批有能力、有梦想、有激情的人才加入正泰，让他们愿意在这样一个连小镇都算不上的东海边陲小村里，为正泰和自己的梦想努力奋斗！而我，作为制度的参与设计者，同时也是制度的获益者，有幸见证了一个个激情时刻的诞生。

可是天下没有不散的筵席，我的HR生涯在2003年10月戛然而止。因为作为一名大龄女青年，我终于把自己给嫁出去了。但老公在北京，希望我能去北京组建家庭。一边是美好的事业前程，一边是美好的家庭生活，真是左右为难，最终我选择了后者。领导和同事们都替我惋惜。潘总听说我要走，红了眼睛，但最终还是一边骂我没良心，一边又热心地把我推荐给销售系统的老总，希望我能继续留在正泰工作。潘总对我的培养和点滴关怀，我一辈子都牢记在心。

媒体镜头外的董事长

进入集团人力委工作后，我所在的办公室紧挨着董事长的办公室。当时董事长日理万机，风风火火进办公室，又风风火火快步离开，也没多少时间注意到我们这些小年轻。但抬头不见低头见，还是有近距离接触的机会。第一次和南董近距离接触是到集团工作不久，我和潘总正在公司食堂吃午饭，南董来了，直接坐在潘总旁边，边吃边快速聊工作。我在一旁听着，紧张得脸通红，饭也不敢吃，正思量万一董事长问我话该如何作答时，董事长已经吃完饭起身走了，从坐下到起身不超过5分钟，南董是我见过吃饭最快的人了。

第二次印象深刻的碰面是在正泰老总部大楼的大门口，我上完台阶正要进大门，看到南董正往大门口走过来要出大门。我赶紧拉开门，退到侧面，等南董先出来。没想到南董到了门口看到我，向我做了个"请"的姿势，说"你先请"，我赶紧说"您先请"，最终还是我先进了大门，南董才跨出大门。原来董事长是这么平易近人的绅士呀！

之后再见到董事长，我便没那么紧张了。刚调入集团工作时，正赶上全公司进行薪酬改革，我每天都要做大量的薪酬调研和测算工作，加班到凌晨两三点是常有的事。于是南董便经常在晚上我还在办公室加着班的时候，推开办公室的门看到我时调侃说："小姑娘你还在加班啊，你这样加班我犯法（劳动法）的，知道吗？"说完也匆匆回他的办公室加班去了。每每这时，我都觉得心里特别温暖，也深感当一个公司的领头羊是多么不容易，看似风光无限，光环下却是多么辛苦的付出呀！

读过南董故事的人都知道董事长是在初中辍学的，没受过多少教育。很多人以为南董不过是赶上了改革开放的好时机，才摘得成功的果实。但我自从列席过董事长主持的几次总经理办公会议后，就为董事长在会议上展现出来的超凡学习能力、快速归纳总结能力和决策能力所深深折服了。哪有随随便便的成功，所有成功不过是抓住时势机会然后付出比常人百倍的努力后摘得的果实。

2003年底，我离开总部到了北京，进了销售系统，和南董在工作上的交集就很少了。十几年来只碰见过几次，但每次都匆匆忙忙没说上几句话。我猜他已经不记得我了。2018年12月，南董到河北出差，途经石家庄，顺便看望在石家庄的正泰经销商和正泰员工们。因为河北属于北京办的管辖区域，我特意从北京赶到石家庄陪领导迎接董事长。董事长看到我说："你不是在北京吗？怎么在这里？"心里一暖，原来董事长还记得我呀！

"大家""小家"根落北京

我2003年底来到北京，开始全新的生活和全新的工作。刚到北京办事处时，在HR系统拥有的优势不复存在，除了触类旁通的管理经验可以借鉴外，其他都需要重新开始。我开始重新学习销售与市场知识，学习仓储物流管理，学习如何支持服务区域内的经销商，学习做一名营销系统的管理者。2015年，在北京办经历了8任主任（正泰有两三年轮换一次办事处主任的传统），而我一直是那个配合主任进行办事处管理的人。同事们开玩笑说："铁打的梁姐，流水的主任。"哈哈，概括得还挺形象，谁让我待在一个地方不挪窝呢。

虽然年复一年都是熟悉的工作环境、熟悉的工作内容，但生性好强的我还是希望能把平凡岗位上平凡的工作做得更完善完美一些，在细节中体现工作质量和用心的程度。比如一年一度的经销商年会，看似简单，但让参会领导和经销商老板都有良好的参会体验却并非易事。每每这个时候，我和我的团队小伙伴们便死抠细节，将服务流程细化到每个节点，每个节点都用心安排，让领导和老板们对我们的会议服务主动竖起大拇指来。在办事处工作，为经销商和客户提供销售支持和服务也是我们工作中很重要的一项职责。十几年下来，很开心和许多经销商老板相处成了朋友，工作上的沟通和配合也越来越顺畅。

从我到北京办以来，办事处进进出出的员工有150来人，有不少同事是经由我面试进来的。招人时我通常会融入我个人的基本用人观，排在第一位的就是主动性和责任心，然后才是自信、学习能力和解决问题的能力。我一直认为，只要你真心想把一件事情做好，就没有做不好的事情。因此，在我看来，有主动做事的意愿和主动担当的责任心要比其他的专业素养更重要。慢慢地，越来越多价值观契合的人相聚在北京办，形成了北京办独特的群体气质，最明显的两点就是：员工关系简单，大家庭温暖和谐。我常在办事处员工聚会上感慨，我最开心也最欣慰的就是在北京办没有办公室政治，没有站队，没有宫斗。大家认认真真工作，简简单单相处，以诚相待，温暖人心。经常有早已离职的同事特意回办事处看看，大家聊聊曾经共事的美好回忆，聊聊别后各自的生活，共享老友重逢的喜悦和温暖。

　　六七年前，我非常敬重的一位公司高层领导找到我，希望我重回人力资源系统，协助他开展人力资源工作。这对在外蛰伏多年的我来说无疑是个非常好的职业发展机会。我内心非常感激领导在我离开人力资源系统快要10年时还能想起我，并对我寄予厚望，这是对我以往工作最好的肯定。我认真考虑了这个机会可能带给我的改变，甚至飞到上海和领导面对面沟通，内心积极鼓动自己不如再拼一把。但当我坐在上海虹桥机场准备飞回北京和家人摊牌时，我感到了前所未有的焦虑。新的选择意味着我要放弃现有安稳的家庭生活，这是我曾经放弃了让多少人羡慕的发展机会才得来的呀！我打电话给在北京的老公，老公听出我的焦虑，帮我做了决定："回来吧，我们一家人在一起。"最终我放弃了这个机会，觉得辜负了领导的一番好意，因而在很长一段时间内都惴惴不安。但从此，我不再有离开家庭去谋求个人发展的想法了。

　　从此我一心一意留在北京办事处。北京有我的小家，有爱我的老公和一双可爱的儿女，北京办是我的大家，有一帮温暖的、可爱的同事。我的任务就是把我的小家和大家照顾好。感恩正泰，陪伴我度过人生中最美好的20年。祝福正泰35周年快乐，期盼正泰的未来更加美好。

　　未来，我们继续一路同行。

（正泰电器中国区北京办事处综合经理　梁伦莉／文）

正泰伴我成长

春华秋实，岁月如梭。正泰集团已经走过了35个春秋，已经发展成为行业领先的民营制造企业，连续多年跻身全国500强企业，营业收入也一直在行业内遥遥领先。如果把35年来集团下属的各企业所发生的变化、所取得的进步用线穿起来的话，那就是一串闪闪发光的珠链。

2010年，正泰太阳能在武汉高校招聘，通过了解正泰太阳能的企业文化及发展前景，我毅然决然地投了简历，并幸运地通过了笔试、面试等环节。作为一名新人，我想我是幸运的。2011年进入正泰集团下属的正泰新能源有限公司工作，完成了从一名学生到企业员工的转变，从此开始了人生新的旅途。

2013年，为了响应集团降本增效的活动，我所在的电池工艺部展开了电池组件抗PID项目。团队成员经过3个月辛苦的劳动，对各组实验数据进行验证，使项目获得了显著成果，达到了预期的目的。电池工艺部门获得了"年度优秀团队"称号，而我很荣幸地获得了"年度优秀员工"称号。2016年7月，公司开展了扩展项目，在泰国新建了MLT工厂，工艺团队安排我去泰国进行现场调试，在这过程中，我和其他部门配合，克服了水土不服、语言不通及生活中诸多不便等问题。2017年1月1日，恰逢中国元旦佳节，我和泰国同事一起举办了迎新晚会，感受到了泰国同事的热情。虽然工作很辛苦，但是体验到了泰国的异地文化。经过半年的努力，泰国工厂如期开始生产，我顺利完成了领导交付的任务。

2018年，杭州工厂搬至海宁，安排我们工艺第一批人进行海宁电池工厂的装机调试工作，我虽然之前在泰国有装机调试经验，但是依然觉得任务艰巨。当各个工序基本调试完成后，经过24个小时的加班加点，海宁自制的第一块电池片达到了预期目标。各条线完成调试并逐步开始量产，电池片从单多晶常规工艺到PERC高效单晶片都可以正常量产。在正泰工作的几年中，我有幸见证了电池片的转换效率由16%增加到21.8%的变化，也见证了正泰新能源从杭州到泰国及现在的海宁的发展历程。企业中的每个人都是正泰这个大家庭中的一员，尽管每个人的职位、岗位各有不同，能力有大有小，但我想只要不遗余力地奉献自己的智慧和力量，在把自己分内的事情干好的基础上，去尽量帮助别人，为企业尽到自己的责任，就是对我们这个大家庭最好的报答。

自从我加入这个企业以来，我深深感受到的是：有着指导帮助并关心我能力提高的领导，有着传我经验、助我成长的同事们，有着彼此相携、同舟共济的和谐气氛，再通过不断的学习和总结，我已逐渐成长为一个企业所需要的人才。

（海宁正泰新能源电池一厂工艺工程师　陈刚／文）

与正泰同行

千禧之年，经亲戚介绍进入了正泰这个大家庭，印象最深刻的是办好入职手续的当天，亲戚就告知我"师傅领进门，修行在个人"。从当时的毛头小伙子，到今天的已为人父，这19年的时间里我与正泰共同成长，能够在公司里发挥自己的能力，做着自己喜欢的工作，并通过努力实实在在地做事，为公司创造一定的价值，就是一种幸福。在此过程中，我也经历了老同事的退休，新同事的加入，回想往昔，有太多的感动和温暖。

2000年塑壳断路器公司还未成立专职的售后服务部门，当年的售后服务工作都是由质检部和生产部参与处理的。2001年统一搬到现在的股份公司后，我还是在生产部门负责特殊产品生产管理工作。当时李俐总经理负责新上的双电源项目，由于此产品在苏州开发，特安排我和同事前往学习。后来双电源的销售量越来越大，但客户当时对其的了解度不高，经常需要我们提供现场服务。李总提出让我"多出去走走"，配合售后服务部的工作，在此期间我真正地见识到什么是工厂供电系统、配电室等。

2009年底，我有幸从制造部转入客服物流部，成为专职的技术服务工程师。戴广温经理提出，他所负责的制造部要做到专、精，但是也要系统性学习，这样在今后进行业务处理分析时才能够更全面。专业技术系统性学习，商务沟通和压力管理等的多次学习，教会我们处理问题时要有自己的主见。通过这些年的一次次鼓励，我有了信心。

　　十多年的工作学习，丰富了我的社会阅历，让我深深体会到责任心在工作中的分量。工作和家庭一样，永远意味着责任，肩负起自己的责任是多么重要！让我们用一份责任心和一颗感恩的心，不断丰富自己所在岗位的资源，来回报我们正泰这个大家庭。

（正泰电器客服物流部　于中广／文）

十余载风雨兼程
路漫漫勤勉不辍

转眼间，我已工作整整14年了。14年前，我是意气风发的大学生，是梦想放飞的小女生。14年中，我恋爱结婚成家立业，是日渐成熟的妻子，是正泰体制改革的见证人。14年后我是2个孩子的母亲，是踏实奋进的正泰人。

2005年5月，我正式加入正泰销售中心，刚入职时在华东提货处一区任系统操作员。对于刚毕业进入社会的我来说，社会经历没有，工作经验没有，人生阅历空白，因此对这第一份工作总会小心翼翼、谨小慎微。比我先来的同事叫陈乐滨，是一个阳光男孩，很善于沟通，业务能力强，在他的细心指导下，我入手很快，没多久就可以独自熟练操作系统。那时的提货模式跟现在的模式可以说是完全两样。记得有一次客户拿了一张提货单来提货，型号是NM10-600/330 600A，1只，我当时对产品的型号还没具体概念，看到只有1只就想着自己去仓库拣选，结果在仓库拣选到该产品时傻眼了，好大一只呀，2只就有一件了，费了好大劲才提出来给客户。这件事情也被一区的其他几位同事看到，虽然被他们当作一件趣事讲了，但是之后他们也是耐心地、仔细地跟我讲解了相关产品的知识。慢慢地，我对产品的了解也越来越深，这为我之后的业务能力打下了良好的基础。感谢当时在一起的同事们，林剑赛、黄秀阳、向卿，谢谢你们对我这个新员工的指导、帮助及关心。

2011年7月，我调入华东储运处退货处即现在的国内客服退换货管理部。加入退换货管理这个团队至今也有7年了，可以说我是看着这个团队从单一地、被动地服务于客户逐步转变成多样化地、主动地服务于客户的。为了更准确地判别退货产生的原因，我们团队增加了鉴定工程师人数，提高了鉴定设备等级，增加了鉴定设备数量，更是向客户推广了鉴定设备，使客户认识到退货产品存在的问题。近年来，退换货管理还推出了退货帮扶计划，在周四海的带领下，卢阿棠、刘佳佳等工作人员上门进行退货帮扶，向客户讲解退换货流程，帮客户规划退货仓库，规避不必要的各类退货损失，等等。退货鉴定工程师叶信星多次上门，进行现场退货鉴定培训，手把手指导相关人员如何正确使用鉴定设备。仓库管理员张超琪急客户之所急，始终以客户需求为第一。某日下班时间，有一个零售客户拿来两台途损接触器产品要求换货，因该产品是定做的特殊产品，浙江分拨中心仓库无备货，无法进行换货处理。因客户急需，张超琪主动放弃休息时间，经多方沟通，最后联系到接触器公司邱总，在说明情况后，接触器公司同意给予调换，事情最终得到了圆满解决。仓库管理员郑斌平时在认真做好本职工作的同时，还积极帮助其他同事。为响应公司政策，优化库存，减少损失，部分产品停止销售，急需退回公司处理。某日晚上8点接到公司的产品退货申请，他确认好交接工作，于第二日早上8点退货产品到达时就开始清点。为不影响退货部车辆正常出入，他放弃中午吃饭和休息时间，连续奋战到半夜12点多顺利完成清点、核对、交接工作。我们的退换货管理团队正是因为有这样一群可爱的兄弟姐妹，积极主动服务客户，客户满意度才不断提高。

14年，很长，征途漫漫；14年，很短，弹指一挥间。回首这宝贵的十余年，酸甜苦辣，内心自知，有过失败时的懊悔，也有成功时的喜悦。成绩和荣耀只属于过去，发展和跨越就在眼前。展望未来，让我们共同努力，日益精进自己的职业技能，在自己的岗位上不断地拓新，以永不满足的精神谋求公司的长远发展，相信在大家的不懈努力下将会创造出更美好的明天。

（正泰电器客服物流部系统操作员　董旭林／文）

再回首，忆往昔

时光飞逝，一转眼已在正泰工作十几年了。十几年来，我一直秉承"以客户为中心"的服务理念，努力为客户提供便捷、高效、安全的服务。

刚进正泰的第一个工作岗位是以前所说的提货处，也就是现在的物流部，我的工作一直都是仓管员，很幸运的是我接管位置的同事正好与我同名，特别有缘分。那时候刚进公司什么也不懂，对产品型号也不熟悉，跟着以前的老同事李洁、文瑰和我的导师学习，我才能一直走到今天。

作为仓管员，我们要把自己的家守好，客户下订单以后，我们要按照客户下单的型号和数量把货提好，然后分配给客户。我们除了要把货提好，出库按照销售提货单及时提货、发货；还要搞好与客户交接人员的关系，避免矛盾，发现问题及时处理；做好洁净区的清洁工作和清场记录；每月协助财务做好盘点工作，完成一天的工作后整理账目，做到账目一目了然，现场整洁，达到账、物一致。记得在仓库的时候我的组长是何玉双，她为人很直，但很有耐心，她带领着这么多仓管员和几十号搬运工，我们都很尊重她，也很佩服她的能力。

　　由于个人原因，我于2012年2月调到退货处。当时我的领导是黄宏伟，很感谢他接纳了我。毕竟换了部门，很多业务上的事情也不熟悉。虽然退货处和提货处听着相似，但业务上还是有区别的，不过有了多年工作经验的我很快熟悉了工作环境。因为是老员工，来这里以后，以前认识的同事都很照顾我。我们公司在2018年制订了新的退货政策，这些都是他们让我了解到的。同时，我们建立了客户微信群，解答客户的疑问。我们领导周四海还带领同事去给全国的经销商做帮扶工作，也得到了好评，减少了不必要的退货，降低了退货指标。

　　部门也会组织一些趣味活动，如郊游等，同事之间都很和睦，我也很喜欢这样有团队精神的大家庭，大家的集体荣誉感都很强。

　　就在2018年11月，我们退货处接到浙江正泰网络科技有限公司NXBE系列产品1760件退货申请，由于产品型号多、数量大，为了做好清点交接工作，我的同事也就是我现在的搭档郑斌放弃了中午吃饭和休息的时间，完成了清点、核对、交接工作，这种严谨认真的工作态度是值得我们学习的。

　　非常感谢公司给我这个成长的平台，令我能在工作中不断地学习，不断地进步，慢慢地提升自身素质和才能。正泰伴我成长，我随正泰同行，愿正泰的未来更加美好、更加辉煌！

（正泰电器客服物流部仓库管理员　黄小微／文）

跟随正泰步履前行

截至2018年12月5日，我进入正泰已有5年多了。在此期间，我从一个懵懂的大学生转型为一名专业职场人员。

2013年7月，我毕业于宁夏银川能源学院物流管理专业。当月11日，我怀着欣喜、激动的心情踏入正泰电器股份有限公司物流部，从事配货员工作。上班的第一天，部门领导将我介绍给大伙认识，大家热情欢迎的场景让我卸下了对陌生环境的胆怯包袱。记得当时带我的师傅有徐丽秀、翁旭丹、王金梅，虽称呼"师傅"，但其实她们更像体贴的大姐姐，从工作到个人生活，她们都让我觉得有个肩膀可以依偎。由于不熟悉一些工作流程，当时自己的工作速度比较慢，经常午饭后，大伙都在午睡，我则跑到仓库抓紧时间拿着清单核对。可就是这样，下午装车时件数还是有出错的时候。有次我委屈地哭了，一度质疑自己：对于他人驾轻就熟的工作，自己明明认真做了，为什么达不到理想的效果？欣慰的是，同批进来的同事进度很快，大家完成本职工作后，都会帮助我，有时甚至陪同我一起加班，让我感觉到一个家的氛围。也正是这种良好的氛围，让我对这份工作有了新的认识，也摆脱了不自信，慢慢地，出现错误的概率就低了许多。

随后的4个月，我从配货员变更为数据统计员，开始由"匡老师"和"凤姐"带我学习统计分析仓储与订单的各项指标。这块是我自己比较感兴趣的领域，大部分原因是和自己所学的专业有关吧。我买了相关书籍，自学EXCEL、WORD、PPT等办公软件，在各位前辈的帮助下，了解并熟悉各种指标的意义，慢慢地，自己也可以有模有样地独自分析起各月指标的运行情况。随后，我慢慢在职场中磨炼、学习、了解、观察、思考、改正，努力向前。

2015年3月，我的工作场地由蟾东物流仓储转移到柳市退货管理部，开启了售后服务之旅。室友晓霞算是售后的骨干了，我们平时休息时也会聊聊售后的工作情况，所以对这次的场地转移，我心理上并没有太多的不适感。新环境、新面孔、新内容、新标准，不变的是对数据统计的喜爱。新的工作环境给我增加了许多与客户沟通的机会，这锤炼了我的沟通技巧。退货管理处原本隶属于华东仓储，随着公司逐步发展，部门组织架构变动，我们被归类到国内客服这块，与在线技术人员一起为客户提供更优质、更便捷、更人性化的服务。

工作5年，自己也从懵懂的"少年"成长为睿智的"成年人"。参加过公司很多培训，从身边的领导、同事身上也学到了许多自己未有的知识、技术。

　　同样，在这短短的5年时间中，我所在的物流部也发生了许多质的变化。TMS、OMS、WMS开设了自己的物流货运公司"泰易达"；配货部门抛弃了清单核对的老套工作模式，改为快速便捷的扫描枪；仓库工作改革为计件式，多个部门为更及时、高效、便捷地服务于客户，建立了种种微信服务平台。同时，全国各分拨中心开展了大范围经销商仓储、订单、退货帮扶工作，并投放资金配备退货检测台，推行《中国区经销商退货免扣点细则》，全方位将管理机制前置。公司内外部推广各种相关公众号，表扬和鼓励优秀员工继续努力，鼓舞未上榜同事大步向前不停歇，大力营造一个积极良好的学习氛围。

　　希望自己在正泰这个大家庭中，茁壮成长，更好地学习为人处世之道，随着公司的大踏步前进，迈着自己的小碎步前进。

（正泰电器客服物流部　刘佳佳／文）

握握手，20年

　　1997年2月我高中毕业，有幸进入正泰，没想到这一"握手"已经20多年了。20多年前，我是意气风发的学生，是梦想放飞的小女生；20多年中，我是企业改革的见证人，是稳健发展的正泰人；20多年后，我是踏实奋进的正泰人。

　　1997年2月至2002年9月，我在公司的配电一公司工作，负责零部件仓库管理工作。2002年10月，我调入销售中心提货处负责成品仓库管理工作。2008年4月，我来到客服物流部至今，负责的工作由原先的退货仓库管理到现在的退货开单。一直以来我认真工作，能快速适应新环境，富有工作激情，善于创新，敢于迎接挑战，乐业敬业，有较强的事业心和责任心。

　　我们退货班组是一支充满活力、和谐的队伍，在工作之余我们几乎每季度都会开展班组活动，例如组织班组烧烤活动和班组聚餐活动等，这些既凝聚了人心，又增进了彼此的情感。我还积极参加我们团队与技术服务和在线服务部门一起组织的一系列活动，经常性地在办公室更换和添置各类花草和常绿植物，让同事在一个整洁、优美的环境中工作。

　　我们班组强调建设要坚持以人为本，以树立班组团队为核心，以强化班组管理为重点，以打造安全为主线，退货处在周四海的带领下，陆续提出一些与安全作业密切相关的要求。到退货处的这10年中，我们周边发生了几起安全工伤事故。作为退货班组，我们对于在排查、治理隐患中发现的问题，及时改善，避免了事故发生。我们还为客户利益着想，从客户实际需求出发，为顾客提供有价值的服务，帮助顾客更好地使用产品。2015年，我们开始配备专业的工程师来检测产品，2017年还制定了新的退货标准，实行了新、老标准一起使用的退货标准，让客户体验到无处不在的贴心服务。

在工作方面，我应该感谢的人有许多，最应该感谢的是两位领导：一位是配一公司的叶崇银老师。2002年10月，我休完产假以后过来上班，他知道我家离工业园很远，于是帮我申请到当时还在柳市的提货处工作。另一位是现在的领导周四海。2015年本来在退货处负责退货工作的我，由于退货工作劳动量较大，我身体吃不消，他便帮我调到了现在的退货开单岗位。感谢没有华丽的语言，没有豪言壮语，但是我对他们的感谢不会减少一分。

人的一生总是离不开工作，我保持对公司与工作的兴趣，时而忙碌劳累，时而欢声笑语，这让我感觉到生活的精彩与美丽，因为它给我带来了配合默契的同事朋友，具有亲和力的领导。尽管我不是很优秀，但我希望能够为公司发挥自己的光和热，在不断学习、不断进步中和公司共同走向辉煌。

（正泰电器客服物流部仓库管理员　杨双燕／文）

与"汝"同行

时光荏苒如白驹过隙！

转瞬间，我已经毕业3年了，参加工作也3年了。2015年那个炎热的夏天，我加入了上海正泰太阳能这个团队。从以前衣食无忧的学生到现在自力更生的员工，这样的角色转换无疑是痛苦的。每每早晨与被窝的争斗，以及对新同事、新环境的陌生感，都让我备感焦虑，可时间并未为此停留过。

时间一天天过去，我也在9#车间开始了自己的第一份工作，每天奔波在生产线与仓库之间，虽然疲惫但也很充实。下班了，回到宿舍与舍友们一起开开玩笑、吹吹牛，闹够了，躺在床上回想起自己一天的工作完成得那么出色，感觉自己就像个英雄，心里美美的。

2015年底公司要扩大规模，搬迁至海宁，我也响应公司的号召，义无反顾地来到了海宁。初到海宁的我感觉公司跟我开了一个天大的玩笑，我不禁在心里问自己："这是工厂吗？这是工地吧？"到处是施工结束后残留的砖块瓦砾，自己就像被大人遗弃的小孩，孤独无助。后来是卢（凯）总的一番话让我重新拾回了希望。卢总说："前期的条件是艰苦的，大家不要害怕，未来我们公司绝对不会是现在这样，因为我们打造的是全球首家'光伏制造＋互联网'

透明工厂。"重新拾回希望的我，很快便参与到工作中去。

回想起来我觉得那时候的自己真的很厉害，每天早晨8点到公司，晚上12点才拖着疲惫的身体回到宿舍。但付出与收获是成正比的，我的领导也看到了我的付出。2016年我很荣幸地被提拔成了一名组长。初次晋升的我内心是惶恐的，害怕自己做得不好，辜负了领导的信任，但好在有同事们的支持、领导的帮助，很快我也进入了角色。

很惭愧，公司给了我这么好的一个成长平台，这两年我却业绩平平，并没有为公司做出过什么突出贡献。倒是自己在工作中不断成长，从开始的怯懦到现在的自信，不断在进步。

一路走来，很感谢那些支持、帮助我的同事，或许他们没有感人的故事、惊人的业绩，有的只是每天按时上下班，遵章守纪，努力工作，非常平凡，也非常普通。但就是这群再普通不过的人成就了现在的我。更加感谢公司让我从一个懵懵懂懂的学生，变成了一个踌躇满志的青年。与正泰同行，真的备感荣幸。

（海宁正泰新能源采购物流管理部　李涛／文）

正泰"三缘"

缘分是很奇妙的，有的时候能够相遇就是幸运。感谢当初你（正泰新能源）给我机会，与你携手共成长。相遇是一种缘分，日后的相处就是我与你无法分割的情缘。

相面缘

回首6年前的你我，我懵懵懂懂地结束学生时代，却对大学有着恋恋不忘的情愫，流连于魔都的院校，现实却悄然而至。手执第一份简历来到上海万人体育场，投下人生中的第一份简历。大雪飘飘，刚跨出上海正泰大门，扑面而来的相约让我遇见你。

在同秉性的领导的教导下，我渐渐对你有了亲切感、归属感。转变发生在和你开疆拓土的业务中，经过酒泉MES上线两人组的拼搏、联软上线的32H的341台电脑的清晰资产管理、两周攻克语音系统的磨炼，感觉自己成熟

了许多。

在这一年里，我和我人生的另一半进入婚姻的殿堂。新生活的第一个春节，我们是和留守的同事一起度过的，我们激动地倒计时，"3——2——1"，互相说着新年快乐，同时希望明年的自己会越来越好。我和妻子以厂为家，在总监茆福军的信任下，一人一跑一听一测一解完成上海工厂响应集团网络架构调整的工作，为我们携手共进更高的平台打下坚实的基础。

激情缘

从零到有的突破，都源于你的信任。我始终秉承一个简单易懂的观念，"IT是干出来的，没有任何捷径"。从上海二期改造建设、杭州核心网络调优、杭州核心机房建设、海宁工厂透明工厂建设，到杭州会思考车间等大型项目，其中对问题的排查、项目的落实、人员的协同、士气的调动，都源于实践出真知。其中我们所经历的绝非一般人能够想象的。我们迎着凌晨4点的朝露，感受成果的快感、团队的成长、自我的肯定。同时，我们不断地反思，不断地进行"经验＋反思＝知识"的自我更新、自我的批判。

随着你进入泰国工厂建设阶段，我看到的是建设后就逐步稳定量产的新厂，这充分体现了你的速度和效率，以及"把股东培养成能人，把能人培养成股东"的智慧和号召力。

区域公司建设、德国网络调整、热电联产项目在满足用户需求、项目的搭建、人员昼夜施工、高效率的背后是你的高标准、高要求，更是秉承了你精益求精的态度，最终才得以顺利完成。我们为初心而激情澎湃。

成长缘

不要安于现状，学无止境，要不断提升自己，去发现身边优秀的人与物，向领导看齐。你希望我能够学会"说人话"、懂人性；用平常心做不平常的事，用出世的态度做入世的事情，提升管理思路的层次；对各种不同专业的人才说通本专业的技术，会说、会想、会写、会干，并遵从你的方向前行。

2019年，制造扩建电池工厂项目，为你以数字化转型为目标的智能制造树立实战标杆；电站新确定的多业务方向，为你以用户为中心的多能互补的智能能源添翼。回首这6年，每年都在开拓新的立足点，每年都有新风口，这些共同见证了我们的辉煌。用一句话来讲——你的建设发展史就是我的履历史，我相信日后的你任凭风雨撩过，依旧会坚挺不拔。而我会为你"一云两网"的梦想添砖加瓦，让自己永远跑在成长的路上。

（正泰新能源信息管理部　沈琦／文）

学与伴

学如逆水行舟，不进则退；心如平原走马，易放难收。

因为机缘巧合，二十有几的我，有幸加入了正泰这个大家庭。仔细算来我已在正泰经历了一个春夏秋冬，可依旧对这儿充满了新鲜感。

有的企业只管做事，有的企业在做事的同时重视育人。很显然正泰属于后者，我很享受部门里与同事间亦师亦友的关系，或许这就是正泰传承下来的态度。

我很喜欢麦克阿瑟将军的一句话："你有信仰就年轻，疑惑就年老。有自信就年轻，畏惧就年老。有希望就年轻，绝望就年老。岁月侵蚀的不过是你的皮肤，但如果你失去了热忱，你的灵魂就不再年轻。"

在我眼中，正泰似乎就是一位永远充满着活力的青年，从不缺乏信仰、自信。或许这也是正泰传承下来的态度。

纸上得来终觉浅。对于刚接触新能源的我来说，进入正泰似乎是开启了另一个世界。

从直流电变交流电，从低压变高压，从分布式到地面电站，从光伏场区到输出线路，每个新知识对于我来说都显得格外的陌生。

在这短短一年的时间里，我从一无所知的"萌新"变成了对这行懂了一点皮毛的初学者。

从江山电站的现场学习，到五月份的光伏展会，再是许多次的供应商现场施工考察，到最后的白城项目施工配合。短短一年的时间，公司、部门给予了我许多次现场学习的机会，这让我对工作有了更深刻的了解。只有懂得了自己的工作，明白了其中的来龙去脉，人才会逐渐成长。这就是育人，这就是正泰的态度。

每次出差，我的手机上永远都不乏这些嘘寒问暖的消息："到了发个信息""回家路上注意安全""记得带好钱包和身份证""出差那几天下雨，记得带上雨伞"。一句句简单的话语，看到时仍感觉一阵暖意。这亦是正泰的态度。

有次约几位供应商面谈，坐在公司咖啡厅的休息室。刚坐下还没聊上两句，吧台的工作人员立刻就端上几杯热水，微笑着递到了供应商面前，还在水杯边放上了一张纸巾。不仅是我，面谈的供应商也笑了。这就是正泰的态度。

公司经常会接待一些重要来宾，接待人员每次都会带着贵宾到一楼的世界展厅，给宾客介绍正泰的风雨历程。在介绍中，接待人员脸上时不时会扬起微笑，语气里透露出来的是骨子里的骄傲，一种身为正泰员工的自豪。

"伴"不仅是我与正泰，更是正泰与我。都说社会是一个"大染缸"，形形色色的人都有。然而在我是素面白纸时，正泰帮我绘上了浓墨重彩的一笔。

什么是伴？是年年岁岁花相似，岁岁年年人不同的文化传递！

什么是伴？是我和正泰的"江山代有才人出，各领风骚数百年"的豪情壮志！

"真诚、关怀、感性、尊重、激情"，这是正泰给我的感觉，这就是态度。

敢问一个有着浓浓情感、流淌着赤诚热血的企业怎么会不强大？以往的34年未曾与正泰同舟，但我希望以后的风光大道我们一同见证！

（正泰新能源生产服务部　何灿锋／文）

拥抱未知

我在原单位曾负责设备采购招标工作，对正泰的产品有一定的了解。正泰开关柜业务在业内的名气比较大，相关产品的价格在国内同类产品中也比较高。我们在供应商档案里将正泰产品列入国内一流产品，很多发电企业业主将正泰产品指定为必用产品。

原单位是一家温州民营企业，我为它服务了11年，其间我做了很多岗位，和老板及其他的温州商人接触得非常多，特别崇拜大部分温州人的敏锐洞察力和敢闯敢干的拼劲。同时，在杭州的温州团体团结互助、信息资源共享的合作氛围也深深影响着我。《温州一家人》这部电视剧我看了不下三遍，被温州人的创业精神深深吸引。因此在原单位业务方向及地域调整，我不能继续跟随的时候，把简历投向了正泰新能源。在此之前，我先去买了一本《南存辉讲故事》，对正泰及其掌门人进行了了解。正泰的发展史、南董的很多经典语录深深吸引了我，坚定了我来正泰的决心。当然我也是很有运气的，当时负责东部事业部的李崇卫副总裁面试我时也正好觉得我适合这个团队，就这样我很顺利地加入了正泰。

我进公司后就是在李崇卫副总裁的领导下工作，公司架构调整后我也坚定不移地选择跟随李总。也许在正泰，我深入接触的领导并不多，但我自己一直觉得李崇卫是有大格局的领导。

举个例子，2017年底，公司组织架构大调整，原东部事业部被拆分，很多原东部事业部的同事都感到非常迷茫。李总不管是在开会，还是在活动中，一直都给大家打气："公司要有好的发展必须经历各种变革，未知不一定是坏事，我们要拥抱未知。"这一点跟南董的观点非常吻合，因为"拥抱未知"这四个字我在南董的一次报告上听过。

我们售电配网事业部是2018年3月才组建的，售电配网事业部是新能源公司为满足2018年初国家电改形势下的新业务拓展需要而成立的，主要负责全国范围的增量配网项目和部分综合能源项目投资、建设、运营管理，以及购售电相关的业务。目前部门成员不多，但这个小团队不仅在工作上合作紧密高效，私下里气氛也非常融洽。

我入职没几天，一次经过马野办公室时他叫我进去，他跟我聊了很多关于业务部门和管理部门之间协作的事宜。印象最深刻的是，马总不仅教了我很多业务管理方面的具体要领，还告诉我如何成为一名HRBP。当时我还不知道马总不仅是公司领导还是集团领导。出了他的办公室，虽然大冬天下着雨，但我感觉被暖化了，这是我在正泰遇到的又一个贵人。

人力资源部经理谢芳是我非常喜欢的同事之一，她是一个老正泰人，他们部门的人称她"娘娘"，现在我似乎慢慢体会到"娘娘"的含义了。首先，他们部门的人都比较尊重她，佩服她的专业知识和业务能力。其次，她表面看着比较高冷，不苟言笑，接触后发现她其实很好沟通，而且非常热心，我们部门的绩效考核逻辑就是她一手教会我的。最后，她人很漂亮，又很有气质，当然符合"娘娘"的特质了。一个既漂亮又能干，对正泰还如此专一的人才，不可多得。

在东部事业部时，我们是光伏分布式开发的最优秀团队。我是幸运的，现在进了公司新业务拓展部门，这不仅是公司的新业务方向，也是国家电改的新方向。我们所从事的增量配网、配售电等工作没有经验可借鉴，没有标准规范，都是要靠自己摸索开拓的，非常有挑战性，也非常有意思。目前我们正在申报几个试点项目，我们自己做方案，自己搭建财务模型，自己摸索运营方案。充实而具有挑战性的成长经历，我们非常珍惜。

（正泰新能源售电配网事业部市场开发经理　邓杭锦／文）

走进正泰

十多年前，我还是一名在校生，身处中国民营经济的发祥地——浙江温州。当时，温州企业正以其独特的温州模式引领全国，正泰集团又是其中的佼佼者，这强烈激发了我的好奇心。我有幸通过正泰集团和我们学校搭建的校企合作平台，多次到位于温州乐清的正泰集团学习和交流，大开眼界。

记得第一次走进正泰，时任正泰电气股份有限公司生产处副处长的吴波与销售科欧刚科长热情地接待了我们。他们首先介绍了厂区规划，其中斑马线设定、人车分流等一系列以人为本的举措，令人称赞。吴波副处长进一步讲解道，这是在引用日本的"5S"生产管理模式基础上发展而成的"6S"，可以用6个词简单地概括：整理、整顿、清扫、清洁、素养和安全。同时他还补充说，生产线上生产的变压器都是重达几十吨的设备，员工操作不当、起重设备老化等都会危及员工的生命，为了保障员工的生命安全，上层领导特别重视安全生产，将"安全"着重列入了生产管理。这在我们同期参观的、位于温州乐清的其他企业中未能见到，正泰集团的企业文化和精神在我们学生心目中留下了深刻的一笔，正泰精神"和谐、谦学、务实、创新"让我们印象深刻。

2010年12月28日，我通过面试，正式走进了位于杭州市滨江区的浙江正泰太阳能科技有限公司。2016年，我转入浙江正泰新能源开发有限公司。入职至今8年整，我如愿以偿在正泰这个大家庭中学习知识和技能，不断提升和完善自己，每一年伴随着正泰新能源（太阳能）在光伏行业的波涛汹涌中，乘风破浪，继往开来。今年即将迎来正泰集团35岁生日，在此我由衷说一声"生日快乐"，也应和那句：陪伴是最长情的告白。新年伊始，从零出发，我会坚守一个正泰人的信念，脚踏实地，锐意进取。

十多天前，在庆祝改革开放40周年大会上，党中央、国务院授予南存辉董事长改革先锋称号，颁授改革先锋奖章，同时，南存辉董事长获评温州民营经济的优秀代表。正泰上下，欢欣鼓舞，走进正泰，我们不忘初心，青春无悔；走进正泰，我们牢记使命，艰苦奋斗；走进正泰，我们昂首挺胸，继往开来。

（正泰新能源物业管理部行政管理　陈荟／文）

有幸遇见你

　　一身蓝色的长裙，静静地矗立在国道一侧，甜美而又宁静，四周围绕着一条名为乐琯的丝带，飘逸而又高雅。曾无数次地想象她的样子，或梦幻，或平凡，但初见时仍然被她深深震撼。她就是正泰，一个给我提供梦想的平台和温暖港湾的地方。

　　刚投入正泰的怀抱，她就给了我一份巨大的礼物。这份礼物正好是我最欠缺的东西。她给了我一段话，我称之为自省。她说：当你感觉有困难的时候，是自己的智慧不够；当你感觉有压力的时候，是自己的能力不够；当你感觉没有自信的时候，是自己的能量不够；当你感觉不顺眼的时候，是自己的胸怀不够。简短的四句话，七十多个字，如醍醐灌顶。在遇到问题的时候，能首先想想自己的原因，问问自己是不是在某些方面做得不够全面，问题也就解决一大半了，剩下的也就是些零零碎碎的细节了。大多数的问题都来自主观臆想和判断，因为自身的能力和知识的局限性，问题往往会被放大，如若不能自省，问题就会被激化，这样一来，工作的效率和个人对工作的积极性就会受到极大的影响。

　　如果说进入正泰的怀抱是源自上天的垂爱，那么这第二份礼物就来自正泰的垂爱。这份礼物就是我的老师，一个被称之为"行走的教科书"的人。

初次见到老师，感觉他是一个不太爱说话，甚至说稍微有一点腼腆的人。同事说，老师从事机械行业二十多年，每天除了工作就是睡觉，用现在的话来说就是一个典型的技术宅。他不爱说话，但是当我在专业方面遇到问题的时候，他总是能多方位、多角度地给我讲解，直到我懂了为止。最最让我佩服的是，3家标准件供应商，成千上万种标准件，老师都了如指掌，在我还在苦苦翻着3本比《新华字典》还要厚的产品介绍时，老师就已经知道我所需要的是哪一种了。老师说，做事主要分三步，分别为遇到问题、分析问题和解决问题。第一步遇到问题时，不急不躁，先让自己冷静下来；第二步就是分析问题，将问题仔细地梳理一遍，跳出问题本身，找到产生问题的根源所在；第三步就是解决问题，解决问题的方法就是两个"简单"，意思就是将复杂因素简单化，简单因素单一化。老师不仅在做事方面教导我许多，还经常教我怎么与同事相处。老师常说，我们要善，与人善，与事善，这也是与自己善。和老师相处的这段时间里，从没见过老师和任何一个人有过争吵。他说，每个人都有自己的不容易，能体谅的就体谅一下。

我很庆幸自己能够来到正泰，在这里遇到了教我与人为善的老师，在这里找到了理想的突破口，在这里遇到了一群能力十足却又不乏幽默的同事。在这里，我定能挂帆远航，实现自己的人生价值。

（浙江正泰电器工业化部　程鑫／文）

我的人生逻辑里
没有"不行"二字

加入正泰之前，对正泰的了解仅限于浙江正泰电器股份有限公司是国内电器行业龙头企业，加上对电气方面接触得比较多，经常能看到正泰这个品牌，觉得正泰是个展示自己的好平台。

我是江西人，大学学的就是光伏，我从江西上饶一家光伏企业离职后，当时正泰负责户用光伏事业部销售管理的李晓倩总经理打电话给我，让我来正泰面试一下，当时想着刚好比较近，直接就过来了。来过之后，李总和负责户用光伏事业部的总经理林银海都觉得我比较适合当时户用光伏事业部销售这个岗位，让我确定是否入职。我一直认为正泰是一个非常好的平台，另外杭州也是一座非常不错的城市，当即就决定留下来，我现在还记得入职时间是2016年8月16日。2年多过去了，我为当时的决定感到庆幸，也非常感谢李总和林总的认可。

刚进公司时，林总负责的户用光伏事业部只有27人，主要负责租赁业务开发，我被招进来负责销售业务。在了解公司的运作流程后，我着手了解区域市场。杭州和温州是正泰光伏和正泰电器的大本营，在这两个地方，正泰的品牌效应和口碑都比较好，比较容易打开市场。2016年9月，我接洽了5家意向杭州区县类代理，从实力、银行关系及地方关系方面考虑，打算引入1家，但是由于租赁和销售业务分开操作，其实是有冲突的。和林总汇报之后，林总让我不要顾忌那么多，只要有利于正泰户用光伏发展的，都可以去做，但是要注意处理方式。这家代理也比较给力，当月就打通了银行渠道，做贷款销售。看到代理销售逐步做顺，我也向林总提出了一些促进业务进度加快的政策建议，如临时额度、技术支持、400支持服务等，林总觉得切实可行的建议也予以大力支持。至2016年底该代理做了117户户用销售，采购额约330万元，并打开了户用销售的大门，租赁代理也慢慢转型成租售一体代理。现在想起来，如果当时没有林总的大力支持，也就没有我的现在，我非常感激林总。

2017年10月，户用光伏事业部山东办正式成立。当时山东办仅有7人，一个月之内整个山东17个地级市全都要跑遍，时间紧张，平均一个客户不到2天的交流时间。这对我们的办事效率提出了严峻的挑战。也就是在这样风风雨雨的过程中，我学到了许多有用的东西。

2018年由于531政策，光伏市场形势突变，事业部多元化发展更有利于在政策突变的形势下生产，我被调去负责商业项目，山东办技术主管刘祥宙刘工之前就是隆基集团负责山东区域工商业项目的技术骨干，被总部挖过来，协助开发山东业务。说实话，商用业务我完全不懂，全靠刘工手把手从项目前期材料审核、项目踏勘、技术沟通等环节带我，有时有些问题想不通，晚上11点多发信息询问，周末打电话咨询，刘工都会及时详细地给予解答。刘工家小孩出生才半年，正是需要照顾的时候，做到这样真的非常不容易，我很佩服。

一个团队，需要明确的团队目标，团队中的每个成员可以有不同的目的、不同的个性，但必须有清晰的角色定位和分工，团队成员要清楚地了解自己的定位与责任。作为一个整体，团队成员还必须有共同的奋斗目标，彼此信任，有畅通的交流和不断实现共同目标的技能，如此才能协调成员的行为，使团队形成凝聚力和战斗力。因此，要打破部门间的沟通壁垒，加强各部门间的沟通，增加信任感，促进业务高效展开。如户用事业部卢凯总经理所说，一切工作都是围绕业务展开的，应该做一个业务型的商务、技术、财务及法务。

调到山东来成立办事处以后，我参与体验了山东办事处从无到有、从弱到强的过程，其间故事一言难尽，既要开疆拓土又要稳守城池。这一年我真的成长了很多，头发也白了许多，但是一切都是值得的、有回报的，我收获了丰硕的成果。

我一直在思考如何成为一个优秀的销售人员。我认为首先必须做好自己的本职工作，明白我的工作需要什么知识，我处理的事情需要用到哪些方法。因为一个好的工作方法可以让自己快速高效地处理客户诉说的问题，同时也能提高客户满意度。为了更好地做好工作，我每天都在学习。回顾来正泰的2年多，我发现自己成熟了许多，少了刚来时的羞涩，多了自信和微笑；回想这一年来的辛酸苦辣，马上又到了考验成果的时候了，我可以挺胸抬头，因为这一年我没懈怠，结果说明了一切。现在我只想把工作做得更加圆满，为2018年画上一个圆满的句号。

未来，我将继续保持2018年的冲劲和干劲，时刻为自己充电，永远保持精神饱满的状态，微笑去迎接不同的挑战和困境。希望我的努力和干劲在提升自己能力的同时，也能得到相应的回报；也希望自己有朝一日能够独当一面，成为未来正泰的顶梁柱。

（正泰新能源户用光伏事业部山东办事处销售主管　袁志鹏／文）

用心服务，创造价值

2011年冬，我有幸加入了正泰这个大家庭，成了客服物流部技术工程师中的一员。至今清楚地记得刚入职那天兴奋的心情，以及后来被派往山东办事处时兰天总经理和戴广温经理在我临行时的嘱托及殷殷期望。转眼间，7年多的时光已经过去，我没有了最初处理售后问题时的青涩，更没有对工作的"七年之痒"，有的只是一份坚持、一份笃定和一份热爱。

弗洛伊德曾说过："精神健康的人，总是努力地工作及爱人，只要能做到这两件事，其他的事就没有什么困难。"从客服工作的层面来解读这句话即是责任心和同理心。责任可以使人坚强，责任也可以使人发挥自己的潜能。而能力，永远需要责任来承载。同理心，就是指能设身处地地理解客户的情绪，感同身受地明白及体会客户的处境及感受，并可适切地回应其需要，想客户之所想，急客户之所急。

7年来，我早已走遍了山东省的所有区县市。从雄伟的泰山之巅到美丽的黄河之滨，从繁华的都市街区到荒凉的乡间小道，有正泰产品服务需求的地方，都曾有过我的身影。从工作日到节假日，从迎着朝阳出发到伴着落日星夜兼程，从白天的电话咨询到凌晨3点的客户紧急电话，有需求的地方，就是对我们正泰技术工程师的使命召唤。从调试到维修，从咨询到分析，从巡检到培训，努力做到快速解决客户遇到的产品问题，让客户信赖正泰、选择正泰。一次次服务后客户脸上的笑容，言语上的感谢，是对我们最大的肯定，也是我个人坚持这份工作的原因所在。每天都有不同的成就感，这是对生活最大的奖励。所以，为工作付出，自己收获的必然也是快乐和安心。

2014至2015年，因某一类产品问题，我需要与国网山东供电公司下属的多家区县分公司协商和协调解决问题，个人在压力面前勇于承担责任，最后事情得到圆满解决。

2016年1月，正值北方寒冬，下午5点多天色将黑，禹城客户投诉DW17无法合闸，需要紧急处理。我马上坐上末班车到达客户所在城市，现场勘查时发现是由客户安装不当造成的开关无法合闸。户外维修冷得我全身几乎冻僵，直至晚上9点多维修完毕我才顾得上去吃一口热饭。客户非常感动，第二天向公司发来感谢信。

2018年4月的某一天，下午4点我接到办事处领导的电话，青岛某政府单位的NM8S-630设备无法合闸，要求当晚一定要更换上新的产品，然而整个青岛区域经销商都没有库存。当时我正在从外地服务完毕返回济南的客车上，要下午5点多才会到达济南，接到电话后我紧急协调山东分拨中心同事带一只新产品送到汽车站，然后预订晚上6点多前往青岛的动车，凌晨12点前，开关更换完毕，事情得到圆满解决。

2018年11月，由于家人紧急住院，我特请事假5天陪护。虽然过程中充满了悲伤、焦虑及担忧，但其间仍通过电话处理了选型咨询、故障排除、现场服务协调、新同事业务指导等方面的几十件事。即便是在家人做手术的过程中，只要客户打来电话，我也能做到马上调整自己以饱满的情绪为客户耐心解答问题。

美国著名思想家、文学家爱默生曾说："人生最美丽的补偿之一，就是人们在真诚地帮助别人之后，也帮助了自己。"未来的日子里，我会坚持做到勤勤恳恳，用心服务，希望通过自己的努力为公司的行业服务口碑及市场价值的增长贡献一份小小的力量。我相信这每一份小小的力量的汇聚，一定会成就正泰更加辉煌的明天！

（正泰电器客服物流部山东办事处 张红波／文）

心系客户，赢得尊重

时光荏苒，犹如白驹过隙。翻开历史的画卷，正泰集团在南总的带领下已经走过了35年。

在这35载，正泰从小型企业发展成为具有中国自主品牌的民族企业；在这35载，正泰从跟随型的电器制造企业发展为朝自动化、新能源、系统集成等方向发展的领先企业；在这35载，正泰从白手起家成长为国内电器业龙头。

这35载，是一代又一代正泰人经历的从依靠质量和信誉求得生存，引进国外先进技术和设备并走上集团化经营之路，获得各种国内外专利400多项，参与制定各种行业标准200多项，提高产业链竞争优势的充满摸索和实践的光辉历程。

作为公司的一员，我由衷地为正泰感到骄傲，感到自豪。我从2005年进入正泰，到2018年已经整整14年了。这14年，我从一名普通工程师成长为技术精湛的高级工程师，同时也见证了正泰在这14年中如何变得更加强大。在国内市场取得了龙头的地位后，正泰转战全球市场。在世界经济缓慢复苏、产业格局深度调整、市场竞争极度激烈、转型发展压力重重的背景下，按照国家2025强国战略，结合发展的实际，正泰根据未来10年"一二三四五"的战略发展思路进行发展。

作为公司的一分子，作为一名正泰人，作为一名技术服务工程师，我在自己的工作岗位上更加努力辛勤地工作，做好每一次售后服务工作，使服务达到一个更新更高的高度。在这14年的工作历程中，我经历了许多考验，拥有过表扬和掌声，接受过指导和变革，凭着坚毅执着、拼搏、不懈奋斗，工作成绩可圈可点，同时我总结了很多工作经验与团队成员分享，以期共同成长。

其中最主要的一点就是以客户为中心，包括为经销商、客户提供售后服务，主动配合市场销售人员，展开技术营销促进二次销售，开展客户关怀巡检，为经销商提供技术支持，进行前台销售人员专业知识培训等工作。

在2018年8月27日进行行业客户关怀巡检走访，与哈尔滨卓尔电气设备有限公司苗总的技术交流中，我发现一条重要信息。2017年11月该公司购买了一台NH40-800/4SZ双电源设备，将其用于黑龙江省绥芬河市跨境电子商务监管中心（其前身是航天丝路供应链管理有限公司，由阿里巴巴投资，后被绥芬河市政府控股改为监管中心）的消防上。该设备在当年12月到达现场并安装在地下室，没有取暖设施，而当地最冷时达到零下35摄氏度。2018年9月初要进行消防联动。在此情况下，我主动向苗总要求让用户先对设备进行测试。用户测试时发现双电源不能自动投切，在了解现场调试的相关信息后，我在第一时间到达黑龙江仓储中心，在同规格型号产品上拆下一块控制板，并与苗总第一时间前往现场处理。到达现场检测时发现是主板烧坏了，便在用户规定窗口期（0点至2点之间）及时、准确更换调试，使设备工作正常。并在现场对用户进行产品工作原理、维护维修等知识讲解，最终赢得了成套设备厂及用户的高度赞扬，同时也避免了一次重大事故。只有心系客户，才能赢得客户尊重。

值此正泰35周年之际，售后服务工作更要展现新气象，谱写新篇章。要从以前单纯为经销商、客户提供售后服务的工作模式，转化为主动靠前服务，将客户在产品巡检时发现的隐患问题及时解决，让客户用得更放心。只有心系客户，才能赢得客户的尊重与信赖；只有在工作中注重细节，才能获得经销商的高度认同。只要我们思想意识领先一步，就能使我们的服务达到一个新的高度。技术服务工作，是我们与客户的最后一次零距离技术交流。在这最后一个环节中，我们会保证让每一个客户用得放心，使得安心。

（正泰电器客服物流部黑龙江办事处　张永胜／文）

记忆中的两件事

　　2005年9月22日，我成为正泰驻外技术服务大家庭的一员。时光荏苒，一晃13年过去了。在这13年风风雨雨中，值得我记忆回味的事情太多了，先说说其中让我印象最深的两件事，一件事改变了我对现有工作的认识，另一件事让我觉得比较有成就感。

　　第一件事发生在我刚入职时，那时我自认为在某低压开关厂工作了10年，对低压元件及开关柜已十分熟悉，想当然地以为驻外技术服务就是产品维修，我应付起来应当十分轻松。谁知不久后一次简单的售后服务工作就让我吃了苦头。事情是这样的，丹东市有一个用户投诉一台DW15-1600 380万能断路器在使用中按储能按钮后储能电机转得很慢，无法正常储能。我电话指导用户测量二次控制电压都正常，故判断是储能电机损坏，需更换储能电机。我带着储能电机到达用户现场，看到故障现象同用户描述的一致，41、42号控制端子电压也正常，觉得这就是个小问题，更换储能电机就行了。谁知费了九牛二虎之力将储能电机更换后故障依旧。因用户停电时间有限，不能耽误生产，用户催得紧，我又查不出故障原因，这时心里特别着急。还好在生产公司相关人员的远程电话指导下，我测量了储能电机的端电压，只有220V，原来是控制回路有问题。经详细了解才知道，用户前期发现储能电机烧了，从别的品牌产品中拆了一个电机更换，更换中有可能将二次接线接错了。我重新改正二次接线后产品使用正常了，用户和经销商也满意了。通过这次事件我发现，自己把产品技术服务工作看得太轻了，其实自己就是小白一枚。一是对产品不熟悉，没有发现用户的电机不是原装配件；二是现场分析能力不强，没能根据产品的故障现象找出故障点；三是现场处理经验不足，将售后服务想得过于简单，没能同用户进行充分沟通，没能详细了解现场使用情况。从那以后，我对我的工作有了新的认识，并在以后的工作中持续加强了对产品知识、电气理论、现场处理技巧及日常规范的学习，争做一名合格的技术服务人员。

另一件比较有意义的事是某市政府办公楼变电所开关爆炸起火事故分析处理事件。某市政府办公楼变电所使用的开关均为正泰产品，使用中进线柜突然爆炸起火，同时还有两台补偿柜、一台配出柜损坏，变压器受电动力损害造成绕组变形。事发时正值市政府工作时间，事故发生时产生的巨响及浓烟给楼内办公人员造成很大影响，市政府要求政府运维单位、电业局、成套厂成立联合调查组，查明事故原因，认定责任划分，尽快恢复供电。

接到成套厂的电话后，我第一时间赶到了成套厂，并同成套厂技术人员一起以非正式人员身份初步查看现场。现场主进线开关为DW17-2500，上端灭弧罩处已经烧没了，产品已烧得无法分辨电流规格及生产厂家，从进线端母排直到刀开关处的三相铝母排全烧没了，断路器出线端及母排完好，初步判断为断路器进线端短路故障，而其他三面柜子是因为短路过电压造成塑壳断路器进线端被击穿（塑壳断路器未安装隔弧板）。在同现场电工的聊天中，我又侧面了解到三件事：一是用户电工说事故发生时开关柜一直燃烧了12分钟，高压未跳闸；二是事故发生前，配电柜内DZ20-1250/1000断路器下端电缆被施工队抓钩机挖断了；三是出事的开关以前更换过，当时也是开关运行中突然短路了，并将开关柜门崩开，成套厂检测开关绝缘无问题，可以继续使用，用户担心开关性能有问题，于是自己在外边买了一台一模一样的开关，让施工队给换上了。

通过与现场功能一样的进线柜开关对比，我发现DW17-2500存在喷弧距离不够的问题，且产品未按使用说明书的要求安装绝缘板；通过对DZ20-1250/1000断路器的查看，发现断路器处于脱扣状态，灭弧罩内有分断大电流的痕迹，说明DZ20-1250/1000短路跳闸保护了，且产品未按要求安装隔弧板。

我将现场图片及相关情况反馈给公司，并提出了个人看法：

1. DZ20产品已保护跳闸，因未加装隔弧板，可能造成进线端母排击穿短路，需提醒成套厂加装隔弧板。

2. 总进线断路器喷弧距离不够，当断路器分断喷弧时，上端母排相间短路，需提醒成套厂改正母排布置方式并加装绝缘板。

3.高压开关不动作导致此次事故的影响面扩大。

公司认同了我的分析结果，当我将分析结果转告成套厂时，成套厂也无法反驳，同意此次事件与元件无关，并请求我方不要公开DZ20产品未加装隔弧板及DW17喷弧距离不够的事情。这件事情就这样过去了，事后办事处同事及经销商都说，本来以为这事儿挺大的，又涉及地方政府部门，不是那么好处理的，没想到半天不到，就没我们的事儿了。当时得到大家的肯定，我心里也挺自豪的，特别有成就感，觉得自己从当初一个断路器电机故障都处理不好的新手，通过企业的培养、同事的帮助和自己的努力，慢慢成长，终于发展成为如今可以独立完成重大事故分析处理的技术服务人员了。

以上就是我在以往工作中印象最深的两件事，它们永远激励我在以后的工作中踏踏实实、兢兢业业，并逐步成长。

（正泰电器客服物流部驻外技术服务　邹建林／文）

学会分享

浙江正泰电器股份有限公司是低压电器行业的龙头企业，与我所学专业对口，加上毕业后想要回家乡工作， 2007年4月大学还没有毕业我就选择进入浙江正泰电器股份有限公司终端公司进行实习，毕业后在终端公司销售服务处担任销售服务员，在蒲启成工程师的领导和帮助下，从事产品选型、产品分析等技术支持工作，协助办事处进行产品退货的处理及原因的分析，及时提供新产品开发和老产品改进信息并上报。2008年终端公司拆分为两个制造部，我在终端电器制造一部销售服务处处理专项市场的相关事务，从事专项市场所需产品的售前、售中、售后服务工作。

2009年，我从终端制造部调入销售中心800服务部，进入戴广温经理领导的服务团队中，从事技术服务工程师岗位。2010年，销售中心800服务部调整为客服服务部，我从事在线服务工程师兼技术服务工程师岗位。在技术服务工程师岗位上，我处理各类产品投诉445起，其中各类烧电机、屋房起火、设备损坏、人员伤亡等重大事件34起。这为产品质量内部改进提供了现实依据，并有效维护了正泰产品在客户心中的形象，保持了客户的忠诚度。

2013年底以来，我从事在线工程师岗位。在在线服务工程师的岗位上，我总共处理了130 000多项在线信息业务。例如，山东有一个客户用NVF2G变频器组装恒压供水系统，其自行调试了很久，供水系统都没有正常运行。我接到客户来电后，对线路接线和变频器参数设置等进行多次指导，最终使恒压供水系统正常运行。后来客户特意再次来电表示感谢。像这样的客户需求，我在日常的工作中会经常碰到。

在正泰工作期间，我利用业余时间编写了"800信息中心终端产品相关问题解答""销售中心终端产品知识培训""DZ47-60结构、材料及工作原理""NA1产品出厂检测及认证""DZ47-60校验及检测""DZ158-125产品介绍""产品知识及低压常见问题解析""NKB1产品介绍及应用"等课件，并与国内客服部人员分享，共同提高国内客服部人员的专业知识，为今后的同事工作提供了很大的便利。

在此期间，我还积极参加部门活动，如针对国内客服的读书分享会活动，制作"读《幸福的方法》的感想"PPT，分享"开心工作、感受幸福"的方法，丰富国内客服人员的精神世界，并将学习成果运用到工作当中。

同时我提出了29项合理化建议，改善了客服部门的工作流程，丰富了产品资料。

2013年，我获得客服物流部"合理化建议优胜奖"，2018年在"改善在我身边合理化建议"活动中获得二等奖。我真诚关爱客户，在客服岗位上尽心尽力，用心为客户服务。2015年，我的全年绩效评定为A，2009年、2011年、2013年、2014年、2017年全年绩效评定均为B，2011年被评为先进个人，2018年上榜"物流"服务月优秀人员榜单。

在正泰工作的这10多年时间里，平时除认真做好本职工作外，我还充分利用正泰这个大平台，学习、巩固低压电器知识，同时在业余时间将自身学历从大专提升至本科，并相继取得助理工程师职称和中级工程师职称，获得了电工操作证及初级电工证。除专业外更重要的是自学能力、环境适应能力和人际交往能力，这些我都有了很大的提高。

戴经理在工作中非常重视对员工的培养，在生活上对员工也非常关爱。2014年1月2日，我的宝贝女儿出生，为照顾妻子女儿，我在护理假用完之后将婚假一起请掉，领导不但同意，还在百忙之中抽出宝贵时间到我家探望，这让我万分感动。感谢领导一直以来对我的关心和照顾，在以后的工作中我会更加努力上进，不负领导对我的期望。

以上是本人进入正泰电器股份有限公司的工作历程，后继我将对以前的经验进行总结，并结合自身的情况，从多个方面来提高自己，更好地实现自我价值，为正泰服务，为客户服务。我相信，继续奋斗自己终会成功。

（正泰物流部在线工程师　朱洪益／文）

我与正泰共成长

钱塘江边，永远不缺少风的陪伴，不远处的风力发电机组正在"辛勤"地工作，每转一圈都像是一种奉献。这种景象只要是在天晴的早晨，站在海宁正泰新能源公司的正大门前就能欣赏到。时光如梭，不知不觉在正泰公司已工作8年多了。回想起2010年的5月，初夏刚至，天气还有点微凉，刚开始游玩钱塘江的我，看到滨安路上正泰公司的招聘广告，没有过多的考虑，就拿着身份证和退伍证去面试了。过程很顺利，在进行自我介绍时，我说自己当过兵，面试官没有多问，就赞赏地点头表示通过，我也有幸成了一名正泰员工，从此开始了我在正泰的职业生涯。我满怀激情，用深情和汗水书写自己作为一名正泰一线员工的激昂青春，将我的执着和努力挥洒在平凡的岗位上。岁月的流逝，生活的考验，工作的磨炼，让我少了一些天真，少了一分莽撞，多了一分成熟，也多了一分责任心。家庭是我的归属，企业是我充盈生命的平台。在这里工作的时间越长，对它的感情越深。因为正是在这里我得以逐渐成长，是这个大家庭给了我支持和平台，帮助我完成了从一个稚嫩的小青年向优秀职业人的蜕变。

"和谐，谦学，务实，创新""让世界共享太阳的光芒""打造全球领先的智慧能源解决方案供应商"，这是刚进公司时人事专员给我们进行新员工培训时对公司文化的描述。身处这样一家有着浓厚的精神文化和明确的目标与愿景的公司，对于我们每个员工而言既是机遇也是挑战，充实、快乐、努力是对我们每个员工的要求。

毛泽东说过："我是革命一块砖，哪里需要哪里搬。"在公司上班亦是如此。由于公司发展需要，我在杭州工厂仅工作4个半月就被调到了上海工厂，从最早的装框工序补胶员开始，先后经历了装框工段长、不同车间的中道领班、后道领班、包装领班、前道领班、生产倒班主管、物料主管，辗转了多个岗位和工作场所，遇到了很多可爱的同事和有担当的领导。到现在我都还清晰地记得自己在上海工厂做一线班组管理的日子。在不断学习业务知识和开展工作的同时，我的眼界开阔了，我的人生阅历和经验丰富了。那是一段可以让我铭记一生的岁月，是让我受益一生的宝贵财富。

从2015年底开始，伴随海宁工厂的项目投建，作为一名坚定追随公司发展的一线管理人员，我来到了海宁尖山这个美丽的地方。刚来那段时间一直是上海和海宁两地来回辗转，因为我当时主要负责的是两地的物料与包装模块的管理工作，虽然来到海宁这边的时间不长，但很荣幸目睹了公司快速发展和日益成熟的过程。从刚开始在荒草丛生的空地中启动奠基仪式，到车间第一块组件的下线，再到组件单月产能突破130MW。通过尝试与创新，我和我的团队在积极完成所属模块各项生产任务的同时，借助自己的工作平台和各级领导的信任，先后负责和组织生产部门内各项降本增效项目的推行与实施，先后完成组件硅胶降本项目、组件边框降本项目、清洁剂用量降本项目、玻璃机人力精简项目、辅料整体降本项目、物料与仓储合并项目等，同时联合车间一起制定辅料管控标准与内部预警监控机制，优化内部人力配置，减少现场材料的浪费与损耗，让现场资源的利用更加合理与高效。

在正泰工作的这几年，我和团队的微小付出换回的不仅仅是薪酬，还有很多可供发挥的平台，比如我还是党工团成员、团支部书记、膳食委员会委员，以及各类活动的组织策划者，这些不仅丰富了我的生活，还让我得到了新的学习和锻炼的机会。同时，公司还在荣誉方面给予我和我的团队诸多的肯定与鼓励。这所有的收获无不包含着我的每一位领导的栽培与指导，无不包含着每一个团队成员的智慧和汗水，这所有的收获也记录着我们所有人为之自豪的成长经历和梦想。

"诚信守法，注重绩效，不断变革"，秉承着这种核心价值观，我们一直在前进。一滴水只有放进大海里才不会干涸，公司就是我们每个人的浩瀚海洋，它给了我们奋斗的勇气，赋予我们无穷的力量。如今，海宁工厂正朝着行业标杆的目标奋进，以电池＋组件分工厂管理的模式进行创新，业界知名度与日俱增，我们理应为公司的强盛而深感自豪。当然，公司的高速发展，也对我们提出了更高的要求，每一个正泰人都应该不断地完善自我，不断地超越自我，努力使自己在工作中成长起来，充分发挥自己的能力，实现自己的价值。

机会面前人人平等，要实现自我，获取肯定，就必须"与公司共成长"，把自己打造成高素质的优秀员工，无论我们是普通的一线员工，还是企业管理层，只要有梦，只要愿与公司同步，就一定能得到持续的成长，在为企业创造价值的同时成就我们自己。

（海宁正泰新能源物料&仓储主管　刘金／文）

"烦恼"中成长

时间过得真快，一想到正泰，仿佛还是昨天的事，可是我到正泰工作已经3年多了。这3年来，我从江山一路走到嘉兴、上海，经历了太多的故事。

2015年，我从老家河南的火电厂转行到了江山电站。作为在火电厂工作了10多年的老电气运行人，在对光伏电站充满了好奇的同时也有种说不出的感觉。

初到江山电站，碧水蓝天，起伏的山岭、秀丽的江郎山，让我目不暇接，这些童年记忆里才有的景象，在江山电站又出现了。

当时江山电站还处于建设阶段，我大部分时间是在学习，然后熟悉现场设备。这期间就觉得光伏电站的技术真是太简单了，没什么可学的，千篇一律，没火电厂技术含量高。

很快就到了江山电站送电并网的时间，终于盼到了这一天，我的心情跟大家一样。可是送电过程中的箱式变压器、电缆头事故，让我对光伏电站又有了畏惧感，干什么都不敢再掉以轻心。但每次遇到电站有事故了，我都要跑过去看个究竟，分析一下是什么原因。后来结合现场的记录分析和自学的高电压技术，我发现如果变压器高低压绕组之间的绝缘板由于黏结开裂，对变压器事故的发生有很大影响。这一建议后被采纳，相关部门重新对绝缘板进行了处理，一定程度上降低了设备连续损坏的可能性。

江山电站进入运行阶段以后，面对数量众多的光伏组件，不要说找到汇流箱了，就是找到箱变的位置都很困难。那段时间我真的很烦恼，处理故障没多大问题，但是要找到出故障的设备真的很难。

怎么办？再到现场我就带了个本子，除了统计设备数量、规格型号外，对组件周围环境做了标注，还针对汇流箱的位置画了草图。再后来，就把整理过的汇流箱分布图直接画在了箱变的墙上。我梦想着等我的"工程"完工了，就不用天天往现场跑了。到时候看看后台，结合自己的第一手资料，分析一下设备运行情况，再到现场根据草图找下设备，有计划地处理一下问题就行。

想法很好，可现场的东西太多了，只能一边查问题一边搞自己的"工程"。可这查问题也不是那么简单的，单单一个直流接地就难住我了。

在火电厂的时候，查接地就是测对地电压，不是0V，就是110V。可是到了光伏电站呢，火电厂的理论就行不通了。700V的电压，有时对地电压为几十伏，逆变器检测通过，并网正常；有时对地电压为300V，理论上很正常，可逆变器检测却是接地，不能并网。

那段时间也很烦恼，想直流对地电压有没有什么标准呢？

我不断地丰富数据，后来得出了一个方法，一个查直流回路是否正常的非常有用的方法。用万用表测量正极或负极对地电压，如果电压的数值从大往小变化，那么支路的绝缘正常；反之，如果对地电压不变或者数值从小往大变，那么支路绝缘就不正常。

　　刚开始，只知道有这么回事儿，但为什么会是这个结果，也不清楚。后来结合设备检测接地的原理，根据摇表的工作原理，分析了光伏组件的特性，终于从理论上把这个现象给解释清楚了。光伏组件由于面积比较大，电缆比较多，是不接地系统，其分布电容比较大。当用万用表测量其正极或负极对地电压时，电容通过万用表放电，电压就会降低；如果数值不变或者因其他原因变化，那肯定是不正常了。同时，晴天与阴雨天气，分布电容的数值不一样，因而对地电压的数值也就不一样了。这么一分析，这个方法就成了光伏电站的铁定律，几乎可以应对一切接地检查，连光伏电缆接地检查用的摇表都省掉了。

　　江山的"工程"刚结束，2016年3月，根据公司的安排，我到了嘉兴，到了分布式电站，到了一个让我烦恼更多的地方。

　　在嘉兴的第一站是桐乡。当时的桐乡电站只有两个人，技术力量很薄弱。我在现场检查时发现，直流柜支路没有电流，一看屋顶，开关跳闸的、没送电的、汇流箱进水的，不该出现的都出现了。

　　我马上开始巡检各电站，汇流箱开关送电，一共用了3天时间。接下来就是检查屋顶汇流箱内的支路。经过一个月的摸索，支路多一路的、少一路的、没电压的、熔断器烧掉的、支路都接到正极或负极的，在江山没遇见的，在桐乡都遇到了。

　　还好，有了在江山打下的基础，处理这些问题也不是个事儿。

　　3个月之后，在公司领导的信任和支持下，我开始全面主持嘉兴区域的运维工作，这对我来说不是问题。但是负责嘉兴区域的工作，还是让我产生了很多烦恼，同事们的异样看法、许多相当陌生的文字工作、更多的技术问题，怎么办？想着还是先从自己熟悉的技术工作开始，把生产搞起来。当时嘉兴正泰光伏发电有限公司新恒泰电站业主屋顶失过火，烧毁了一个支路。经过到现场的多次查看，我们用了一个月的时间设计方案，准备材料，最终只用了一上午就把这个支路重新给装好了。这个事情对我触动很大，一个人的力量是有限的，只有把大家的力量都发挥起来，才能做更多的事情。

嘉兴晋亿物流电站有个汇流箱直流电缆接地，停运3个月了，没办法处理。我向其他单位的同事请教过查找方法，但不适用于屋顶光伏。难不成非要顺藤摸瓜不可？我这样自言自语地问自己。

有一天早上醒了，没起床，还在想这个事情。突然，也不知道从哪儿冒出来一个奇怪的想法——直流电缆接地？要是把不接地的那一极接地会怎么样？光伏组件是个恒流源，这样与接地点不就构成了回路吗？

我赶到办公室，画了草图，发到QQ群里，跟大家分享探讨。当时那种激动的心情真是无法用语言来表达，可惜大家都不理解我要干什么，让我一时也没了主意。

有方法了，我是坐不住的。第二天早上，叫上嘉兴的小伙子们带好工具，到了现场，讲了操作过程，然后开始查找。

奇迹发生了，只用了40分钟，故障点就被找到了！

停了几个月的设备终于又开始发电了，我的烦恼一下子全没了！这次烦恼的解决让我们在分布式电站查找金属性接地方面又多了个新方法——人工接地法。

晋亿电站离运维点比较远，有二三十千米，来回坐车不方便，骑电动车又不安全。晋亿屋顶安装的是智能汇流箱，但是支路的电流却没法在后台看到。我就想能不能把这个电站改造一下，让我们在后台看到支路电流？要是把这个功能给用上了，电站有问题了，不就可以随时查看了吗？

咨询了工程、自动化的厂家，最后得到的结论是通信电缆不行，信号传不到后台，要想得到数据，除非更换电缆。问题一下子又回到了原点，该怎么办呢？是不是换电缆一定能解决这个问题？

海盐正泰的中核电站是智能汇流箱，当时工程剩了一百多米的通信电缆，能不能先换根电缆试一试呢？电缆一换好，指示灯就闪烁了。还真是电缆的问题，看来这个电站有希望了！

海盐泛洋电站有300米通信电缆，这次找了晋亿最远的汇流箱做试验。线接好了，指示灯不动，什么原因？问自动化的张工，他了解现场情况后说这个距离真是太长了，带的设备又多，确实有困难，估计真的很难接通。在张工的建议下，我又找了售后的陈工咨询。陈工说给我寄些终端电阻，还提供了一个中继放大器，如果这些还不行，那就是干扰太大了，只能改用光缆。刚高兴了几天的心情一下子又沉了下来了。隔了一天，我带着陈工寄来的电阻和中继放大器，又到了现场，小心翼翼地把那个电阻给接到了汇流箱的端子上。

奇迹又发生了，指示灯又闪烁起来了！

有希望了，真的有希望了！

在公司领导的支持下，我们只用了一天时间就调拨了3000米的485带铠通信电缆；嘉兴的小伙子们连续奋斗了3天，终于把晋亿电站的通信电缆全部换好接通了。我把这个喜讯分享给自动化的张工，他很快安排人把后台做好了。

晋亿电站从2015年并网到通信接通用了两年的时间。从那以后，想要巡视后台只用手指点一下，不到10分钟就能把屋顶巡检一遍！晋亿电站通信改造后运行稳定，没有出现问题，这大大减轻了运维人员的劳动强度。

2016年10月底，桐乡新澳光伏电站要进行扩建，原绿化地路面要进行硬化处理。电站原来的高压电缆和部分光伏直流电缆都是绿化地直埋，业主赶工期，要求我方必须一日后给出方案。

怎么办？在当时的条件下，不可能拆线穿钢管，更不可能直接把电缆给埋起来。我们到建材市场考察了一上午，最后跟业主商量，确定由我们把电缆给穿管护起来，对方在管子上覆盖混凝土，以增加防护强度。

方案定下后，我们再次到建材市场，找到一家店铺，要求对方把PVC管沿长度方向切一条缝。老板听了先是一愣，好好的管子，为什么要切开呢？明白了我们的意思后，就用切割机在店门口切管子了。切下来的塑料沫儿像雪花一样飞舞，老板的头发、身上都白了。店门口不知什么时候围了一圈人，他们冲着老板指指点点，大致意思是说老板有病了，好好的管子要把它给弄坏了。老板很生气，不耐烦地说："你以为我想切啊。"

两天后，桐乡的小伙子就在工地上给那些电缆加装了开了一条缝的护套管。电缆一根一根地被塞进去，然后管子外边再套上一层管子，以保证足够的强度，这样做的操作难度可想而知。

这次工作想起来是那么不可思议。遥想当初在江山时设想的美好场景，现在完全变了。不知不觉中，我们已不只是电工了，完全转行成了集设计、安装、土建、采购、运维于一体的综合型人才了。

2017年是一个令人烦恼而又记忆最多的年份。3月9日，桐乡巨石电站业主倒闸操作，全站跳闸；3月10日，巨石业主再次倒闸操作，全站再次跳闸。事后检查，全站的箱变温控仪共17台全部被烧毁，二次室蓄电池充电模块3个全部被烧毁。到了4月，海盐金州电站业主停电拉闸，二次室充电模块3个全部被烧毁。

这到底是怎么了？又一个无解的难题来了！那段时间我老是在想桐乡和海盐的事情，它们之间有什么联系呢？运行中跳闸，烧直流充电模块。为什么设备会被烧呢？是不是带负荷跳闸或者拉闸，会产生过电压？根据电气理论，是有过电压，但过电压有多少呢？我画了个图，分析了一下，感觉是这个道理。在无法避免这些意外的情况下该怎么办呢？先把业主侧的光伏接入柜分闸按钮给锁起来，防止人为拉闸；然后留下电话号码，如果有情况他们能及时通知到我们。

天气越来越热了，巨石电站的那17台温控仪怎么办呢？在回家的火车上我跟销售温控仪的宋经理聊了聊他们设备的故障原因,他听了以后兴趣很大,后来还专门带了一个研究院的设计人员来探讨光伏电站用电过电压的问题。最后宋经理以旧换新,免费提供了17台温控仪,还专门送了一套改进后的温控仪给我们做试验。

但是这个解决不了根本问题,宋经理又送了一个过欠电压断路器让我们做试验。后来用我们正泰的过欠电压保护器和多德的过欠电压断路器做了一次试验,证实光伏电站在带负荷拉闸的情况下,目测电压达到了340V,已远超过了仪表和直流充电模块的工作电压上限。经过对比,最终选用我们正泰的过欠电压保护器,并在嘉兴区域的各电站进行安装试验。

2018年,嘉兴东方特钢和新恒泰电站跳闸后,温控仪完好无损,直流充电模块也没有被烧毁!这次改造,一举改变了光伏电站跳闸即烧设备的怪圈。

这么好的设备如果设计或者出厂就有,不是省了改来改去的麻烦吗?于是我在公司的合理化建议平台上提出了建议,没想到立即引起了公司的重视;后来跟成套的唐经理聊起了直流充电模块被烧毁的事情,他一听说我们这边加了过欠电压保护模块,马上要我把图片发过去,还查了过欠电压保护器的型号。

这一次,我真是无烦恼了。

相信2019年一定能够见到带过欠电压保护器的光伏电站站用柜出现在现场,到那时我们所有的烦恼真的就不再是烦恼了。

2018年,随着公司业务的调整,运维部门从原来单纯的生产一线转成了综合性的部门，业务也从原来的生产技术向经营、外部协调转变，这个过程中烦恼的事儿不少。但是经过了这一年烦恼的磨炼，不知不觉中自己也改变了好多。

回首到正泰的这3年时间，我的烦恼是越来越多。但是一路走来，这些烦恼反而深深地印在了我的脑海之中。每一个烦恼都是一个精彩的回忆，这些回忆连在一起，就成了我在正泰新能源光伏电站3年经历的缩影。

曾有同事问我，就你那么一点儿工资，那么个干法，累不累？我笑了，说："能不累吗？但累过之后能体会到一种想象不到的轻松，这种轻松不是用工资能衡量出来的。我学了这么多年的电气，从来没有遇到像正泰光伏这样的平台，能让我把自己学到的东西用到实践中去，再把实践的经验用理论来解释！正泰的平台太大了，这里有学不尽的知识。如果每天都能学到自己希望的东西，你还觉着累吗？"

（正泰新能源电站运维事业部嘉兴上海电站　郭文贤／文）

回首已过10年

瑟瑟的寒风吹过我的脸庞，阵阵寒意让我想起了今日是大雪的节气，走到阳台上才发现竟然飘起了雪花。川流不息的汽车，在霓虹灯的辉映下宛如一条长龙。看着对面的亚朵酒店、西兴街道社区卫生服务中心，我不禁想起来杭已经10年了，眼前的这个地方在10年前是一片荒芜，这也勾起我对这些年的回忆。

在正泰这10年多的工作中，我切身感受到了公司的规模在不断壮大。2008年，滨安路厂区A栋厂房投产，B、C栋电池厂房投产，再接着酒泉组件工厂、上海组件工厂、德国组件工厂投产；2015年10月，海宁组件工厂正式动工；2015年11月16日，正泰单年组件销售突破1GW；2016年1月，马来西亚组件代工厂投产；2016年3月，泰国电池工厂建设并于8月试生产；2017年12月，海宁电池一期项目动工并于2018年5月投产；2018年7月，海宁电池二期正式动工并于12月投产。这些飞速发展的背后都留下了我们艰苦奋斗的身影。

刚进入公司时，我成为动力部刚刚组建的3人维修队伍中的一员。当时由于A栋厂房刚投产，白天需要处理现场的维修工作，晚上则加班处理需要采购的材料备件及联系厂家维保等工作。就在这个焦灼的状态下，紧接着就是B、C栋电池厂房的扩产建设。当时一边需要顶着维修人员的高负荷工作，一边还需要处理新建工程中的优化工作，让新建的B、C栋工程更加规范。也就是在这个过程中，我伴随着公司的发展从一名维修钳工成长为维修班长，由维修班长成长为维修主管。

2016年3月2日，这天是我随同杨强总监、檀俊经理前往泰国开展泰国工厂建设的出发日。到了泰国当地后，我们就被热辣辣的太阳打了个措手不及。由于前往工地调研，我在户外待的时间过长，第二天手臂红肿，到第三天手臂开始脱皮。高压供电，厂区周围没有自来水怎么供应，没有市政排水怎么生产？我们找遍所有能够想到的资源去渡过这些难关。2016年3月13日，泰国工厂正式破土动工，在施工期间厂房建设用的混凝土没有水进行养护，我们就到5千米外的水塘里抽水并找车辆去运水，有两次遇到泰国移民局警察持枪来公司检查，不少土建施工的工人由于签证问题不达标被带走，让不少小伙伴着实开眼了；到了生产调试期间没水，就只能用洒水车到15千米外的自来水厂运水灌入机器内进行调试，调试过程中设备备件出问题了，就通过人肉模式从国内夹带过去。团队人员克服种种困难，最后实现了6月5日具备车间设备Move-in节点。 7月13日工厂通自来水，7月14日完成了8000KVA电力供应至工厂。在带领的4个中国员工管理泰国动力部门时，会给泰国员工进行培训，用安全事故发生的全过程视频放映的方式，让员工自己发现安全事故发生的原因，以及怎么规避；在设备操作运行培训方面，语言障碍和国情不同常导致沟通不畅，就只能手把手地教，用最简单的方式一步一步地操作，教完后再寸步不离地看着员工做几个轮回，才算完成简单的运行操作培训。为确保排放的废水达标，我们就在排水池塘中养鱼，通过鱼的成活率来判断废水对生态的影响。由于没有市政管道排放污水，我们的厕所化肥池排水就用作养护绿化。

转眼到了2017年7月，在接到领导通知需要回国进行海宁电池项目建设的时候，我毅然从泰国火速回国，并于7月底参加了项目启动仪式。之后就紧锣密鼓地展开了调研、考察、设计对接等工作。经过精心策划和密切配合，从11月开始正式进行室内土建改建加固工程，同时在12月25日正式拉开废水站破土动工的序幕，由魏庚文、许健、杨金组成的三人建设项目成员也正式入驻海宁工厂。在建设期间，我们迎着风雪绑扎钢筋，冒着严寒浇筑混凝土，其间还怕浇筑好的混凝土"感冒"，给它们穿上了厚厚的"冬装"。为了把10年前的老图纸弄准确，不造成新建的单体厂房定位出错，我们甚至跑了不下20次的规划部门、图审公司、测绘院，去做定位核准。这一切都只是为了达到2018年4月30日试生产的目标，而这一切的努力，最终让我们获得了想要的结果。

（浙江正泰新能源动力维修主管　魏庚文／文）

点点滴滴"正泰行"

在我看来，正泰就是生产开关、电气产品的公司。但进入正泰后，我才重新认识了正泰，认识了正泰集团，这种新的认识颠覆了我潜意识里的正泰形象。

2011年10月1日早上，我朋友叫我到正泰电站帮忙安装室内外施工电源配电箱、开关、插座等电气设备。10月3日中午下班时，现场项目经理刘朝刚叫我到他办公室坐一下，说有事情和我说一下。我收拾完工具后到了刘经理办公室，他开始问我："薛师傅，你以前在哪里上班？你以前都干过哪些活，说说看。"我简单地对我以前从事过的工作做了介绍。他说："看你安装架设这些活做得还不错，而且你的工作经历也不错，那你愿意不愿意到电站来上班，如果愿意的话，你写个简历送过来，我联系公司领导。"我回答说："我先考虑一下，毕竟以前只是检修过变电站设备，没有运维过变电站，对设备只知道皮毛，对二次设备也就是会看图、接交流接触器、安装架设变压器和计量表接线等工作，复杂的就不懂了，不知道能不能行？"他说："没关系，如果可以的话，上班了可以去其他电站学习学习，学习完就可以上班了。"我回答说："那我回去考虑考虑，明天过来干活时再给您答复。"他说："那好，也耽搁你时间了，就在我们食堂吃点饭，休息一下，下午还要干活呢，也辛苦你了。"我说："好的。"

第二天，我找到刘经理，跟他说了我愿意上班的事情，顺便把我做的简历留给了刘经理。过了10天左右，刘经理给我打电话，叫我过来上班。就这样，我因为机缘巧合，进入正泰集团，成了一名电工。刚入公司，我就配合项目经理刘朝刚负责电站的现场土建部分建设和电气部分安装调试工作。11月初，杭州总公司发出要求年底并网抢电价的通知，大家感到巨大压力。

高压电气施工单位进场后，工作量也大大增加。随着电气施工单位连续进场，我也更加忙碌，吃住都在工地彩钢房里。我每天早上天不亮就起床，下现场检查施工现场情况、施工质量；同时参加每天早上9点的例会，汇报头一天的施工进度、安装质量和发现的问题等，晚上加班整理有关并网、验收的各种资料。

当电气施工单位开始调试时，晚上加班就成了常态，我一天到晚都需要盯着施工单位现场做高压设备交接性试验、二次设备安装调试、电缆耐压试验、绝缘试验，每天都紧张地工作着，过着充实的每一天。

由于整理的资料太多，刘经理帮我联系了时任工程部经理的谢宝强，申请了一台笔记本电脑。我以前基本不接触电脑，包括Word、Excel等办公软件都用得很少，只会简单的打字。刘经理在工作中，经常抽时间指导我如何使用电脑，让我使用电脑办公的质量和速度有了提高。同时，刘经理还给了我好多学习资料，并在现场安装施工过程中给了我很大的帮助，我也从中学到了好多专业知识，如现场施工知识、管理要点等，提高了自己的管理水平和业务水平。

11月，公司领导仇展炜、周承军、谢宝强到金塔电站检查指导工作。他们到金塔电站后，对金塔电站的建设提出了指导性意见，让我们在金塔电站施工过程中少走了好多弯路，也让我获益良多。

12月初，格尔木电站并网抢电价，刘经理通知我和李栋荧经理去格尔木电站配合工作。我和李经理从金塔出发，途经敦煌，赶到了格尔木电站。到电站后，我发现站外的输出线路没有架空地线，而且引流线和电缆接续部分使用的是跌落式断路器。发现问题后，我赶紧查阅了线路施工图，对照图纸，把发现的问题罗列出来后，及时汇报了时任项目经理袁艳辉和新能源公司领导周承军。

周总立即安排袁经理联系施工单位负责人到现场处理问题。但线路施工负责人到达现场后一口否认，说设计图纸上没有这些东西。我把图纸拿过来后，施工单位负责人哑口无言，立即安排作业人员安装了架空线路的架空地线，同时把电缆上移直接和引流线接通，消除了线路安全隐患。我们的这一行为得到了周总和袁经理的一致好评。

格尔木电站并网后，我在格尔木电站负责电站运维管理。当时只有金塔电站王荣、格尔木电站王星和李军在现场上班。由于人少，每天除了在中控室值班的一个人，我带领其他两个人在格尔木电站进行日常巡检、设备故障处理等工作。

格尔木电站周围都是茫茫戈壁，植被少得可怜，海拔又高，空气稀薄，每天巡检就靠两条腿跑着，一天下来感觉非常累，但是一天到晚，大家都在电站开开心心地工作中学习着，日子过得也开心。

2012年元旦中午，我接到我爸哭着打来的电话，说我妈病危，县医院已经治不了了，让转院去其他医院或者回家准备后事。当时我就傻了，好一会才缓过神来，急忙给刘经理打电话，汇报了一下情况，刘经理联系公司领导后，同意我立即回家。

当我赶到格尔木市的时候，每天一趟的大巴已经出站了，没有赶上车。这时候，刘经理打电话来，问我坐上车了没有。得知我没有赶上车，叫我赶紧联系车直接包车回金塔。我联系了一辆车，直接包车赶往敦煌，赶到敦煌时已经凌晨两点半了，就在敦煌休息了一下。第二日早上，我坐上了敦煌发酒泉的第一班大巴，赶到酒泉市医院后，正好看到我妈坐的救护车，那时刘经理他们也赶到了医院，我瞬间热泪盈眶。在刘经理的提醒下，我赶紧办理了住院手续，安排我妈住院后立即做了心脏搭桥手术，而且手术很成功。

手术后，我又返回格尔木电站，开始了在格尔木电站的运维管理工作。在管理期间，我发现电站高压电缆头击穿很多，3台箱变被烧毁了，通过现场分析后，发现几个问题：一是在电缆头制作过程中，制作工艺不到位，在剥取主绝缘上面的半导体时，划痕过深，划伤了电缆主绝缘，造成主绝缘损伤。二是电缆头套件质量存在问题，雨伞件部分爬电间隙不够，电缆头套件半导体部位太小。三是变压器设计存在严重缺陷：①箱变和线圈之间的固定焊接点太少，加工工艺和设计有严重的问题。好几台箱变都是固定支架断裂下滑搭接到线圈上造成箱变烧毁的。②箱变的排气阀设计得太低，造成箱变的变压油加得太少，上引线裸露在空气中，造成其他几台箱变的烧毁。

2011年底，一年一度的新能源公司年会如期召开。在新能源公司年会上，我被仇总表扬。刘经理和袁经理都打电话给我，告诉我要好好工作，再接再厉，工作更上一层楼。

2012年2月，我回到金塔电站，项目又开工了，我开始了新的日复一日的工作。我主要负责敦煌一期、金塔电站两个电站并网资料整理、地调手续办理。我圆满完成了敦煌、金塔两个电站顺利并网的任务。

诸如这样的事情太多了，数不胜数，除了我自身的努力和勤奋学习，公司各位领导在这些年的工作过程中，都给了我无微不至的关怀和帮助。一步一步走过来，充满了艰辛和困难，但我通过自身学习，加上各位领导的关怀、帮助，从一个运行电工成长为运营工程师。

尤其是刘经理，他是我步入正泰这个大家庭的引路人，在我工作中、生活中给了我无微不至的关心和帮助。虽然现在刘经理离职了，但是他的一言一行我始终铭记于心。在工作中，他是领导，是导师，鼓励我做得好的地方，及时指出我工作中的错误、不足。在生活中，他是我的朋友，对我关心、照顾，让我感受到了公司大家庭的温暖。

（正泰新能源甘青藏区域运维值班长　薛建国／文）

风雨10余年

我是2006年6月加入正泰的，加入正泰之前只知道正泰是一个大公司，属于电气制造业企业。

2008年7月，我在上海正泰电气股份有限公司负责园区高配电网运行工作。当时公司为了加强能耗并准确计量到具体的厂房，安排我、余守燕、栾伟和易国林等4名同事在各个箱变低压室内加装电能计量表器具。7月的天大家都知道，室外温度是三十五六摄氏度，因箱变是金属外壳，箱变里的温度至少有43摄氏度。为了完成任务，大家二话没说就在箱变里接线。我记得是下午2点，到箱变看到大家的时候，大家个个全身都是湿淋淋的，只能拿着毛巾擦汗，心想要是有个冷饮和别的什么止渴的东西就好了。这时听到一个熟悉的声音："吃西瓜了。"原来是我们部门朱时贵经理拿着几个西瓜过来，他又说："来来来，大家辛苦了，休息一会，吃点西瓜止止渴。"瞬间感觉心里很温暖，有这么好的领导，有这么好的公司，有什么理由不好好干呢？就这样，我在正泰一干就是十几年。

2016年5月的时候，我负责海宁工厂动力运行管理模块，当时公司6MWp分布式光伏电站项目在建，要赶在6月30日之前并网，按时间算还不到两个月，怎么办？先排进度表，按工程分项负责的管理办法责任到人。经过大家的努力，项目于6月28日通过了当地供电部门的验收。当然，在此过程中，大家都付出了很多很多。记得6月16日的早晨，正是光伏项目安装的关键时刻。每天正常上班之前，我们都会开早会，但那天负责电气的工程师文广金却8点40才到，我一见到他就急了，说："所有人都在等，大家都这么忙！"他却什么话也没说，但看着他脸有点红红的，而且一脸委屈、无精打采的样子。后来才知道那天他感冒了，还有点低烧。经了解，文工在头天晚上等货等到12点多，之后下了点小雨着凉了，但为了保证项目顺利并网，他还是坚持过来上班。当我知道了这些以后，心里真不是滋味，后面我让同事赶紧陪他去了趟当地的医院看病，并吩咐他赶紧回宿舍休息。第二天早会时我当着大家的面向他表示歉意，也化解了我们之间的误会。在团队的共同努力下，项目圆满完成并提前并网。

（浙江正泰安能工程项目主管　卫建中／文）

结缘正泰

说起正泰，大家首先可能想到的是，生产电器和开关的国内龙头企业。我从事电力行业11年，第一次听到别人向我说起正泰新能源时，我的第一反应也是这样。因为正泰开关每家每户都用得到，所以有这样的第一反应也是正常的。

当我准备加入正泰新能源开发有限公司时，我也从网上查询了公司相关信息。网上对正泰新能源在光伏行业内的业绩介绍，让我看完后完全惊呆了。正泰新能源在国内光伏行业的业绩竟是如此好，但正泰却从来没有高调和夸张地到处打广告。如此低调做事业的企业，又有着产业链的电器支柱，其中一定有着优秀的企业文化和优秀的企业团队。因此，我决定投简历应聘正泰新能源的岗位。随后幸运地加入了正泰新能源优秀的电站运维事业部。

我到内蒙古区域运维公司工作已半年，这半年我在公司快速发展的道路上奔跑着、追逐着、学习着、成长着，这半年的工作中有困难，有磨合，有喜怒哀乐，有进步，有收获，进步的是工作的方法和经验，收获的是团队和朋友及弟兄般的友谊。

在此，我就对其中一次针对设备隐患团队协作抢修的片段做一次分享。2018年9月5日，内蒙古正利电站110MW电站负责人徐生虎

主任给我电话汇报，电站三面35kV开关柜放电声音较大，目前设备运行存在事故跳闸隐患，其中两面开关柜为集电线路开关柜，他建议停电检查处理。我详细询问了设备隐患的现状后，以我11年的经验判断隐患不会立即造成跳闸事故。如果停电一天，两面集电线路损失电量会在14万千瓦时左右，这会给公司造成巨大的经济损失。目前设备运行已过3年，超过质保期，厂家也不再免费服务，于是我先安排徐主任增加对放电开关柜的巡检频次，然后立即预订当天去电站的火车票。我于当天15点30赶到了电站，戴上安全帽后就直接奔到35kV配电室对运行放电的三面开关柜进行了现场隐患分析，最后和电站相关负责人商议后，决定晚上利用下网不发电的时间进行设备抢修工作。抢修任务很重，需要高压整段母线停电，办理工作票，做安全措施和放电挂接地线，开关柜故障点为开关柜绝缘触头盒，拆卸和安装空间狭小，拆卸辅助配件较重，需要大量的人力配合才能完成，晚上加班时间很长，但是电站员工弟兄们没有一人抱怨。

吃完晚饭后，在徐主任的安排下，电站抢修小组有序地展开了工作，请令，停电，放电挂地线，做安全措施，准备工具和更换触头盒备件，穿戴好劳动防护用品，大家积极地展开了抢修工作。瘦小的员工在开关柜空间小的位置拆卸螺丝，体壮的兄弟负责抬起较重的横梁，胖一点的弟兄负责用探照灯照明，就这样大家幽默地喊着各自的外号小名，说说笑笑地干起来了。经过4个小时的努力，我们终于将放电位置的绝缘触头盒全部从开关柜内取了下来。通过对放电痕迹走向的分析和放电位置的判断，判定原因为设备选型材料不对，但设备质量本身也存在间隙缺陷。故障分析确认后，我们立即采取措施进行备件更换。此时已经过4个小时的奋战，大家都有些疲惫，但仍没有一个人抱怨。大家认真听着对故障经过的分析，最后在技术骨干老魏和老刘师傅的带领下，又分为两个小组在开关柜前和开关柜后同时开展安装更换工作，体格较胖的小兄弟则负责把后勤保障好，给干活累的师傅们递矿泉水和毛巾擦汗水。面对此情此景，我的心里有种说不出的感动。

又通过3个小时的奋战，6个备件触头盒全部更换完毕，此时已是凌晨2点，大家已经很疲惫了，有几位小兄弟实在累得不行就坐在冰凉的地面上休息，但是2分钟后他们还是坚持站起来继续工作。为了不影响第二天的设备发电，不给公司造成设备电量损失，我们又用1个小时将故障处理的三面开关柜全部恢复送电。送电后更换触头盒的开关柜，发电的声音全部消失，设备缺陷隐患已消除，设备已可稳定运行。参加此次抢修的10名员工的脸上都露出了笑脸，此时的疲惫好像全部消失。我知道大家身体已透支，8个小时不停的体力劳动已经让大家很疲惫了，但是没有一人喊累和抱怨。最后在徐主任的安排下，大家收拾完现场后，才疲惫地各自回宿舍休息。

此次故障抢修，电站弟兄们齐心协力，相互学习，相互配合，最后取得了理想的结果。我作为区域生产运维主管，我为我的团队感到自豪，我也有信心我们这个团队在将来能够取得更辉煌的成绩。

因此，我感恩正泰新能源，感恩与我一起工作的弟兄们，也感谢正泰新能源开发有限公司给我搭建的这个良好的工作平台，感谢这半年来陪我一路同行的光伏兄弟们，也感谢区域部门经理对我工作上的教诲，也许这就是我和正泰的不解之缘。感恩有你，一路相伴。

（正泰新能源内蒙古区域运维公司　王勇／文）

不忘初心

不忘初心，砥砺前行。在正泰20多年的工作经历中，我深深感悟到几点：一是永远记住收获与投入成正比，尽全力做好每一件事。因为我下了功夫，我的收获和我的投入是成正比的。二是永远记住你是在为自己工作。无论是在创业，还是在公司上班，都要记住，你不是在给别人打工，你是在为自己工作。三是心怀感恩之心，感谢公司给你平台，感谢领导、伙伴给你力量。

借正泰创业35周年之际，我也简要回顾一下这些年来记忆深刻的一些事。

一是浙江正泰电器股份有限公司自1997年设立至上市筹备前，积极推动公司"三会"规范化运行，为公司持续发展奠定了良好基础。

二是2010年1月21日，浙江正泰电器股份有限公司在上海证交所成功上市，股票代码601877，被称为A股"低压电器第一股"。这标志着正泰集团已从过去单纯依靠产业经营走向了产业经营与资本经营相结合的道路。

三是2015年，浙江正泰电器股份有限公司参与浙民投、民商银行设立、集团财务公司设立等多个重大项目，助力各产业公司"三会"规范运作，股权关系清晰，时刻维护股东权益。

四是2016年，浙江正泰新能源注入浙江正泰电器股份有限公司的重大并购交易，正泰电器作价94亿元收购控股股东正泰集团等持有的正泰新能源开发100%的直接和间接权益。此次交易极大地提升了公司的形象，浙江正泰电器股份有限公司通过本次资产重组注入可持续盈利的新能源资产，未来有望获得新的业务和盈利增长点，进一步完善公司在电力全产业链的布局。在此次资产重组完成后，浙江正泰电器股份有限公司迅速切入光伏发电业务，丰富了公司业务类型，并充分发挥了协同效应，进一步加强了供应链内部的配合程度，并提升了整个生态链的竞争力，实现了公司商业模式的升级，将公司打造成为全球领先的清洁能源与智能电气系统解决方案供应商。

记得我加入正泰的日子是1994年5月20日（94520的谐音是"就是我爱你"），转眼间我已经在正泰工作24年，可以说我把青春都给了正泰。从办公室、企划委、投资管理中心到法务部，我的工作始终围绕着集团关键要务。在这24年里，我非常荣幸地参与和见证了正泰集团的多个快速发展的标志性的事件。经过立业期、成长期、发展期等阶段，集团现在已经进入了跨越期的新航程，正朝着世界知名跨国集团的目标迈进。本人将继续秉持匠心精神，继往开来，与时俱进，开拓创新，使自己能够更好更自信地立足岗位，传承正泰精神，发挥传、帮、带作用，为公司的发展奉献自己的一份力量。

（正泰集团法务部董秘事务经理　郑海乐／文）

我与正泰客服共同成长

时光荏苒，正泰集团即将迎来创业35周年。35年来，公司从小到大，从弱到强，规模实力不断发展壮大，现已成长为全球最大的低压电器制造商；35年来，正泰集团始终践行着为顾客创造价值，为员工谋求发展，为社会承担责任的经营理念。

我于2008年进入正泰客服部。作为一名技术服务工程师，10年间我见证了正泰客服部在各级领导的关心和支持下，不断创新服务理念及服务模式，不断提高顾客满意度，发展成为为顾客创造价值最大化的低压电器行业客服标杆。记得部门成立之初，就2部电话，到现在已有30多位在线工程师，10多位后台技术、数据分析工程师，80多位驻外现场服务工程师，100多位各生产单位接口工程师。可以说，我们可针对集团各板块产品，全天候24小时提供服务。从成立之初的被动服务到现在的主动服务，从单一的故障产品维修拓展到售前技术支持、售中安装调试、售后24小时服务；创新差异化服务工作；针对重点单位、用户使用中产品的跟踪巡检、隐患排查等；针对不同行业的用户建立关怀档案，定期走访跟踪了解产品运维情况，了解客户对产品功能和技术指标的需求，将客户的需求提交公司相关部门分析验证，形成处理方案，并将处理方案反馈给用户，真正做到信息的闭环。通过以上措施形成固定的工作流程，使客户真切地感受到"上帝"的优越感及使用正泰产品为其所创造的最大价值。

为满足客户不断提高的服务需求，必须提升客服人员的综合素质，因此，部门领导制定了员工个人中长期学习及职业生涯的规划。我们通过年度统一返回公司进行新产品学习、理论考试、现场实操、情景模拟、知识答辩，日常工作中的分散自主学习、集中讨论、经验分享，打造了一支适应公司战略发展、满足客户需求的高素质客服团队。

在产品同质化日益严重的今天，客服工作作为市场营销的重点突破口，已经成为商家争夺消费者的重要领地。良好的客服是最好的促销，它不仅能提升消费者的满意度和忠诚度，还能为公司树立优良口碑和企业形象。

在正泰创业35周年即将来临之际，回顾我们客服部走过的历程，从简单的产品维修到全方位围绕客户需求的服务。我相信，在客服部各级领导的前瞻规划下，通过团队成员的不懈努力，正泰客服部将成为正泰集团的一张金名片。

（正泰电器客服物流部技术服务工程师　丁仕军／文）

心中那一抹靓丽

2003年9月，我告别家乡来到浙江，来到了正泰。

我的第一份工作，是在配电电器制造部的漏电产品车间做校验员。毕业后懵懵懂懂地走上工作岗位，再到浑浑噩噩地离开，面对再次工作，我鼓起了很大的勇气，心里也一直憋着一股气，想着我只要踏实认真工作，就可以做得很好。正式上岗，我跟随师傅方小峰（也是我的领导）学习。师傅是位老正泰人，工作经验丰富，很受人尊敬。在跟随师傅学习的过程中，我以师傅为榜样，认真学习产品知识，了解质量工具的运用及校验流程等。之后，我被领导调入销售服务岗位，先后跟随叶崇银、吴爱新两位领导学习相关产品的知识，这对专业对口的人来讲可能很简单，但是对我一个门外汉来讲实在太难了。但是两位老师没有一句怨言，一点一点地给我讲解。通过不断请教技术部门的同事，通过不断参加公司组织的培训，我逐渐能熟练掌握相关产品的技术参数、产品特点等。从整体到细微处的视野变化，让我有了更多的想法。

这期间我不断在想，每个人都有自己擅长的领域，为了这个擅长的领域肯定会在不断的学习过程中付出不一样的努力，只有这样才能在人才济济的正泰大家庭中凸现独特之处。但努力的过程中会出现新生事物，这就需要不断尝试和探索，其间会接触到更多的东西，这样既开阔了自己的视野，也丰富了自己的阅历。让我记忆深刻的是2008年"5·12"汶川地震后，公司组织了志愿者前往汶川提供力所能及的服务，我当时就第一时间报名了，后来得到领导的批准，随同公司其他部门的同事一起前往汶川。当时给我感受最深的是，我们到达的第二天办好志愿者证后，我立刻跟随团队前往什邡、都江堰等现场，看见到处都是倒塌的房屋等，各方的救援队都在忙碌。我在汶川的1个月，参加了电力抢修、临时安置房的电力安置、配合红十字会发放救援物品等工作。在这1个月的时间里，我真正体会到了什么是灾难无情，人间有爱。

2008年底，公司整合了各职能部门资源，各个制造部的销售服务处均调到客服物流部客服部，服务队伍也开始壮大起来。在兰天总经理和戴广温经理的有效管理和领导下，正泰国内客服板块无论从管理方面还是人员配置方面都逐步步入了快车道。其间，兰总和戴经理经常指导我如何更好地为客户提供优质的服务，同时指导我如何提高写作能力等。他们认真工作的态度、清晰的工作思路和精益求精的精神给我留下了非常深刻的印象。我为有这样的领导感到欣慰，他们是我工作和学习的榜样。在戴经理的感召下，我于2012年递交了入党申请书，目前已经成为一名预备党员。

从制造部到客服部，我工作了近10年的时间，从负责配一制造部的客诉处理到协助兰总处理重大事件，在这一过程中，我得到了兰总及戴经理的认可。我于2016年开始配合许海峰主管负责技术服务的各项管理工作，2017年负责国内客服技术服务管理工作。在这过程中，我体会到了客户服务的不断提升，服务队伍从最初的三十几人到今天的近70人，从被动服务到今天的靠前服务，现场响应从之前的48小时内到今天的24小时内。未来，我们会始终围绕着优化客户服务流程，以客户为中心，以全方位为客户服务的宗旨逐步前行。

（正泰电器客服物流部国内客服技术工程师　王心安／文）

华丽的蜕变

弹指之间，正泰集团即将迎来35岁生日。正泰从创业初期的一间小小的家庭作坊，成长为全球著名的电器生产商，始终践行着为顾客创造价值、为员工谋求发展、为社会承担责任的经营理念。其伟大的成就是无数的正泰人不懈的努力和奋斗的结果。作为正泰人，我感到无比自豪。

2002年初，客服部门成立没有多久，我作为第一批驻外服务工程师，被派往南粤大地。16年来，我见证了客服部门的成长、转变，见证了服务工作取得的非凡成就，也见证了顾客对我们服务工作的逐步认可。

客服部成立之初，由于销量及区域的限制，我们的服务大多数是针对单一产品的售后维修、更换。经过多年的创新发展，我们的客服工作拓展到客户选购产品前的协同设计、选型、产品知识的沟通交流；客户选购产品后的物流跟踪、安装调试；重点客户使用中产品的跟踪巡检、隐患排查；等等。

经过多年的创新发展，我们的日常工作内容也丰富了起来。内部工作经验及产品知识比较丰富的同事会担任讲师，给大家培训和授业解惑，分不同的人员来组织召开工作例会，全国分几个片区进行管理，等等。这些创新手段既能提高工作效率，也能充分挖掘个人的潜能，使服务工作更加完善。也正是因为这些创新手段及团队成员的不懈努力，公司打造了一支适应公司战略发展，满足客户全方位需求的高素质、高效率的团队。

当今，市场竞争日益激烈，客服工作是市场营销的一个重要砝码，是一个企业的生命线，它代表着一个企业的形象与口碑。如果说，客服是一种很辛苦的职业，那就让我们投入这种苦中去锻炼自己吧。玉不琢，不成器，终有一天，你会发现，这种苦使我们变得更坚韧，让我们变得更宽容、更丰富，同时也更加美丽。

（正泰电器客服物流部技术服务工程师　洪宗来／文）

风雨同舟　与你同行

树叶黄了又绿，绿了又黄。正泰不知不觉走过了注定不平凡的2018年，即将迎来35年华诞。经过35年的成长，正泰已经成为年产值近700亿元、以低压电器为核心涵盖多个产业的中国500强上市企业。2018年，我们南董也荣登中国改革开放40年百名杰出贡献表彰对象榜单。正泰取得的成就，我们每个正泰人都为之自豪和骄傲。

我从2001年大学毕业后加入正泰从事客服工作已近17年了。回想在正泰度过的青春岁月，感叹时光如梭，在工作中的得与失都如同刚发生一样历历在目。总的感觉，正泰如同一本厚厚的书，让我沉醉其中，在阅读和学习中学会了成长，心灵得到了沉淀，领悟到的东西很多很多。

我在工作中知道了什么是责任，是责任就要担当。我们一线技术服务人员的职责就是第一时间帮客户解决遇到的产品问题，用我们专业的技术知识为我们的产品保驾护航，无论遇到何种困难都要对用户负责，对公司负责。我记得第一次处理接触器问题时，要爬到很高的行车平台上，走在上面胆战心惊，但我一想到自己的职责便战胜了恐惧，在上面狭小的控制室进行产品的更换。渐渐地，遇到各种困难的状况我都能担起责任，从容面对。责任和经验能让我战胜面对的困难。

在工作中，我学会了如何与同事互相学习与协作。尺有所短，寸有所长。我们的产品种类繁多，遇到的各种问题，我不可能都能解决。那就要虚心求教，尽快找到解决的办法。我记得刚刚接触变频器和软启动时，就经常电话请教当时在总部负责技术支持的卢工，卢工总是很耐心地指导我。互相学习是我们正泰的好传统。我所在的山东办事处的3位同事也在平时的服务工作中通力协作，互通有无，遇到困难大家一起上，从未因为工作分工而产生矛盾。我们会在内部进行分工，不会因为自己没有时间而让用户找别人。我们都知道我们是负责山东的团体，让我们区域的客户都满意是我们共同的责任。

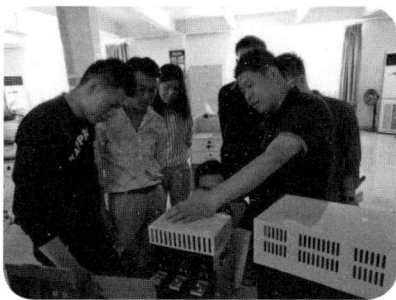

在工作中，我学会了聆听和沟通。技术服务就是通过聆听充分了解客户的需求，通过充分的沟通给客户满意的解决方案。我们架起了公司和用户之间的一座桥梁。平时接到用户的投诉电话，我们必须耐心地聆听；当我们的用户在使用产品的过程中遇到困扰，我们要帮助客户解决问题，而不是简单地告诉他不是产品问题。例如济南星辉数控向我们反馈，NXBLE开关遇到漏电不动作而上级NM1LE动作造成大面积停电，现场和相关人员充分地聆听和沟通后，找到问题所在，给用户提出了解决方案，这消除了用户对产品的误会，使他们重新信任我们的产品。

有一种感情，是与公司风雨同舟共进退；有一种动力，是荣辱与共同奋进。我作为工作在一线服务岗位上普普通通的一名员工，将兢兢业业地为公司的未来贡献自己的力量，愿正泰这艘巨轮乘风破浪，继续远航。

（正泰电器客服物流部技术服务工程师　朱文可／文）

活出不一样的精彩人生

认识正泰是从认识《正泰报》开始的。一次偶然的机会，我得到一份《正泰报》，看到正泰员工在副刊上写的正泰生活，特别向往那种学习氛围、工作环境，感觉像极了校园生活。员工们和谐、上进，待遇又好。加入正泰也是偶然的。2001年上半年，我经人介绍后应聘进入了正泰。

我刚到生产车间，就听到老员工们在讨论着几天后的一场考试，我特别开心。对于初中毕业就打工的我来说，没有什么比考试更有吸引力的了。于是我也拿了那些资料，临时抱佛脚地背起来，其实新员工是不需要参加这场考试的，但是才来两天的我也报名参加考试了。通过这次考试，公司提前结束了我的试用期，我进入正泰的第二个月就拿着和老员工们一样的计件工资了。努力终有回报，这让我立刻爱上了正泰。加上平时公司组织的学习培训不断，试用期一过，我毫不犹豫地和公司签下劳动合同，放弃了我的缝纫工作。一直到今天，我都认为正泰就是一所可以一边拿工资一边学习的"工业大学"，员工是可以在不断的学习中成长的。我非常感谢当初推荐我为质检员的汤本喜车间主任。他像老大哥一样对待每一位员工，由他推荐上去的员工非常多。他善于发现人才，热心推荐人才，这让很多在一线勤奋好学的员工在正泰得到了提升。

质检员晚上是不用加班的，这样学习的机会就越来越多了。之后，我参加了自学考试，顺利考入了浙江科技学院的成人大专。

现在，我所在的部门是客户配货组，对应的是给分布在全国各地的经销商配货。我们的"服务月"精神是全员参与、提升服务、创造价值。我调入正泰物流时，是郑飞平同事手把手教我的，她见我的第一句话就是："不要紧张，配货很简单，把对的产品及时发给客户就可以了。"这句话像定心丸一样，让我对新岗位的紧张感减少了一大半。虽然自己去做的时候，没有想象得那么简单，但有了这么一个标杆，心里便有了自信。

不知道何时，我自己也开始带新员工了。近几年来，在部门里，我带的新同事应该是最多的了，基本以大学刚毕业的学生为主。时间一长我也摸索出了一套带新人的心得，细细谈来。

新同事一来，我先给他介绍公司的卫生间位置、工作场所，然后扔给他一本《物流部标准作业程序》，再打印一份"新员工岗位培训计划表"，为他着重讲解"基本业务"。

1.配货业务流程。拿单，核对，做账，交接这几步是直接跟着我到现场学习，然后"丢"个客户给他，让他直接在现场操作核对发货。让他记住核对货物和点件数一定要按顺序来，在一个托盘上，要么顺时针对货，点件数，要么逆时针。总之要按顺序，这样不会出现对漏或少点件数的情况。散装产品拼箱打包，本着重不压轻的原则，重的产品放底部，轻的产品放上面，最好是重的产品放小箱，包装面要平，封箱胶带要以"十"字形贴上，让客户区别这是拼箱。

现在我们的工作流程优化了，产品直接扫描出库了。工作流程简化后，新员工过来，上岗很快。在业务繁忙、员工缺少的情况下，我基本是一天带一个新员工，一连带了6个。刚入公司一天的员工，次日都能拿着手持扫描枪直接扫描产品出库，后续再慢慢地讲具体的规则。

2.SAP、EC系统操作。由于我们配货岗位用到SAP的不多，SAP系统只需简单地介绍下，记住几个名字即可，如VA05代表销售订单清单，VA03表示显示销售订单。简单地操作下系统，后面新员工可以自己研究摸索的。EC系统操作，细细讲来，发货清单和欠货清单如何操作。

现在没有EC系统了，手持扫描出库，账务基本是不会出错的。前几年带新员工需要手把手地带，并且一个新员工出师到岗独立操作，都要半个月，不像现在用机器（手持扫描枪）进行机械操作。

3.跨区域，自提发货流程。由于近年来带的新人比较多，我收集了一些跨区域事例，保存了一些自提委托书，把这些案例给他们看，还重点讲了下跨区域必须有渠道部申请的程序。记住，发货不是本区域的，必须留字留证据，不要相信口头话，不要相信来自提的人比较熟悉了，就简化了流程。必须在清单上签字，没有清单，就在委托书上签字。反正任何人拿走产品，都是要留下证据的。

4.了解华东产品分区情况。上午时间带他去仓库里转悠一圈，了解产品的分布区、常用区与特殊区，辅助是一张华东部仓管员通信录。

5.EXCEL等办公软件应用。新同事基本上比我厉害，他们在校学得比较系统，办公软件学习可以简略过。产品出库，核对，做到账务同步，确保欠货、发货等账目清晰、准确，及时进行托运单交接，不能无故拖延货物装运时间，系统确认清单要日清日结。客户的销售订单、协议书、产品交接清单等档案要整理保管好，资料不可外传。

6.6S管理。针对这方面我专门制作了一个文件夹，叫新员工培训资料，里面包括6S管理知识、6S知识竞赛试题、配货作业指导书、如何提高客户服务质量。我把电脑交给新同事，让他阅读、了解理论方面的知识。

7.关于休息。公司采取的是轮休制，休息请假的员工要填写"客服物流部休假代班记录表"，及时交接工作，并通知客户休假事宜。

还有就是目标管理，介绍部门KPI及个人KPI，我就给他介绍我们的岗位业绩考核。我们的关键业绩指标是配货及时率、核对、交接差错次数、工作纪律、培训、安全事故（强调只要出现安全事故就是一票否决的）、岗位规范、客户满意度等。

总之，新同事要积极主动地去学习、去了解，而我们老同事要分享自己的经验，与新同事共同学习，共同进步。

2007年，我在感应式电能表公司工作。公司要求几位比较上进的员工写关于包装车间如何管理的报告，我也写了。那时的经理施贻宁看到了我的报告，提拔我做包装车间主任。我忐忑不安地说："我纸上谈兵会，实践比不上理论。"施经理鼓励我说："只要你有一份耐心、细心、信心就可以了。"

在包装车间当主任时，我始终记住不可让一件不合格品出厂的原则，产品的技术要求、包装的特殊要求，我都要问清楚。那时的我，正负责一批出口表的包装工作，需要导数据打印说明，为此与各个部门及时沟通。那时的我，对电脑上的数据操作还不是很熟练，常常晚上还要加班弄数据，施经理像老大哥一样及时鼓励我，说："只要负责任地对着每只出厂的电表，坚守着正泰产品质量第一，其他的一切都是小事，都好解决。"

现在想，他的话可以用一句话总结：不忘初心，方得始终。感谢施经理对我的培养。

我是2008年3月26日从正泰仪表公司调到浙江正泰电器股份有限公司物流中心的，从事配货工作，有10年了。我热心地辅导新员工，是配货组带新员工最多的导师，不仅摸索出了一套"带新心得"，还制成一张"配货员岗位培训计划表"，并且整理资料做成《新员工培训资料》这样一份适用于配货岗位所有新员工的专业指导性资料，同时编写了一本《配货岗位实用手册》，让新员工可以随时阅读。

我最自豪的是我的写作对我的工作是有帮助的，通过它我可以不断地梳理自己的工作思路，提高工作效率。

现在物流部门的吴小燕总监对我的文学素养的提升起了非常大

的帮助。我是一个狂热的文学爱好者，但是基础薄弱，光有热情，没有水平。我的报告、征文、新闻稿很多时候都是吴总监亲自修改的。一次，集团文化传播中心和集团党委联合举办道德模范巡讲，我要讲20分钟，她打印好我的文稿，拿着铅笔，对着文稿，告诉我如何在薄弱的环节增加内容，如何将口语化的文字转化为文学性的内容，如何进行文句的删减、增添，如何将文章从随意化变成正式化，让我有信心去演讲，也让我的写作水平得到了一个质的提升。

在正泰的17年来，我参加的培训不计其数，有新闻创作培训、管理培训……我不断地吸取各方面的知识，积极主动地融入正泰文化，不断地给自己充电。

因为一直在学习，我获得了各方面的奖项：2017年第三季度"客户服务积极主动奖"，2016年度优秀团干；多次正泰集团宣传工作先进个人、优秀通讯员称号，多次《乐清日报》优秀通讯员称号，以及各类征文奖、好稿奖；2007年正泰集团优秀团员，2014年正泰道德模范奖（孝老爱亲）， 2016年浙江省工会组织的书香家庭三等奖。不管是工作、学习还是生活，我一直是充实的。

因为正泰，我有了不一样的精彩人生。

"世上无难事，只要肯登攀。"这句话是正泰的一位老领导送我的，他告诉我，正泰，是一所工业大学，培养了很多精英，只要你努力，只要你肯攀登，不断地提升自己，那么公司就会不拘一格用人、留人。现在我将这句话送给大家。

（正泰电器客服物流部　陈民妹／文）

八载正泰　挥洒青春

时光荏苒，8年弹指一挥间。不知不觉中，我和正泰已经携手走过8个春秋。现能亲见正泰集团创业35周年，我感到由衷的骄傲和自豪。

初遇正泰

时间的指针拨回8年前。2011年的秋天，青涩的我因一次偶然的机会来到上海，并投出了在上海求职路上的第一封简历，正泰相关人员就在第一时间回应了我。我一次性通过了面试流程。当我领取到自己的物品和工装，踏入工厂厂区时，内心生起了极大的归属感，从此以后我就是一名正泰人了。一切看着都是那么偶然，但似乎冥冥中又早有注定。

成长正泰

作为一名工艺工程师，本职所在要对现有工艺流程进行梳理优化，实现效率提升和成本下降的双重目标。我永远忘不了刚进入工艺部时，胡经理和肖师傅的细心指导和谆谆教诲。为解决测试后段WIP一直高居不下影响整体生产节拍的困扰，在胡经理的带领下，我们专题小组反复摸索测试仪的参数设置，探索不同种类测试仪性能稳定的极限点。最后我们发现，升级部分硬件后，可以有效地将设备的测试能力提高30%左右。当我们准备以此作为最终方案时，胡经理及时将项目组成员召集起来，结合现状分析后鼓励我们再次出发，继续探寻软件作业端的新突破。最终通过对软、硬件两方面的优化，将测试仪的实际测试能力整体提高了约50%，远远超越了项目初期的设定目标，不仅完美解决了WIP堆积问题，更让项目小组的每个成员明白，在追求卓越的道路上，只有节点，没有终点。

展翅正泰

为了响应集团"浙商回归"的号召，2015年底，我作为第一批支援海宁正泰新能源建设的上海员工，有幸参与并负责新工厂筹建中关键生产岗位和职能模块的建设工作，工作重心由工艺管理转移到新产品的推进管理上。角色的转变并没有影响大家对工作精益求精的态度。为了提高产品的转换效率，我们在庞总的带领下，严格按照产品导入流程开展相关工作。为了探索出各种机型间不同的工艺窗口范围，在不耽误正常产能的要求下，我们利用碎片时间，分门别类地安排试验计划。在导入一家高性能反光焊带材料的过程中，我们同厂家多次沟通和论证方案，经过数轮验证，最终实现了功率大幅度提升的目标，但在对焊接效果进行可靠性老化验证时，最终的衰减结果却超过控制标准的0.1%。在这种情况下，庞总毅然决定推迟该高性能焊带的变更提报，继续同厂家深度分析失败原因，再次制订新的改进措施。面对我的困惑和不解，庞总说："质量是公司的立足基石，不管性能可以提升5%，还是10%，只要达不到质量标准，0.1%和100%的后果都是一样的，雷区永远禁止踏入。"

收获正泰

8年时光，正泰伴我一路走来，它见证了我目前人生中所有的重要时刻：娶妻、生子、安居、乐业。8年时光里，通过公司的不断培养，我共计获得实用新型专利11项，实审中的发明专利文章2篇，科技论文1篇，并在2015年度获得"浦东职工科技创新工人发明家"称号。感激正泰为我提供的发展舞台，感恩成长过程中指导我的知遇伯乐，感谢一路走来给予我帮助和支持的同事们。

梦想正泰

人生如梦，梦想如帆。每个人都有属于自己的梦，但只有企业的愿景达成了，个人的梦才能实现。同样，每个人只要坚持梦想，充满激情，就一定可以实现企业的梦。

（正泰新能源产品工程师　曹敬乐／文）

CHINT，
我们相约下一个10年

讲述"你在正泰"的故事，当我看到这个时，顿时激动了起来，想或许我可以写点什么来表达下我此刻的心情，但当自己坐下来写时，却有一肚子的东西无法用文字表达出来。或许是很久没有动手写过文章了，或许是自己变懒了，或许是平时过多地忙于写所谓工作报告方案等没有精力了。

10，9，8，…，3，2，1，10年多过去了，从2008年6月到2018年12月，如果时间可以倒流的话，如果再给我一次选择的机会的话，我还是会选择你——正泰（ASTRONERGY——当时为正泰太阳能）。

2008年6月的一天，我独自骑着自行车，前往正泰面试的地点。记忆中，虽然当时天气很热，但前来参加面试的人还是排起了如长龙一样的队伍。"下一个，黄冲，做准备。"终于听到工作人员叫我的名字，经过介绍、询问、笔试等一连串流程，我顺利通过了相关的面试程序。

如今，10年后的今天，回头再想一想，往事如昨天刚发生过一样。

从2009年公司新厂区的投入使用，自己冲在前面，不怕辛苦不怕劳累地付出，到如今带领团队，共同协助配合做出业绩。

从南方四季如春的杭州到北方冰天雪地的酒泉，从一排排的人工手动操作到一台台精密机器的智能制造，经历过公司大大小小的变革和升级。

在正泰的这10年，我付出过，收获过，成功过，激动过，也失败过，放弃过，一次次的经历，使我得到了成长。

有时，我不禁问自己：是什么让我跋山涉水来到杭州这座城市？是什么支撑我一路坚持着，而且这么久？即使最后有可能一无所有。因为不甘于平庸，因为想看到更多的风景，因为有些梦想需要借助更大的平台才有可能成功。

三十而立的我，依然很高兴能成为美丽杭州这座城市的甲乙丙丁，很高兴成为正泰大家庭中的一员。

（正泰新能源杭州组件工厂主管　黄冲／文）

伴随正泰的步伐成长

2005年10月6日，这一天我进入正泰，成为正泰众多员工中的一员。此前我先后在中国有色和兰州理工大学工作。10月金秋，在正泰朋友和人力资源部潘性莲总经理的热情感召下，我选择来到正泰，开始我的新的职业生涯。能够受聘到全国著名的电器生产企业——浙江正泰电器股份有限公司，我感到十分高兴。

最初我被分到正泰电器销售中心客户服务部，客户服务部经理热情地接待了我，安排我从事华北办事处的售后服务工作。客户服务部当时有近20名工程师，大部分都住在各地办事处从事所属地区的售后服务工作。

刚进来时，我被安排到各个主要生产公司去学习，了解产品知识和分解组装产品，3个月的学习期内我受到了各生产公司领导和工程技术人员的热情接待和帮助。感谢他们，让我对正泰产品的了解有了飞跃式提升，也使我迅速提高了专业技术水平。

刚分配到华北办事处时，正巧遇到南存辉董事长邀请办事处人员和他共进晚餐这事，吃饭期间，南董与我进行了交谈，并了解了我的工作和生活情况，鼓励我干好工作，过好生活。当时我感到心里暖乎乎的，也让我有了在正泰长期工作下去的想法。

在随后十几年的具体工作中，我经常要深入现场维修和处理产品问题，发现问题并及时解决问题。多年来，在公司各级领导的带领下，我努力完成所属地区的售后服务工作，多次受到公司领导和经销商的表扬和肯定。

后来公司成立了客服物流部，服务队伍也开始壮大起来。在兰天总经理和戴广温经理的有效管理和领导下，公司国内客服板块无论是管理方面还是人员配置方面都逐步步入了快车道。其间，兰总和戴经理亲临河北办事处指导工作，他们认真的工作态度、清晰的工作思路和精益求精的工作精神给我留下了非常深刻的印象，我为有这样的领导感到欣慰，他们是我工作学习的榜样。

伴随公司各地办事处的相继建立，客服物流部也逐步组成技术服务网络，截止到目前已初具规模，逐步实现了在线信息化管理，驻外App信息管理模式提高了信息传递的时效性。我的服务思想也从原来的被动服务转变为主动服务，一步步向前看，从单纯地为经销商、客户提供售后服务，到主动配合市场销售，开展客户和经销商巡检，协助召开产品推广会，积极组织一对一技术交流会等，给经销商提供了大量的技术、服务、培训等销售需要的种种支持，有效促进了客户的二次采购，获得了经销商和客户的赞许。

在日常工作中，我主动贴近市场，贴近销售，主动要求配合协助诺雅克、安能、正泰成套、中高压的各项业务，有事情冲在前头，顺利为公司各类产品保驾护航，受到了集团各子公司同事的赞扬。

今年客服物流部面向全体技术服务工程师广泛征集质量改进金

点子的计划和培训课件制作实施方案，这是非常好的方法，对快速提高产品性能、节能降耗、缩减成本、尽可能满足客户各种需要有着重要的指导意义，对人员培养也有促进作用。其间我也提出了许多的建议并制作了培训课件，得到了领导和生产公司的肯定。

没有发光的事迹，只有工作的零零碎碎，在这过程中，我与正泰共同在长大。

正泰将迎来35周年大庆，能目睹正泰的成长壮大过程，我倍感荣幸，愿正泰芝麻开花节节高。愿我们的客服物流部国内客服工作蒸蒸日上，队伍茁壮成长。

（正泰电器客服物流部驻外技术工程师　谢留祥／文）

闪光的青春

时间飞快，转眼我进入正泰也快20年了。在我的印象中，正泰是个大公司，刚进正泰时，我还是一名刚出校园的懵懂少女，到现在已为人母，我的青春都奉献给了正泰。我在这里认识了很多人，懂得了很多关于产品的知识，我非常喜欢这个大家庭。

我进入正泰是在1999年1月，先是在正泰稳压器公司当了一名零部件仓管。我在中专学的是会计专业，因此遗憾没有进入财务部，不过仓管跟我的专业也还是有点关联的，所以我也很喜欢这份工作。零部件仓管的日常工作就是给车间配料，偶尔有空就跟同事学习专业知识和产品知识，跟同事相互交流和沟通。记得当时我的领导是一位帅气的男士，说话又温柔；和我一起的同事是位漂亮的女生，性格非常好，讲话细声细语，我不懂的地方她都耐心地反复讲解直到我懂。

我是1999年6月进入正泰销售中心提货处的，就是现在的物流部。我在这个岗位一干就是20年，自己都不相信自己能坚持这么久。刚开始的工作是管理热继电器。这产品我熟，因为我家就是生产热继电器产品的。我从小在家就帮妈妈做这产品，所以很快就上手了。不过还是缺少经验，第二个月因做错事工资都被扣没了，只能默默地流泪。后来，美女同事慢慢开导我，传授我经验，我就再没有被扣过工资了，还为公司盈利了。这个部门的同事和领导都是本地的，同事们个个是巾帼英雄，清一色女同事，说话做事非常麻利，说实话，手慢的人还真不适合干这工作。同事之间非常和睦，领导对我们也非常好，我们对领导也很敬重。我非常喜欢和爱我的部门，到2018年6月离开时，很是不舍。

2018年6月，我从物流部调入退货部门，觉得新部门的同事非常友善，同事之间相互帮忙，是一个很有人情味的部门。这让我工作起来心情好，做事也有干劲。

虽然青春年华不再，但是我从来没有后悔过。我至今对我的工作还保持着最初的激情，努力为正泰贡献我的所有。

（正泰电器客服物流部仓库管理员　李节／文）

亲历正泰

　　2003年初，我到柳市的时候，从老乡口中得知当地最大的一家企业，名字叫作"正泰"，能进这家公司工作是很多人的梦想。我听说这家公司待遇好，员工发展前景也好。这是我对正泰公司的最初印象，所以我很积极地应聘了。在当时大学生为数不多的情况下，我面试成功，进入正泰电器股份公司控制二公司，从事检验工作。4年后我调到800客服部接听服务热线。

　　转眼间，15年过去了。这15年我能够在正泰度过，感觉非常开心和充实。

　　我从事的岗位叫在线工程师，负责接听全国服务热线。从10年前的5名同事每天接线量200多个到现在18名同事每天接线量达1300多个，我们部门发生了巨大的变化。我们的工作看似简单，实则不易。两个简单的号码，承载着全国所有客户的需求。这就对我们的要求非常高，不但要求我们熟悉公司的所有产品，还要深知公司的规章流

程，更难的是，要有非常好的心态，才能在碰到各种各样的客户问题时更快速地解决。

我们会碰到各式各样的客户，其中不乏有过来就骂人，不听解释的，也有零基础的需要一点一点指导的客户，这就为我们的工作增加了很大的难度。虽然工作是困难的，但也是充实的，尤其是帮助客户将疑难问题解决以后，当客户打心底里感谢我们的时候，那种从心底里产生的成就感，支撑着我们一如既往地快乐地工作着。记得有一次，已经下班了，一名客户的变频器不能正常工作，电机不能起动，联系我求助。当时我正在做饭，说着就放下手里正在炒的菜，通过微信对客户指导，通过十几分钟的沟通，我用视频、说明书截图等多种方法，终于将客户错误的设置纠正了，电机正常起动了，我的菜也凉了。客户一再表示感谢，说要写信表扬我，都被我婉言拒绝了。第二天一早，我就收到了这个客户通过微信发来的一封感谢信。看到感谢信的瞬间，我觉得平时工作中遇到再大的困难也都不再惧怕了。

除了做好本职工作，我在正泰还积极向党组织靠扰，光荣地加入了中国共产党，并在客服物流部党支部担任宣传委员一职，多次获得优秀共产党员和巾帼模范称号。在业余时间，我还承担了工会的各项工作，如职工之家的管理员、篮球赛场上的记分员和职工子女夏令营的志愿者等等。

在家庭方面，正泰稳定的工作和生活环境，是我教育子女的有力保障。虽然我的籍贯在陕西，但这里良好的学习环境促使我让女儿在这里就读小学、初中、高中。她一直努力学习并在高考中取得了优异的成绩，目前就读于上海交通大学密西根学院。由于公司的一项非常人性化的政策，我女儿获得了5000元的录取奖励。

日复一日，年复一年，正泰公司以良好的发展前景、优秀的企业文化将我们牢牢地吸引在这里，我将会在接下来的日子中，努力工作，尽我所能回报公司。

（正泰电器客服物流部 张艳／文）

我的团队我的伙伴

人心齐，泰山移

正泰公司从成立之初到现在已35年整，经历过风风雨雨，在市场竞争中脱颖而出，在国内低压行业中坐着龙头位置，这离不开正泰所有员工的努力和艰辛。在如今白热化的市场竞争中，正泰要独领风骚，更离不开企业正确的管理和团队的协作精神。

就售后服务而言，内容要扩大化，从各个方面满足客户所需是我们最大的责任。现在我们实行的是走访关怀制度，可以现场安装调试，可以到现场面对面地实行技术交流及进行差异化服务等，所有这些做法都是为了客户。当然，一个人的力量是远远不够的，需要大家共同完成。自从我们划分五大服务区域以来，同事们的协作能力提升很快，响应速度也加快了。这要感谢西南区长黎斌的支持和关怀，他在此岗位上任劳任怨地工作，将区域客户的现场服务及客户投诉处理得井井有条，同时还安抚我并指导我们如何进行现场人员的调配。在黎区长的带领下，我们有信心做好自己的工作，为正泰贡献自己的力量。

团队的力量就是大，一滴水只有放进大海里才永远不会干涸，一个人只有当他把自己的事业和集体事业融合在一起才能最有力量。总之，无论什么样的团队，如果缺乏凝聚力，这个团队就要面临发展的困局，甚至无法实现团队目标。一支人心不齐、思想涣散的队伍，也必将在市场竞争中落败。所以，必须让这支团队充满凝聚力，只有具备了凝聚力，团队成员才能同舟共济、携手前进。团队凝聚力、执行力很重要，员工强则团队强，团队强则企业强。让我们共同携手为正泰事业的发展更上一层楼而努力。

（正泰电器客服物流部广西售后员　邓建波／文）

追梦团队：因裂变而成长

细胞分裂是指一个细胞分裂成两个细胞的过程，具有分裂能力的细胞通过一次次的分裂与分化会成长为一个新的生命。加入正泰后，我进入的这个部门，它就如一个具有分裂能力的细胞，经过一次次的分裂与成长，现在已经是一个崭新的样子了。

2011年2月，因为不想相亲，我让同学帮忙订了一张来杭州的火车票，到了杭州后经同学介绍来到了正泰。那时的我，怎么也想不到，我与正泰在未来的日子里会有如此细水长流的缘分。经过面试、培训、考试，2011年2月16日，我在正泰有了自己的工号01110216111，进入了AB栋电池车间这个团队。

进入这个团队后，我首先负责的是一些统计和后勤方面的工作。我刚加入这个团队时，听团队成员说，他们是从杭州江陵路搬到滨安路的，很多工段长领班也是刚提上来的。这个团队的第一次裂变，我错过了。就这样，我们一起相处了近5年时间。5年来，我看到了他们成长的样子。从新进入一个角色的不熟悉到现在的游刃有余，从刚开始各工段之间的不熟悉，配合起来蹩手蹩脚，到后来的招呼一声，立马响应。关起门来开会时，我们争得面赤耳红，走出会议室后，在正泰大食堂吃饱饭再接着干。5年后，我们面对了第一次的分离。犹记得，2016年4月29日，在AB栋电池车间的最后一次月会上，话未开口，大家泪已决堤。5年的时光，我们已经成为彼此的习惯。现在远在泰国的你们还好吗？去了泰国刷你们的卡可好？（我们针对泰语你好的玩笑话）你们可还记得"在杭的继续努力，赴泰的甘苦相依"这句话？

分离在即，我选择了继续留在AB栋电池车间这个团队。所有的岗位，一分为二，原本的团队也加入了一些新鲜的血液。只有正泰的路灯知道，这一路我们是怎样过来的。团队中的每一个人，就像刚学走路的孩子，从颤颤巍巍到健步如飞。2018年1月15日，下了2018年的第一场大雪，当身在南方的我们还沉浸在下雪的喜悦中时，我们微信群里反馈，大雪对物流人员造成了很大的困扰，背钝化即将待料，前段工段长领班带着大家一起清雪，后段工段长立马安排人加入其中，那一刻我突然发现，这个团队，什么时候已经如此目标一致、配合默契了。

2018年3月，我们又面临一次离别，海宁工厂电池一厂筹备在即，AB栋电池车间又面临一次裂变。筹建期间，部分人留在杭州继续稳定生产，一部分人开疆拓土，奔赴海宁，为新车间的建立做准备。站在孤零零的仓库前，听机器声轰鸣不止，看眼前百废待兴，我掩不住心中激涌的情绪。见证新的工厂从荒芜到运行，再到业界领先，这又是一次新的裂变。在海宁工厂刚开始运行时遇到的人员严重不足、设备不稳定、故障率高等一个个困难，使得我们迅速成长。经过9个月的努力，虽然我们还不够完美，但我们相信，只要怀着一颗努力向上的心，未来的我们就会越来越好。加油！我的小伙伴们。

AB栋电池车间，只是正泰众多部门中的一个。它的一次次裂变也映射出了正泰的迅速发展。从AB栋电池车间到泰国工厂，再到现在的海宁电池一厂，我相信，这不是终点，我们还会继续裂变，我们这群人也会与正泰一起成长，变得更加优秀。伴着正泰一起壮大、辉煌，我们的青春也将留下许多关于正泰的故事。

海宁你好，正泰你好，未来，我们继续一起携手可好？

（海宁正泰新能源电池一厂生产管理员　王宁宁／文）

平凡中的伟大

看了一下时间，外面是天蒙蒙亮的时候。再看一眼旁边还在奋斗的同事，脸上流露着易显的疲惫。回想一下来到正泰一年多，加班虽不少，通宵倒是第一回。

刚来那会儿，看着一张张还略显稚嫩的脸，对团队的年轻化感到诧异，毕竟这是一份靠技术和经验吃饭的工作。带着这份疑惑，我加入了海宁正泰的设备团队。不过，经过一段时间的相处后，我的疑惑已不复存在了。

对团队里第一个印象深刻的人，大家都叫他老徐。老徐并不老，却是南区焊接队伍的老大哥。他是一个在工作上一丝不苟的人，严格贯彻着领导对设备维护"重保养，轻维修"的方针。在维护维修设备时，一根线、一个线头、一颗螺丝，他都会好好整理，好好收拾。在看上去死板的工作里，他总能做到创新与突破，焊接机、摆串机，他总能找到优化它们的点，为提升组件产能、良率做出努力。这种扎实开拓的工作作风影响着队伍里的每一个人。老徐虽然看着身材单薄，却用他瘦弱的身躯撑起了南区焊接队伍。

南区后段的负责人是一个阳光小伙，小伙的年轻让人难以相信他已经是一个队伍的领头人了。然而，年轻并不能阻挡他的快速成长。装框、测试、红外几个关键工位一旦发生异常，他总能迅速地找到解决方案。分析问题时，他总能据理力争，应答得体。在一次次的磨炼中，他俨然已经成长为一个处事冷静、应变灵活、进退有度的优秀人才。他那爽朗的笑容感染着周围每一个人，他辖区的工作风气之严谨堪称各区之最。他在工作上的老练与细致已让人感觉到了与年龄不符的成熟。

北区焊接队伍的负责人显得十分低调，但如果因为这样就小瞧他，那就大错特错了。这个默默无闻的人，正是北区焊接的灵魂人物。北区是露白的重灾区，每次问题爆发，总能在机台边发现他的身影。他反复验证，不断尝试，最终将问题解决。北区的旧机器较多，机器的故障也较多，事无大小，维修现场，总能发现他的身影。身先士卒的他赢得了每个人的敬重，求真务实的他将工作做得井井有条。默默奉献，这就是他的写照，同时也是整个设备团队的真实写照。

他们，穿梭于机台之间，夜以继日地奋斗，从不懈怠；他们，把加班当作常态，夜深人静的时候还在坚守自己的岗位。机台的嘈杂声，淹没了他们工作的声音，却掩盖不了他们的不凡。工厂产能达成是生产的业绩，良率达成是工艺的业绩，然而这些都离不开设备的默默支持。这就是我们的设备团队，虽不发光却默默散发能量。

（正泰新能源海宁组件二厂设备工程师 沈凯杰／文）

正泰新能源IT团队
在泰国的一段难忘经历

2019年1月4日，经过5小时的飞行，飞机终于落地泰国机场。正泰新能源信息部系统开发组的许焱林和庞超一踏出机舱，就有一阵东南亚独有的潮湿热浪扑面而来。他们此行的任务是部署AI检验生产系统，而他们的工期只有300多个小时，合计14天，任务极其艰巨。

330多个小时连轴转

刚接到这项任务时，庞超的脑海中便浮现出3年前在泰国建厂的情景。2016年，正泰决定在泰国投资建厂，扩展海外版图。但厂址所在地条件简陋，水电等基础设施全无，需要从0到1开始拓荒。虽然已经做好充分的心理准备，但当庞超拖着行李，站在泰国工厂门口时，眼前的一切还是让他跌破眼镜。工厂周边的环境相当"原生态"，杂草丛生，随处可见老鼠和壁虎，运气好的，甚至能"观光"到两条野生大蟒蛇。进到厂房里，地上尘土飞扬，连落脚的地方都没有。另外，泰国属于热带季风气候，高温潮湿，雨水尤多。

一到雨季，一天下五六次雨是常态。阵雨伴随的电闪雷鸣经常导致供电不稳，一旦断电，所有工作不得不中断。一时间，庞超有些恍惚，想着我们是来建厂的，还是来体验荒野生存的？

而2019年的今天，工厂已落成近3年，一切运行顺畅。可许焱林和庞超发现，这次虽然没有恶劣环境的困扰，但与泰籍员工的语言交流问题也是横亘在他们面前的一座大山。正泰的系统虽然支持泰语，但让当地员工具体操作，他们会一脸茫然。好比没学过摄影的人，即使能看懂相机上的所有文字，却不知从何下手，这就需要中方工程师手把手地教他们。可初到泰国的许焱林、庞超除了一句世界通行的"萨瓦迪卡"外，对泰语可以说是一窍不通。怎么办呢？他们想出了个法子，准备一叠纸，罗列出高频使用的中泰文生产术语、关键词汇，再将这叠翻译纸四散在工厂各个角落，供双方背诵熟悉。泰国员工积极好学，经常对着翻译纸研究半天。必要时双方再加上手势辅助表意，通过这种方式逐步领会对方的意思。如今，这些泰国员工已是操作系统的老行家了。

凭借一股兵来将挡、水来土掩的劲头，14天后，许焱林和庞超安装的系统终于测试上线，并达到试运行指标。330多个小时的连轴攻坚作战终于结束，他们长舒一口气，安心地登上回程的班机。

风筝飞再高，也有线相连

同样在泰国奋斗过的还有新能源信息管理部沈琦经理带队的7人运维小组，他们负责服务器和机房的构建。他们在泰国经历过一次极具挑战性的事件，现在回想起来，仍觉惊心动魄。

有次团队抵达泰国机场，遇到一个涉外法律事件，处理风险过大，团队里没有人敢擅自决定。由于事态紧急，沈琦顾不上已是凌晨1点，立刻把相关领导拉进一个微信群里，用短平快的方式，直接向项目负责人汇报情况。没想到仅仅几分钟后，知悉情况的领导们火速启动各自在泰国的资源，分头出面联系有过合作的驻泰贸易伙伴、商业协会等机构寻求支持。经过众人一个晚上的多方探询，终于解了燃眉之急。沈琦对这次事件深有感触，一旦前线出现问题，即使在众人正酣的深夜，大后方也能迅速伸出援手，第一时间响应，托住即将跌落的团队，补给弹药。对于独在异乡的一线战士而言，被赋予强烈的归属感和信念极其重要，这些才是在外攻坚的强大精神支柱。

说到个人生活方面，当时团队里有个小伙子的行李箱给大家留下了深刻印象。打开他的行李箱，全套生活用品井井有条地安放在各个小格里，枕套、剃须刀、漱口水等一应俱全，角落里还有一瓶老干妈，可谓麻雀虽小，五脏俱全。这显然不是出自一个大大咧咧的男生之手。一问才知道，这原来是他的妻子提前几天悉心准备的，这种秀恩爱的方式，让各位同伴自叹不如。小小的行李箱，装的是家人满满的爱。

运维团队7名在外的战士，就像7只风筝，飞得再远，都有一根细线牵着，线的那头，是整个正泰的资源支持和每个家庭的牵挂。

心中的小木屋

7人小组白天在工厂工作，都时刻绷紧一根弦，顾不得吃饭休息，晚上回到住所—— 一座木结构的小房子里，才能有片刻休憩。大家在小木屋里就着老干妈吃饭，谈论轻松的话题，聊聊各自的趣事。洋溢着宁静快乐气氛的小木屋，是团队劳顿一天后心灵休息的港湾，所以大家给它取了个爱称——"心中的小木屋"。

小木屋里常发生有趣的事，比如项目成员檀俊曾打趣说："每到半夜开始牵挂老婆孩子时，为了尽快入睡，我就开始数墙上的几百只壁虎。看它们从这爬到那，从那爬到这，直到把自己看晕睡着为止。"

清晨，经常能看到沈琦在小木屋周围晨跑，说起这项简单却考验意志力的运动，他回忆道："我主要依靠跑步解决三件事：一是，释压。当时每天压力真的很大，不停出现问题，解决问题，连轴转，承受的负荷即将抵达神经所能承受的极限，必须通过跑步排出负面情绪。二是，自省。反思前一天哪里做得不好，硬逼自己改进。三是，思考如何解决下一个问题，如何坚持到下一秒，并带领团队冲在第一线。"久而久之，"奔跑者"成为大家对沈琦的集体印象。

独当一面的"老泰国"

柏金基、朱春分别是泰国工厂第二、三任信息负责人。刚到泰国时，他们发现泰籍员工的技术水平与国内存在不小差距。他们的技术经验大多来自在日韩工厂里看管设备的浅层工作，缺乏深入学习的机会，有的干了几十年，水平依旧停留在简单重复的基础工作上，难堪大任。因此，正泰为他们制订培训计划，提供资源丰富的学习平台，开设培训室，只要有学习热情的工人，都可以报名，激发自己的潜能。通过长期培训，现在从正泰出去的泰国一线员工，到其他工厂都能升任主管。

泰国是个极具东南亚特色的国家，能否适应当地生活、文化，看似只是件关乎个人习惯的小事，但对于长期驻外的正泰人来说，直接决定他们能否与当地人打成一片，顺利开展工作。泰国饮食以咖喱闻名，不少游客慕名而来，但让你天天吃咖喱，估计没有人受得了。刚开始，柏金基和朱春面对全是咖喱味的一日三餐，内心几近崩溃，以至于之后一闻到咖喱味儿，就条件反射地肚子疼，无奈只能拿出老干妈把一顿顿饭吃下去。而且泰国人用手抓饭的就餐习惯也让他们难以接受，吃饭前像要动手术的外科医生一样，把双手里里外外洗干净，连指甲缝也不放过。但开弓没回头箭，必须沉下来融进去。他们努力适应，逐渐消除心理障碍，宽慰自己趁着年轻就应该多见识丰富多彩的世界，与各国人民都能融洽共处，那多棒呀。

泰国是个笃信佛教的国度，佛教文化深深影响着泰国人的思想观念和精神世界。泰国员工自发在工厂门口搭建三座庙堂，工人进出都会双手合十拜一拜，平时自愿拿食物供奉。柏金基刚开始不理解，问泰国人："为什么在工业区也要拜佛？"他们说："一是对佛祖的敬畏，精神上有寄托；二是祈求高高兴兴上班，安安全全下班，不拜一下心里不踏实。"柏金基和朱春虽然不信佛，但心怀敬畏，尊重当地文化，会跟他们一起双手合十，低头致意。为了顺利融入当地，他们还非常注重生活中的小细节，比如公众场合说话要轻言细语，坐时不跷二郎腿，也不拿脚尖指向他人，更不会随便碰别人的头，因为泰国人认为脚离

地近，是卑贱不洁的部位，头离天近，是神圣不可侵犯的部位。

经过两年的磨合，如今，泰国文化已渗透到柏金基和朱春的日常生活中，他们也能与当地人像朋友般相处自如，还被同事戏称为"老泰国"。

Zero的人才观

每个外派人员都是正泰在各国的"形象代言人"，他们每天会受到来自生产、技术、文化等各方面的挑战，因此需要具备"一夫当关，万夫莫开"的魄力。每个人出去前需要把自己倒干净，一切从零开始，为了随时不忘这种空杯心态，新能源信息部总监茆福军给自己取了个英文名——Zero。谈到这些海外人才的选拔标准时，他认为必须符合3个条件：一是，敢干，即发自内心认可正泰拼搏奋斗的文化，务实担当有责任心，关键时刻能顶得住。二是，能干，即符合部门技术要求。因为外国同事的信息化水平可能不够，再加上沟通障碍，无法支持，所以需要保证必要时能独立解决问题。三是，想干，即自身意愿强烈。因为信息化项目多为赶工型，问题一来，必须快刀斩乱麻，所以员工要百分百投入，包括时间上的。按每年2200小时正常上班时间来算，他们会达到3000小时以上，所以需要很高的勤勉度。基于这样的标准，我们外派泰国工厂的三任负责人，每一个都是不抛弃不放弃的"许三多"，得到了工厂总经理的一致认可。

　　在泰国的故事还有很多，虽然苦累，但回首再看，觉得一切都是值得的。这群奋斗在一线的战士，在目标上同向，在行动上同行，责任与使命共担，累并快乐着。相信在这些奋斗者的共同努力下，正泰之花能在泰国这片沃土上华丽绽放！

（正泰集团行政与公共事务部　鲍琪蕊／文）

勇往直前的光伏人

顾名思义，光伏人就是从事光伏事业和光伏工作的人。

光伏人现在越来越多的是可以过青年节的"80后"和"90后"了，他们每天操心的事情是项目是否顺利，账款是否要回，政策是否明朗，补贴是否下发，扶贫是否落实，领跑者是否招标，限电是否舒缓，指标是否已停。总之事情有大有小，操心永远最多，这就是光伏人。

光伏人，是清洁能源的代言人，从事的是一个朝气蓬勃的行业；光伏人充满着激情、活力和自信，将青春奉献给了光伏行业，是充满正能量的。光伏人常年在外出差，离开温暖的家，远离亲人，用背井离乡来形容一点都不为过。

光伏人每天为了项目，为了订单，为了并网，为了赶工期，为了投标，为了拜访客户，为了见重要领导，为了一个电话，为了一张图纸，哪怕再远、再晚、再苦、再累，都会毫不犹豫地带上行李立刻动身向目的地出发。光伏人没有更多的目的，没有想结果，没有想得到多少回报，就只是想把事情做好而已。

光伏人总是精力充沛，总是那么自信，总是那么忙碌，不是在路上就是在车上，不是在项目现场就是在客户办公室，不是在屋顶上就是在荒山上，不是在荒山野岭就是在城镇村庄。

　　光伏人不管外面多冷或多热，不管夜有多黑，不管时间有多晚，不管路有多长，不管刮风还是下雨，都会勇往直前，只为一个目标：把光伏项目处理好。

　　光伏的办公地点很多，车站、酒店、会议室、家里、公交车上、大巴上、出租车上、餐桌上、步行街上、山顶上、草地里、沙漠里、戈壁滩上、屋顶上，总之随处都可以办公。

　　光伏人没有运气只有努力，光伏人没有投机只有投资，光伏人没有彩排只有现场直播，光伏人没有慢跑只有赛跑，光伏人没有睡到自然醒只有起早贪黑，光伏人没有停留只有奔跑。总之，在该有他们的地方，总能看到他们。

　　又是一年年终时，光伏人依旧忙碌在不同的岗位上，从制造、公关、销售到项目开发，不同的是扮演的角色、身处的职责岗位，相同的却是出差、加班的忙碌状态。

　　充实，这是光伏人最深的感触。不管工作日还是双休日，不管白天还是黑夜，光伏人早就分不出自己是在工作还是在生活，工作已成为生活不可分割的一部分。很多人都羡慕光伏人工作与生活紧密结合的状态。过程累，但真的很充实，这样的状态让我们的生活不再单调，让我们的工作与生活充满目标和动力。这种充实，是成就感，更是见证自己成长的喜悦。

　　光伏人辛苦了，希望在未来，你们依然能够乘风破浪！

（正泰新能源和静电站运维　郭怀飞、
新宁区域运维主管　马兴云／文）

向设备动力团队致敬

回顾公司发展历史时，突然意识到设备动力部门的前辈们和现在的我们，一直肩负着公司建设的重任，承接了公司所有重大建设项目的筹建和运维工作。从2006年公司成立至2018年的12年来，无论在国内的杭州、上海、酒泉、海宁等城市，还是远在异国他乡的泰国差春骚，一个个工厂，在那些城市光秃秃的土地上拔地而起，又立起高楼和厂房，再到投产运营。在每个工厂建设初期，最先进驻建设的都是设备动力部门的兄弟们。他们每次都是在没有水，没有电，没有住宿、食堂、厕所，甚至有生命危险的恶劣环境下，通宵达旦，冒着泰国的炎热及海宁、酒泉的寒冷，坚持克服各种困难，保质保量且安全地完成筹建任务。

多少个春节假期，在别人放假回家和妻儿老小团聚的时候，是我们团队，为了公司的项目建设进度，离家一驻扎就是三四个月，其中的滋味，只有我们自己知道。

每当建设完成后，看着陆续而至的公司其他部门的同事们用新奇的眼光审视着这片我们早已熟悉的厂区，并看到厂区开始投入正常的工作中时，设备动力部的兄弟们又默默地转身开始了运维工作。

在我的认识中，一直把我们团队比作一支作风顽强、纪律严明、经验丰富，敢于抛头颅洒热血、冲锋陷阵的军队，一支如同电视剧《亮剑》中由李云龙统帅的独立团。

所谓强将底下无弱兵，下面叙述的3个是团队的领导者，有了这些身体力行、三观正、实干型的领导带队，秣马厉兵，团队成员的整体工作状态和士气才能保持在最佳，现在个个都是以一顶百的精兵强将。

杨强，团队中的"李云龙"

从2010年我加入设备动力部门，成为设备工程师后不久，杨强总经理就被公司委任为设备动力部总监。通过多年的相处共事，我对杨总的态度从早期的"敬畏"转变成"尊敬"。在我眼里，杨总就像李云龙一样深谋远虑，敢于担当，体恤下属。在项目筹建和运维时，杨总总是为我们预先规划出一个先进的工厂应该具备的各方面条件和所需要的主流设备，制订一个合理的项目建设计划，并带领大家一起努力拼搏。他是一个项目的策划者，但又不仅仅是策划者。在项目建设的每个重要节点和遇到困难时，杨总总是亲临建设现场，指导项目各环节的工作细节，聆听现场真实的困难并解决困难，因此对整个项目的进度了然于胸，把控得非常到位。所以，他也是项目的实施者。

在项目建设过程中，总会遇见各种困难和分歧。这时，若是处置不当，整个项目进度就会受阻，每次都是杨总出面，顶着各方压力，当机立断解决困难和分歧，为我们各项目环节工作的顺利开展做好保障工作。

杨总真的非常体恤下属。在项目建设阶段，他曾经一次又一次地陪着我们一起通宵达旦地赶工期，写报告。他还多次在大家废寝忘食工作的时候，默默点好热乎可口的饭菜，让我们心中暖暖的。

于大钧，放心把后背交给他的好战友

于大钧，2007年加入正泰，参与了杭州市滨江园区A、B、C栋电池车间建设、2年泰国工厂建设与运营管理和海宁电池工厂二期建设工作，经验丰富，基本功扎实。他也是杨总在设备管理模块的得力干将，和我属于同一个模块，是我的良师益友。

在我2010年加入正泰时，杭州市滨江园区A、B、C栋电池车间已建设完成。虽然当时加入正泰时我已有7年设备工程师的工作经验，但是还缺乏电池工厂的建设经验。于是，从泰国工厂建设期间开始，我便积极主动配合他一起做项目，积累项目建设经验。

在泰国，我们一起流过汗，奉献了自己饱满的工作热情，也收获了彼此间的友情和信赖，成为那种可以背靠背共同对抗任何艰难险阻的战友。

记得当时在泰国工厂电池车间设备还未到厂前，大钧和我在气温38摄氏度、室内无空调且无风扇的炎热情况下，要在车间内完成设备定位画线工作。两个人，拿着一个激光水平仪、一个墨斗、一根记号笔、一台笔记本等设备定位工具，在空旷闷热、四溢着刺鼻

的环氧油漆气味的车间内，汗如雨下。我们趴在地上，汗水顺着脸颊啪嗒啪嗒地滴在地上，坚持在车间内完成了一台台设备的定位画线工作。大钧对车间设备定位的精确度达到了毫米级的要求（常规设备定位精确度是厘米级的），为了整个车间设备摆放合理整洁，他一次又一次地用激光水平仪找多个基准点，确认最直的一条线并进行画线标注。从这点可以看出，他扎实的基本功和严谨的工作态度。在定位画线的几天时间里，我们经常是半干的状态进车间，全湿透的状态出车间，但在外面晒一会又全干了，衣服上一层白白的盐。5瓶矿泉水下肚，一天十几个小时都不带上厕所的。当时我们互嘲地开玩笑说，当身体的水分都蒸发光了，体内会不会结舍利啊？

我俩就在这种紧密配合下，圆满完成了泰国工厂项目建设任务。

团队的未来

过去和现在，公司发展到哪里，我们设备动力团队就开疆辟土到哪里。

杨总一直鞭策我们积极提升专业素养，充实专业知识，吸取建设过程中失败的经验，为下个项目的成功建设奠定坚实的基础。我相信，在未来随着公司的进一步壮大发展，我们设备动力部会建设出更加智能化、人性化、节能化的工厂！

（海宁正泰新能源设备动力管理　张森／文）

坚守在平凡
岗位上的耀眼星光

自工作以来，首先最感谢的人就是引领我进入正泰的戴经理和杨工，他们是我的伯乐。其次就是那些在各个工作岗位上与我密切配合的同事，没有他们的辛苦付出，很多工作就无法顺利地完成。在我们这个团队里还有一群人，他们经常说走就走，一走有时就是大半个月，风里来雨里去默默地工作。他们多数人不为大家所知，但有正泰产品的地方就有他们的身影，他们有一个共同的名字，叫驻外技术服务工程师。

他们为客户提供包括产品选型、商务支持、现场事故分析及产品维修等服务。如果客户有需要，即使不是我们产品的问题，他们也会深入产品使用现场帮助客户解决问题，直到客户满意为止。

120分钟的地铁攻坚战

2015年9月7日，北京秋夜凉意浓浓。北京区域驻外技术服务工程师接到紧急工作调度指令，需立刻赶赴某地铁站处理配电系统开关故障问题。地铁方说得很明确，此问题若不及时解决，将直接影响北京地铁13号线、4号线次日凌晨3时50分的正常运行。为不影响地铁运行，地铁站将在9月8日凌晨1点进行断电以维修故障，而留给正泰工程师的时间仅仅只有2个多小时。为此，正泰工程师于9月7日21点便赶到了现场，查找问题，分析故障原因，设计维修方案，制订紧急应对计划。时间一分一秒地过去，两位正泰工程师累得满头大汗。经过一系列紧张排查，总算发现了问题的根源。原来，地铁站相关操作人员在使用NA1系列抽屉式开关摇进时没有把握好操作要领，导致操作过位，开关无法合闸且不能摇出，出现卡死现象。经过通宵达旦的努力，开关故障得以排除，地铁站终于恢复了供电。

百米深井下见到"老朋友"

2012年6月18日，河南某矿业有限公司向客服中心反映NA8-1600万能断路器的开关无法合闸，要求正泰技术服务工程师当天22点前必须赶到现场修复，否则将影响第二天的生产。

明确客户需求后，正泰资深技术服务工程师许海峰立即行动。山路崎岖，险象环生，经过近3个小时的车程，许海峰于当日21点到达现场。然而，让平时经历过各种艰苦环境的许海峰万万没想到的是，设备并不在地面，而是在400米深的地下矿井内。他顿时愣住了，新闻报道里出现的矿难镜头刹那间在他脑中闪现。然而，客户的需求就是命令。想到这里，许海峰没有再犹豫，立刻随着一个领班、两个电工师傅下井。小矿车在钢丝绳的束缚下匀速下行，第一次下井，让这个七尺男儿有点发怵，他从未想过自己会下到400米的深井，而且巷道低矮潮湿，不时有水珠滴到脸上，更让人心惊胆战。慢慢地，许海峰怀着一颗惴惴不安的心终于抵达深井底部，众人离开小车，在黑乎乎的井道里又走了大约200米，便到了配电柜。当许海峰看到柜内并排安装的3台正泰NA8-1600万能断路器产品时，一下子就像看到了老朋友，整个人瞬间镇定了许多。经过仔细检查，许海峰认为，开关不能合闸是二次回路电压过高导致欠压脱扣器烧坏。经过权衡，许海峰建议拆除欠压脱扣器，而后又经过两个小时的紧张抢修，开关终于恢复正常。

寒风中的故障检修

风电场由于其运行特点，一般都迎风而建，在凛冽的寒风下，人无法站立，但又不能蹲着干活。王心安忍着低温，顶着寒风，艰难地观察故障现象，测量技术参数。经过一个多小时的检修，他终于得出故障原因。由于地处寒冷地区，风电场部分箱式变电站暴露式箱体密封不严造成变压器结霜，直至出现爬电烧坏故障，现场陪同的工作人员表示认同。后经协商，箱变厂家补偿一定的损失费后，风电场方重新定做，将现场34只变压器全部更换。

如今，随着大数据时代的到来，正泰客服物流部也正在经历着一场史无前例的大变革。从最初的通过现场服务记录单、800台在线电话传递产品质量信息，到如今集合技术信息呼叫平台、客服微信平台、互联网数据集成平台等新客户服务系统，我们团队的软硬件实力有了很大的提升，不仅为正泰产品的改进、新产品开发、用户拓展提供了切实可靠的信息，同时也为用户服务提供了最可靠的保障。与此同时，客服物流部也在服务软实力方面下足了功夫。修订现场作业指导手册，持续配置适合现场服务使用的秋季、冬季工作服；采用现场图片、签到抽查、录音抽查和回访的方式，加强对技术服务人员的工作规范性管理；提高工作人员的安全操作意识及操作技能，组织技术服务团队成员到安监局参加培训，并取得国家认可的特殊岗位操作证书；针对产品知识、规范、沟通及技能方面开展培训，按岗位进行多维度技能辅导，提高服务质量，以KPI为导向，每月组织全员讨论月度运营情况，制订整改措施，努力让各项业务指标达标。此外，客服物流部把满足客户需求作为生产经营的出发点和落脚点，持续优化技术服务，加强投诉和应急管理，不断提升客户服务水平；坚持走近客户，积极主动与客户沟通交流，努力满足客户的个性化需求，有效提升客户满意度。

正泰历年来坚持开展顾客满意度调查。为了客观和科学地测量顾客的满意程度，客服物流部还制定了"客户满意调查与评价"制度，并利用 ACSI 美国顾客满意度指数测评模型，采用10梯级的评价标度法，每年分别对国内终端用户和经销商开展调查。为促进客户积极参与调查，客服物流部还对应设立了相关奖励措施，提升满意度调查中客户的参与力度，尽可能全面使用大数据来客观、准确地反映客户体验感和满意度，并根据满意度调查结果有针对性地完善客户服务体系。

我们相信，未来客服物流部的脚步将走得更远，用实际行动继续书写属于自己的凡人传奇。

（正泰电器客服物流部技术科室　雷新鹏／文）

我的团队　我的伙伴

2007年4月，我在一个机缘巧合的情况下有幸加入正泰。在客服物流部兰总经理和戴广温经理的领导下，我从事800驻外现场售后服务工作。

进入正泰已经有11年了，在这11年里，我经历了大大小小的许多事情，感受到了公司领导和同事的关怀和支持。如在2018年6月陕西富平电力公司辖区内农网改造项目中，动力表箱中的NHP-125隔离开关因现场安装不当，个别开关和表箱被烧毁，兰总得知情况后一方面指示我开展下一步的工作，一方面联系相关生产公司做该型产品在相关恶劣环境下的温升试验。最终，在兰总的关注和支持下，事件得以圆满解决。

另一次是在2017年6月，内蒙古一风电站反生配电柜发生起火事故，当天下午5点我接到电话通知，要求次日12点必须赶到现场。事情紧急，又买不到车票。戴经理得知此情况后火速联系公司内部订票处，几番周折后终于订到了一张飞往包头的机票，我终于在用户指定时间内到达现场。由于处理及时，事件得以圆满解决。

其间，我们驻外售后工程师的主管领导王工及前任主管领导许工、何工、杨工也给予了我们帮助和支援。同时，驻外的同事也给予了我很多帮助，如驻内蒙古的齐工经常在我忙不过来时帮我处理榆林地区的服务工作，从无抱怨。

以上这些使我感到了团队的温暖，让我愿意为我所在的公司和团队付出。

我理解的正泰精神是什么？行事正大光明，遇事泰然处之，做事精益求精，远景神驰五洲。

（正泰电器客服物流部技术服务经理　赵斌／文）

一站式服务

正泰一直是柳市的标杆企业，在柳市可谓家喻户晓。从小我就对正泰有一种独特的情怀，说起正泰就好像说起自己的家乡一样，有一种亲切感和自豪感。毕业后，我怀揣着对正泰的憧憬，投递了求职简历，很荣幸地成了正泰的一分子。

我们客服物流部一站式服务小组成立于2015年，由部门总经理带领各部门主管及订单一站式项目负责人组成，旨在完善订单运营模式，让客户有更好的体验感，从而为客户提供更高效的服务。一站式服务小组的成立，开启了正泰全新的订单模式。由原先的开单员加订货员两岗位分工合作共同服务一位客户的销售模式转变为现有的一对一模式，每位客户有且仅有一位订单员作为对接人处理订单所有事务，大大解决了客户找人难、过程烦琐复杂的问题，从而提高了订单交付率和客户满意率。同时，由原本订货员和开单员分岗制变为现在的订单管理员一体制，每位员工能够更全面地掌握订单岗位所需知识，并向全能型人才方向发展，为订单统筹工作打下了扎实的基础。

自一站式服务小组成立以来，受到客户的一致好评，订单员与客户之间的关系也更加密切。据统计，小组平均每年满足了全国客户约5万条紧急订单需求，其中不包括售前技术咨询及价格咨询和售后产品的咨询需求。订单员和客户是密不可分的，只有两者建立了亲密度和信任感，才能让公司越走越远，才能做到互利共赢。一站式服务小组的成立，在很大程度上提高了客户与订单员的亲密度，从而提升了订单处理的效率。

2017年，一站式服务小组工作模式正式推广至每一个分拨中心，每个分拨中心按各自的销售区域分别建立了区域一站式微信平台群组，由区域负责人和订单员邀请仓管人员、技术员、售后人员等关键人员进入各分拨中心的平台群组，通过微信群组为客户提供一条龙服务，真正体现以客户为中心的服务理念，急客户之所急，从而快捷、高效地为每一个客户服务。

接管一站式服务小组的伍跃华经理引导我们与客户之间建立有效的沟通方式。为创建更好的服务方式，让客户有家一般的体验，我们小组多次对客户进行电话回访，了解客户实际需求；并组织召开动员大会，紧密结合现有的工作环境和客户需求落实方案，并且通过师带徒培训方式，展开产品知识培训及有效沟通等多项技能培训，不断提高员工的实际业务能力和专业素养，从而活跃了整个订单团队的工作氛围，同时提升了大家的服务水平，增强了大家的服务意识，使客户满意度大大提升。

2018年9月5日，湖北订单员方立天向我反馈客户的紧急订单通知，并请求支援。客户要求当天必须将8台NDK-300产品用客车发往客户处，但那时已是中午12点，客车是下午3点到达，且滨海无车辆开往智能库，故我马上启动紧急订单处理程序。经多方沟通协调，最终用电源公司的车辆将产品送往华东库，并在华东库安排好转运车辆，14时52分车辆到达华东库后，15点车辆准时到达客运中心，产品顺利发出。事后，二级经销商对订单组表示感谢。方立天是2018年新入职的员工，但是他对客户的服务态度及对订单的处理能力是有目共睹的，他的热情、朝气、活力及和善都是值得我们学习的。

在我们的日常业务操作中，经销商直发产品占了紧急订单跟踪的主要内容，但是在直发过程中经常会遇到车辆、人员、交期等方面的多种问题，从而造成紧急订单无法按时直发的现象。经订单员反馈之后，伍经理马上召集人员商讨确定紧急订单直发业务流程，确定初期方案后与各立体库、配货、车辆调度等部门进行最后的定稿确定，形成的《直发产品运输管理标准》更好地满足了客户的需求，也大大提高了订单员的工作效率。

加入一站式服务小组是让我最为自豪的事。作为曾经区域三部的负责人，我认识了很多的客户，也跟他们建立了友好的关系，这让我能够真真切切地站在公司和客户的角度分别去了解它们各自的需求，这又进一步提升了我的组织力和领导力。也正是在一站式服务小组的历练才让我在2017年订单统筹工程师的考核中变得更加自信。

在我们团队里，让我印象最深的人还有两个：第一个是我们的直属领导黄乐秋。她是一个好学的人，当遇到难题时她都会孜孜不倦地去研究，总要研究透彻，同时她也是一个学习能力非常强的人。在领导方面，她没有那种高高在上的姿态，总是平易近人，对于不懂的事情也会虚心求教，听取我们的意见后再加以改进。也正因此，她将我们一站式服务小组带上了一个新高度。第二个就是我的最佳战友张亦秋同志。她是一个特别热心的人，是我们心中名副其实的小姐姐，她让我懂得了何谓无私奉献。舍得舍得，有舍才有得，阿秋正是那种愿意舍的人，所以她得到了大家的喜爱，塑造了属于她的独有的人格魅力。

从刚入职时的懵懂无知到现在的得心应手，正泰给予我的不仅仅是岗位技能等个人能力的发掘和提升，还有为人处世等方面能力的发掘和提升。

（正泰电器客服物流部　高诗惠／文）

正泰"娘子军"

正泰巾帼文明岗是正泰营业处设立的直接面对客户的窗口岗位，主要负责客户订单的受理与结算工作。该岗位上现有员工19名，这19名都是女性，平均年龄为30岁，均达到大专及以上学历，是正泰的一支铁"娘子军"。营业处自2000年开始创建"巾帼文明岗"活动以来，一直得到公司领导的大力支持和指导，并专门成立了"巾帼文明岗"创建工作领导小组，由集团党委书记担任创建小组组长，部门经理担任创建小组副组长，带领全体员工共同创建。"巾帼文明岗"创建活动提出了"展巾帼风采，树文明形象"的口号，并以"真诚关爱客户，服务创造价值"为创建宗旨。正泰营业处这一支朝气蓬勃、奋发进取的团队，面对激烈的行业竞争和强劲的市场挑战，一直坚持卓越的服务理念，与时俱进，开拓创新。在开展"巾帼文明岗"创建活动的过程中，全体岗位员工立足本职、爱岗敬业、热爱公益、服务社会，塑造了团结奋斗、锐

意改革、奋发向上的新形象，在工作中充分展示了女性风采。由于营业处全体员工的突出表现，营业处先后获得了乐清市、温州市、浙江省及全国的"巾帼文明岗"荣誉称号，同时获得了省"三八"红旗集体、全国"女职工建岗立业标兵岗"等12项荣誉称号，并在2018年通过了全国巾帼文明岗的复审。

我是一位土生土长的柳市人，从小就耳濡目染南董的创业事迹，以修鞋匠出身的人能够带领集团发展到如此大的规模和取得如此大的成功，让温州的创业者倍受鼓舞。在20世纪80年代假冒伪劣产品猖狂的年代，南董独到的战略眼光让人叹服。因为从小对正泰就很向往，所以2004年一毕业，我就申请加入正泰这个大本营。

我现在的领导是郑飞平，她在刚来正泰的时候就"看中"了我，觉得我每次提的意见都不错，于是经常找我谈话，让我把最近的工作汇报下，有不足之处总是一针见血地指出来，让我从中受益。

郑主管接管华东订单巾帼文明岗这个团队后，带领我们巾帼文明岗的订单同事进行精心研究和策划，同时召开动员大会，创建切实可行的方案，细化工作措施，落实工作责任，引领全体订单同事按照既定的方案，紧密结合实际，创造性地开展工作。也因此，全体订单同事的思想进一步提高，工作作风进一步转变，服务意识进一步增强，服务水平进一步提升，从而带动了全体上下服务好的良好氛围。可见，她具有很强的鼓动性和个人魅力，能够团结一批人向一个目标奋进。

作为上海一站式服务群的站长，有一天我接到了上海某客户的急要订单，他们要求下午必须发货。临进下班时间，我虽多处沟通，但仓管员还是没有收到这件急要产品。张彩梅同事主动提出去仓库帮忙找货，她之前在仓库做过，所以比较熟悉。下午4点半下班后，仓库基本没有人了，她找了一圈还是没有任何收获。这时张彩梅充分运用自己对特殊产品运送情况熟悉的优势，在下午5点半之前把产品找到，并打包交给了加班发货的同事。正是在这位无私奉献的同志的带动下，我们收到了一站式客户的感谢。

还记得郑主管刚上任的时候，我们私底下也会讨论，这样一位新人以后怎么带领我们巾帼文明岗？出乎意料，她经常跟着我们一起学习，讨论，提出一些有建设性的意见和建议。有一次，她突然问我，对于紧急订单，上下道工序有没有合理的改善建议或是在流程上可以改善的地方。她的一问，让我想到了一个点子，是否可以在程序上直接备注加急？这样操作的话，上下道工序的人都可以看见。于是我就向信息中心申请并成功通过了试行，这样订单员就省了很多步骤和电话沟通的时间。正是我们领导的这个建设性的提问，让我们对她有了很大的改观，她也得到了大家的尊重。

我在客服物流部从事订单督员工作，一直做了14年左右，在2017年被评为市巾帼标兵。我觉得自己在正泰做出的最好的成绩就是传帮带，把自己的经验传给大家，让大家更快更好地为客户服务。

"不要人夸颜色好，只留清气满乾坤。"这句诗出自元代诗人王冕的题画诗《墨梅》。梅花是最具有中华文化特色的花朵之一。习近平总书记在公共场合数次提及"梅花香自苦寒来"，以及王冕的《墨梅》等咏梅的诗句，引发了国人的强烈共鸣，其原因可总结为三点：第一，这句诗浓缩了中华"梅文化"的精华，展现了新时代国人应有的底气和骨气；第二，这句诗巧妙地利用"淡墨"的画面特点，表现出人格的卓立与浩大；第三，这句诗通过外界形形色色的夸耀，反衬出面对成就时难得的理性、冷静和对初心的坚持。只有如此美好而坚韧的事物，才足以"满乾坤"。我想我们巾帼文明岗也是如此，面对众多的殊荣，更要理性地去面对，去呈现最好的一面。

（正泰电器销售营业处　郑玲丽／文）

用行动书写质量故事

"**新**产品的上市离不开技术开发人员夜以继日的奋斗"，"客户订单的交付离不开生产线员工不分昼夜的努力"，每年的表彰大会上都会听到这样的夸奖，而质量人的业绩总是被轻轻带过。我想了很多次，始终觉得，旁人看来，质量人的业绩似乎永远只有那一堆堆保存了5年甚至是10年的"无处安放"的报告。自2015年加入正泰这个大家庭成为终端质量模块的一员，我便深刻地体会到作为一名质量人的责任和担当，而那一堆堆"无处安放"的报告，其实是质量人对公司、对客户最真诚的保证。

从我进入公司的第一天起，我身边的领导、同事都是这样告诉我的：终端的质量人不仅仅是产品的把关者，更是在需要的时候转变成各种角色。"交通员""辅导员""优化员""服务员"等都是终端员工对质量人的别称，而终端质量人也始终在兢兢业业地完成每一个角色所应承担的职责。

"差之毫厘，谬以千里。"这是终端质量人始终坚守的信念。在产品生产过程中，质量人是生产线的交通员。从零部件采购到产品生产，再到成品出库，每个环节都是环环相扣的。每一个质量人像培养自己的子女一般，关注着每只产品、每个细微环节。可以说，每一批订单及时、高效地交付都注入了质量人的心血。

"质量是石，敲希望之钟；质量是火，燃希望之灯；质量是灯，照希望之路；质量是路，引导众生。"这不够押韵却朗朗上口的语句是一位生产员工对质量的认识和总结。听到的那一刻，我想所有的质量人应该是激动的，是骄傲的。让质量意识深入每一个人的心中并实实在在地为之付诸行动，是质量人作为员工辅导员的职责，也是质量人最大的期待。

作为产品的优化员，质量人的职责不仅仅是阻止不合格品流转，更要不断地统计、总结、分析，寻找新的方法促进产品的质量提升。"让不良品越来越少"是终端质量人坚持不懈的追求。

2018年6月，制造部总经理的邮箱中收到一封饱含深情的感谢信。这封信写自乌拉圭的验货工程师，内容是验货期间，正泰质量人所表现出来的专业和服务意识让他很是感动。后来，我有幸了解到具体情况。在验货期间，客户深夜突发疾病，对接的质量工人连夜将客户送往医院及时就医。自促成合作以来，乌拉圭工程师每年来公司验货两次，终端质量人的严谨和严格使一次次高要求的验货顺利通过。而这次，这群远道而来的客人不仅对正泰的质量人更加信任，也对正泰的产品更加有信心。当然，这样的例子很多，作为客户的服务员，质量人始终用自己的专业和热情服务客户，使客户更加满意。

有这样一群质量人，看着开发的一件件新产品，看着生产线员工生产的一批批产品，他们始终在兢兢业业地完成 "交通员" "辅导员" "优化员" "服务员" 等每一个角色赋予他们的职责和使命，默默地出具一份份合格或不合格的报告；有这样一群质量人，他们的业绩也许是看不见、摸不着的，但公司的每一项业绩中，又都融入了他们的心血，他们在默默行动，并且将会持续坚持下去。

（正泰电器终端制造部过程质量控制　黄丽娜／文）

那些追逐太阳的正泰人

正泰新能源公司自2009年进军光伏电站领域，10年里，兢兢业业，精耕细作，匠心独运。弹指一挥间，放眼世界，正泰新能源公司已经拥有3800MW光伏电站，电站面积总和相当于5320个足球场的大小，它们汇聚成蓝色的海洋，与阳光共舞，源源不断地为世界各地提供绿色电力。光伏多一点，雾霾就少一点，正泰人逐日的脚步从未停止。

在国内，正泰新能源公司的脚步从"日光城"西藏、"瓜果之乡"新疆，沿丝绸之路经青海、甘肃、宁夏、陕西，再过煤海山西、沙漠之丘内蒙古和水肥物美的江南水乡，一直延伸到岭南地区；在海外，正泰新能源公司的员工远赴美国、日本、韩国、泰国、埃及、西班牙、保加利亚、土耳其、印度、罗马尼亚等国家"开疆拓土"。正泰新能源公司有多少个光伏电站，背后就有多少个团队的幕后英雄在默默奉献，不论是在零下30摄氏度的大雪天里，还是在40摄氏度的高温天里，都能够看到正泰人的身影。他们通过艰苦卓绝的努力克服了各种险恶的自然条件，创造了一个又一个奇迹——宁夏石嘴山10MW电站项目开启正泰光伏之路，永昌200MW光伏电站创下国内光伏工程并网周期最短的纪录，民勤50MW光伏电站成为国家光伏治沙样本工程，大同50MW光伏电站被国家评为第一个领跑者计划项目；走出国门，正泰电站成了韩国鲫鱼岛上的一个地标，荷兰Veendam工业区中心因为污染而长期闲置的15公顷土地通过正泰光伏发电获得了新的生机，一个165MW的项目在神秘国度埃及的热土上如火如荼地进行着……这一切的一切，都是这群阳光下最可爱的人，为正泰光伏事业注入了迸发的活力。他们用青春和热情为中国的环保事业奉献一份力量，在这里向他们致敬。

杭州"金名片"的谱写者——石云

只要在办公室，说话声音最大的肯定是他。做事雷厉风行，为人憨态可掬，这也是他。

石云初到正泰，便接手了正泰太阳能厂房的电站项目。在多个周末和节假日与他绝缘的日子里，他积累了首个光伏电站建设的宝贵经验。两个月后，公司厂房内的光伏电站按预期目标建成并投入使用。随着工作的进一步深入，他陆陆续续又完成了当时正泰新能源公司最大的南麂岛离网海岛光伏电站建设项目，当时亚洲最大的单体光伏电站——杭州火车东站屋顶光伏发电项目，以及杭州市民中心等多个地标性节能示范项目。

值得一提的是，石云负责的杭州火车东站屋顶光伏应用示范项目成为杭州一张践行低碳城市的"金名片"。亚洲最大单体光伏电站、优质工程、10万平方米、150余个日夜都是这个里程碑项目的最好标签。日前，石云开始全面主持南部光伏区域公司工作，从单一项目的管理到全部门的管理，这是他的一个新起点，也是他的一个新挑战。

　　石云语录：自己进公司的时候正是业务高速发展的阶段，有幸参与这些项目的建设和开发，深感欣慰。从工程部工程师转型到区域公司负责人，这对自己来说，是一个更大的挑战，我一定不会辜负公司对我的厚望，将继续强化业务水平，积累管理经验，从公司的整体利益出发，为公司的发展尽自己最大的力量，为正泰的下一个辉煌贡献绵薄之力。

了不起的东北硬汉——袁艳辉

　　袁艳辉，说话有点腼腆，可是却有那么多大工程在他的带领建设下顺利完工，他绝对是一个了不起的东北硬汉子。

　　"经验丰富、执行力强、抗压力强，对项目建设期中的各种突发性因素预见性强、把控性强。"各种"强"是公司领导和同事对袁艳辉的一致评价。

　　袁艳辉于2006年进入光伏行业，至今已超过12年，于2008年加入正泰。2009年，正泰新能源公司国内光伏电站投资建设的大幕拉起之初，他就参与了公司投资的第一个光伏电站——宁夏石嘴山10MWp光伏电站的建设工作。跟随公司飞速发展的步伐，袁艳辉先后承担建设了格尔木一期20MWp光伏电站、内蒙古正利一期10MWp光伏电站、正利二期100MWp光伏电站（并担任正利公司总经理一职），2015年又接过了亿利库布其200MWp生态治沙光伏发电项目的建设重任。

库布其项目于2015年11月8日开工，整个项目建设期基本上是处于冬季。冬天的库布其沙漠的自然环境更是严酷，零下30摄氏度的严寒、不期而至的沙尘暴，一直困扰项目部所有人员。不过，严寒天气抵挡不住正泰新能源战队的建设热情。袁艳辉说："所有可以战胜的困难都不算困难，'与天斗，其乐无穷'。"凭着这样的霸气和自信，他完成了公司多个重要项目。2018年，公司调整了管理架构，根据公司业务需要，袁艳辉由工程项目管理业务岗转型为项目开发岗，主持内蒙古和宁夏区域的项目开发工作。从亲身投入把大漠黄沙和荒原戈壁建成似蓝色海洋的新能源电站，转型到布局未来的战略性管理岗位，相信这对他来说，是一种挑战，更是一个机遇，他会做得更好。

袁艳辉语录：在公司的信任、领导的支持下，和不计得失为项目兢兢业业的各位同事组成的这个优秀团队是我最大的自豪，也是我战胜项目建设中遇到各种困难的法宝，我为我们的团队喝彩！凭着自己10多年来对光伏行业的理解及坚毅的工作作风，相信未来一定会在新的业务领域扬帆起航。希望有太阳的地方，就有我们正泰人拼搏奋进的身影！

漂泊在外的光伏英雄——喻泽君

喻泽君，一个来自浙江的小伙子，出于对光伏事业的热爱，常年在西部地区出差，不要说顾上家，就算一年当中能多回一次家对他来说也已经是很幸福的事情了。工作条件艰苦自不必说，作为一个工程部的项目经理，也并不是所有人都能轻松胜任的，他要指挥一个团队作战，他还要协调公司和当地政府、村民的关系；他要懂计划，要会发现问题，更要能解决问题；他要有权衡利弊的能力，也要有当机立断的魄力。可以说，每一个项目经理，都是亲历战场、身经百战的英雄，而喻泽君就是其中的代表。

近日，正泰白城项目并网在即，喻泽君难掩心中的激动。他说话的时候，鼻子有些发酸，作为白城项目的现场项目经理，他已经有半年没回过家了。半年时间过去了，他的宝贝已经一岁半了，他错过了陪伴宝贝的时间，却收获了项目的顺利并网，虽然对家里人心怀愧疚，可是这已经是他作为一个光伏人的常态，理解是对他最好的支持。

白城是东北地区唯——个光伏领跑者基地，得到了各级政府和电力公司的高度重视和密切配合。白城的自然条件太过恶劣，冬季漫长。去年11月的时候，气温已经到了零下十几摄氏度，施工的工人因此情绪出现波动，不愿意继续在户外施工。喻泽君带领团队一边调整工人补贴，加大成本投入，一边通过各种方式关心和呵护他们，如给大家配备棉衣、手套、防寒安全帽，改善伙食。这些努力使团队上下备受鼓舞，最终使项目顺利完工。

本来是想找喻泽君说几句，然而"这几天太忙了，两天才睡了4个小时"，让我有点哽咽和心疼，不忍心再去打扰他了，只能回一句："没事，辛苦了，保重！"所有的光伏项目背后藏着多少的汗水和艰辛，或许真的只有当事人才真正理解，我们能做的唯有默默祝福一切顺利，祝福同事们健康平安！

"三好学生"——诸荣耀

看第一眼你会觉得诸荣耀挺帅的，第一次聊你会觉得这么健谈的人是做销售的吧。再继续聊，你才会发现原来他是个技术行家。总结一下：他颜值好、口才好、技术好，"三好学生"一枚。

心怀对太阳能发电行业的热情和憧憬，他初入职场就进入了光伏行业，到2018年刚好10个年头。在正泰的这些年，诸荣耀经历了"跋山涉水"的离网型光伏电站的建议，沐浴了"金太阳"的政策洗礼，欣赏了"光电一体建筑"的完美融合，冲浪了迅猛的"度电补贴"，到耕耘现在的"平价上网"光伏电站，他经手的项目电压从直流的12V、交流的220V到高压的220kV，容量从2kW离网到160MW农光互补项目，一次又一次的跨越和升级，他是最能深刻感受到光伏行业一次次发展和进步的局中人。

在他眼里，做光伏，不仅仅是在为社会提供清洁能源，更是在用行动保护环境。在荒草丛生的衢州柯城荒山上，他和团队一起参与集农光、旅光、林光、渔光于一体的160MW光伏生态公园的设计规划工作。该项目利用当地的闲置荒山，不仅可以增加当地农民收入，增加就业，更重要的是，光伏电站生态公园可以美化环境，提供绿色电力。正是在这里，他更加深刻地认识到了这份工作的意义和责任的重大。

诸荣耀语录：在正泰新能源的舞台上，在光伏行业内，坚守10年，完成了个人职业成长的"蜕变"，实现了职业理想，看到了中国光伏的发展轨迹。从刚进入光伏行业时的一个毛头小子，到可以在技术上主导完成一个百兆瓦级光伏电站建设项目的技术带头人，正泰给予我的不仅仅是一份工作，更是实现人生价值、服务社会的大平台。

闯南走北的技术小伙——诸葛云

诸葛云，人群里最高的应该就是他了，一个典型的技术男，可是却能够说一口让人惊讶的流利的英语，难怪他可以和团队一起去埃及，去做一件正泰人还没做过的事情，而且他就是主角！

2011年加入正泰以来，诸葛云一直从事设计工作。他先后参与了内蒙古的正利、突泉、霍林郭勒，甘肃的民勤、永昌、敦煌，西藏的运高、琼结，新疆的精河、图木舒克等项目，总装机容量超过500MWp。伴随公司的飞速发展，他个人能力也得到快速提高。从2018年开始，诸葛云加入海外电站事业部，参与埃及165MWp及越南50MWp项目的建设。为了埃及项目的顺利落地，他多次亲临现场。当提及参与埃及项目有什么感受时，他没有说一句抱怨的话，却分享了很多值得团队学习的地方，比如埃及项目业主的技术团队来自欧洲，他们通过对BIM协同工作技术和工具的应用，严格控制设计工作的时间、进度及设计内容的审核。这在国内项目设计管理中鲜有遇到，非常值得国内技术团队学习和参照执行。

诸葛云语录：在正泰工作的7年时间里，我们团队充分感受和践行了正泰创业、创新、包容的企业文化。我们团队坚持在每个新项目的落地时，都发挥创业者的精神，在每个项目的执行时，都坚持要有创新的解决方案。

豁达的乐天派——张天文

张天文永远是一副笑眯眯的样子，好像天生没有烦恼似的。乐观豁达是我对他的第一印象，严谨，有条理，有想法，有担当是团队上下对他的评价。

张天文之前是正泰新能源技术部的骨干人员，参与了公司很多的标杆性项目，比如大同50MW国家第一批领跑者项目、江山正泰200MW农光互补项目等。目前，张天文正式转到运维管理岗位，对新的工作，他依然每天精力充沛，信心满满，虽然每天都有新的挑战，可是在他眼里，每一个挑战都是对自己的历练。在荣晟80MW代运维项目签订前，他和他的团队做了多方的努力，甚至在零下15摄氏度的夜间在户外完成了一系列测试。这些付出和努力最终赢得了该项目的成功交付、运维。就如他自己说的，虽然外面很冷，但是心里很暖！

张天文语录：正泰风格低调而务实，是自己喜欢的风格，同时公司的人性化管理能充分发挥个人主观能动性；大家在一起通力协作，充实而又快乐，有很强的价值和成就感，同时又能感受到正泰大家庭的温暖。

骨灰级的见证人——兰正权

在公司里的很多团队活动中都会有兰正权的身影，热心、亲切、兢兢业业，是他身上展现出的最突出的闪光点。

为了绿色环保行业，兰正权毫不犹豫地投身到了正泰光伏事业中。在正泰，他是一个骨灰级的人物。他见证了从金太阳、分布式、工商业屋顶到地面电站直至扶贫及光伏领跑者的发展历程。他为抢占并网节点不辞劳苦，为项目成功发电欣喜若狂。作为正泰光伏人，他说最大的感受就是充实。同时，他还感受到光伏行业不断上升的动力和广阔的发展前景——电站建设成本逐年下降，运营管理日趋智能，从依靠补贴到平价上网，每一步发展都促使光伏行业朝着健康稳定的方向行进，每一个进步都让他因为是一个光伏人而倍感骄傲。他早已分不出自己是在工作还是在生活，不管是工作日还是休假日，无论白天还是黑夜，每到一个地方，他首先想到的都是这里是否适合建设光伏电站。他就是这样一个把工作融进生活的正泰人。

兰正权语录：从事光伏行业让我的工作与生活充满目标和动力，工作的充实也给自己带来了成就感，在正泰我见证了自己的成长，未来我会跟随阳光继续前进。

有许许多多的正泰光伏人，他们在默默地努力着，默默地发光发热，他们是这个时代平凡的工作者，却也是可爱的英雄！今天我们列举几人，只是让大家看到有这么一群可爱的光伏人，他们用光伏注释着自己的青春，因为他们相信这是一份值得一辈子去坚守的阳光事业。

（浙江正泰新能源市场部　毛蓓蕾／文）

顾客的要求就是我们的指令

2月24日，我们接到驻某市技术支持部的电话，反映公司在北方某电力公司现场安装的集中器的日抄表工作的成功率与其他同类厂家相比很不理想，情况十分紧急。公司成立了由肖怡乐、刘宏广、卢小文、王智等组成的14人服务团队。历经70多天，服务团队克服诸多困难，以忘我的精神对该电力公司下辖4个分局、10个县的460多台集中器、7万多台表进行彻底排查，这既锻炼了队伍，又培养了新人，最终让安装使用正泰牌集中器的日抄表工作的成功率在该电力公司排名中跃居第一。

电话，就是命令

2月的北方还是数九隆冬，24日接到电话后，研发中心立即组成由肖怡乐、卢小文等带头的先遣队。他们来不及做过多的准备，穿着羽绒衣就踏上驶往北方的列车。次日下了火车他们就直奔现场，会同销售中心的技术支持人员高海卫等一同到市局解释我们抄表成功率低的原因。面对客户的冷脸，可想而知情况非常不乐观，他们所能讲的就是会尽最大的努力在最短的时间内，发现并解决出现的问题。问题就是动员令，合格率就是指标，在接下来的日子里，服务团队的队员们没日没夜地工作，抄表成功率的多少就是无形的动力，他们与时间赛跑，想着他们早一天完成，就可能在以后的合作中赢得更大的订单。

经过一个多月的不懈努力，也就是3月24日，现场反馈的消息是集中器抄表成功率方面与竞争对手持平。大家再接再厉，以饱满的热情投入紧张的排查当中。有一天，当技术支持人员王智从现场回到市区，穿着单衣的县局配合人员看到他还穿着羽绒衣，开玩笑说他不知冷暖。配合人员哪里知道，为了赶调试进度，我们的技术支持人员连买衣服的时间都没有，一直等到该县局调试结束，抄读成功率显著提高后他们才腾出片刻时间去买了件单衣。我们的技术服务人员就是以这样的敬业精神，兢兢业业地忘我工作。又一个月后，即4月24日，正泰仪表成为现场抄读成功率第一的厂家，得到了该局领导的认可。

面对困难，选择永不放弃

3月16日，服务团队到达桥东分局义堂所在的小区。该小区分A区、B区和B2区3个区域，下挂总表数在3000个左右。我们在现场发现GPRS信号非常差，只有1格信号，后反馈给分局，改装了信号放大器，信号问题解决了。但随后发现抄表成功率不高，在现场经长时间的数据监测，我们发现有载波表吐出原包转发帧（称之为垃圾帧），便改变策略，将排查的重心放在载波表上。由于该小区使用的

电表是其他厂家生产的，服务团队会同桥东分局营销专责，与该厂家的技术支持人员兵分4组，对该小区进行3遍地毯式排查，最终我们团队的服务人员在一个有1500户住户的小区（A区）中揪出了2块故障表。

　　排查完毕后，3台集中器中的2台抄读成功率提升至95％及以上，另1台抄读成功率偏低（仍不时接收到故障帧）。面对最后一个顽疾，在桥东分局方要放弃的时候，我们坚持要求该厂家人员与我们一道继续排查，并将搜索范围扩展到了B区和B2区。大家经过来回十几次的排查，终于解决了这个问题。在排查了B2区的最后一个故障表后，所有的集中器抄读成功率都超过了95％。

　　4月15日，服务团队在桥西分局振头的小区下装1200块电表。初到时，团队成员了解到该小区的抄读成功率非常低（低于40％），就使用抄控器在现场抄读数据，发现有载波表吐出原包转发帧，于是，立即调整排查的重心。由于该小区使用的电表也是其他厂家生产的，我们通过排查发现了10多只故障表。在排除掉故障表后，抄表成功率仍然很低。仔细分析现场的原因后，终于在配电房发现由于施工方更改了设计，本应接在3#变压器下的楼层接入了4#变压器，我们的同事立刻要求局方更改186系统中的表计从属关系。但局方的操作人员之前没有做过类似操作，不知道如何实现。小组成员中来自研发中心智能终端部的刘明辉经过多方协调，耐心地跟操作人员确认每一个操作细节。历经一周时间，我们最终实现了现场台变与集中器及载波表的一一对应。完成上述工作后，该小区的抄表成功率均达到95%以上。

在传、帮、带中成长的新人

没有人生来就是百事通。在现场工作的过程中，老人带新人、资深的带初学的场景处处可见。随着工作的开展，新人也在快速地成长，逐步成为行家里手。

技术支持部的王智、孔令虎等，都是刚来公司不久的同事。来公司前他们主要在电表行业工作，因此对集中器的调试和使用比较陌生。接到任务后，他们就和同事赶赴前线。白天现场任务重，大家有时甚至顾不上吃饭，整点吃饭成为一件很奢侈的事。因为前期没有进行过集中器现场调试的培训，他们一时半会儿难以搭上手，白天跟着工作组去熟悉现场环境，只有等到刘明辉等老师回来才能利用晚上时间进行集中器基本操作强化培训。主要培训内容涉及集中器程序升级的几种方法（串口、网口、U盘等），Linux操作系统的基本操作命令，log信息捕捉，集中器参数及数据备份，集中器基本故障（GPRS离线、载波通信故障）排除，南瑞主站基本操作等。

实践是最好的老师。在现场一起排查时，研发中心刘明辉等带上他们进行示范操作。几次后，王智等逐步掌握并具备了排查基本问题的能力。最重要的是，老师们教会了他们如何分析抄表成功率低的原因，并提出可行的解决方案。3月26日，在桥西分局太华苑台区排查时，王智发现该台区下集中器应抄电表数为538只，但抄表成功率极不稳定。他针对这类台区，使用串口调试助手软件发送一个表号全0的645帧，通过抄控器将该帧发送至每只电表，观察串口调试助手接收区是否收到源帧，如收到该源帧，说明该台区的表计中存在载波模块乱发数据现象。他通过逐块排查每只电表，终于发现并拔掉故障模块，使得该台区抄表成功率显著提升。

实践出真知，王智掌握方法后，在其他台区排查时，也选用该方法排查用户表计载波模块是否存在故障。他在晋州局查询桃园供电所辖下台区的集中器抄读成功率普遍不高的原因时发现，现场集中器程序版本均为上一次升级版本后，为他们清除了程序升级后不必要的抄表任务，从而极大地提高了抄表成功率，也赢得了对方的信任。

就这样，通过边学边实践边摸索，到4月中旬，王智他们已经具备独立处理问题的能力，并且以实际行动，使公司现场安装的集中器的日抄表成功率提高了40个百分点，抄表成功率在四五个厂家中排名第一。

客户由质疑到赞赏

2月25日一大早，肖怡乐他们下了火车就赶到现场，之后赶到市局，向营销专责电话要求解释抄表成功率低的原因。面对这样的场景，他们所能讲的就是我们会尽最大的努力，在最短的时间内，发现并解决现场的问题。

他们在裕华分局的凤凰城小区进行现场排查时，该现场所在市局电工班班长要求我们限定时间提高抄表成功率。最后肖怡乐他们出色地完成了任务。在他们离开时，裕华分局的抄表成功率居各个分局之首。

面对质疑，这个团队没有退却，他们深信沮丧、埋怨无法解决问题，只有做得更好，才能赢取用户的尊重，也只有这样，才能得到用户由衷的赞赏，从跟别人学习到别人向我们学习。肯定自己的不足，他们以谦

服务团队、销售中心技术支持部高海卫在现场调试集中器的场景

虚好学的态度向别人取长补短，多跟强手交流，积极改正自身的问题，最终实现了超越对方、战胜对手的目标。

（浙江正泰仪器仪表公司运营管控部 张雷／文）

奋战在质量第一线的
进厂检验员

有这么一群人，天刚蒙蒙亮，办公室里就有他们的身影；有这么一群人，当其他车间关灯休息时，他们仍在加班加点，只为了尽最大努力保障生产顺利进行；有这么一群人，在生产急、检验周期短、质量不达标等种种压力下，坚持质量"一票否决"原则不动摇，严把质量关……他们，便是正泰仪表质量管理部全体进厂检验员。

2018年开年以来，质量管理部全体进厂检验员就迅速投入了紧张而繁忙的工作中。大家充分发扬不怕吃苦、任劳任怨、团队合作、长期奋战的精神，出色地完成了各项工作任务。以下简要述说两件让我印象深刻的事。

第一件事：2018年仪表公司计量箱上半年生产任务十分繁重，日产量最大时可达800余套。在任务如此重的情况下，为保障生产任务顺利进行，加班对于进厂检验员江春根来说，便成了家常便饭。但他从来没有一句怨言，在公司计量箱产能持续增长的情况下，顶住压力，发扬长期奋战的精神，严格按照公司的检验要求，出色完成了各项检验任务。截止到2018年6月30日，他共检验产品1685批次，检出85批不合格批次，其间未收到因零部件质量问题导致的公司内外部投诉。

2018年6月初，公司迎来了国网公司计量箱第一次现场审核。针对本次审核，质量管理部从上到下高度重视，对于零部件检验这一块，多次组织专题会议，从检验文件的修订、检验记录的编制、检验记录的审核等方面迅速展开。由于本次审核时间急，大家充分发扬团队合作精神，由李君和巩建科全力协助江春根做好审核相关记录，逐字逐句对每一份记录进行认真核对。因白天有检验任务在身，3人只能在晚上加班加点，于2018年6月8日顺利完成资料的整理、打印、归档工作。本次审核，国网公司对我司资料准备的情况给予了高度评价。

第二件事：2018年6月25日，工控仪表制造部检验员陈洁因家里有事请假，其他制造部进厂检验员主动承担检验任务，白天谁的检验物料不是很急的时候，都会主动去工控仪表制造部帮助陈洁检验物料；遇到制造部很急需的物料，大家都轮流加班去检验。在此期间，大家克服了检验依据查询难、待检物料查找难、物料送检信息不清等诸多困难，按时完成了检验任务，保障了工控仪表制造部生产的顺利进行。

类似以上感人的事迹还有很多。他们，工作在最基层，踏踏实实、默默无闻、尽职尽责；他们，虽然没有干出惊天动地的伟业来，但是却用自己的实际行动，去贡献，去发挥自己的正能量，值得所有人尊敬！

（浙江正泰仪器仪表有限公司质量管理部　李国武／文）

使命必达

正当正泰仪表零部件制造部生产科长苟建军准备前往柳市参加一个朋友的婚礼时，放在床头柜上的手机忽然响了起来。

"建军，我是公司驻海南销售商务代表周愈，我现在在电力公司。我们现在有一个紧急情况，对方今天下午召开了会议，要求所有厂家在11月5日前必须完成上次中标的计量箱订单，并且每日在微信群里公布生产进程。我们有十几万只订单，你觉得谁能够准时供货？"

"让我问问采购科江勇物料的情况，马上给你回电。"

采购计划科江勇的手机响起。

"江勇，我是建军。11月5日前完成十几万单三相计量箱订单，你的物料能否保证？"

江勇查询了最近各外协生产厂家物料的到位情况，由于一款关键物料采购周期比较长，一下子增加这么多的订单，时间上估计跟不上。

"客户能不能适当延迟交货日期？现在每天只能完成3000只计量箱装配的任务。"他回复道，"不过，等会儿我再给你确定的回答，我先问问赖部长。"

几分钟后，江勇回电苟建军。

"刚才赖部长和生产管理部黄信瑶老总在一起紧急召开了碰头会议，把会武、亚飞等全部叫过去了。"江勇说道，"除了部分三相的委外生产外，我们零部件制造部所有员工齐上阵，全力支持计量箱的生产，组建至少10条生产线，24小时开工，最大限度满足市场订单的需求。"

苟建军打电话给装配车间主任朱会武："会武吗？我是建军。十来天的时间能不能完成这十几万只计量箱的生产任务？"

"我们全力以赴。"朱会武说道，"除准备装配线只留少部分人从事电能表底壳的组装外，原先4条线40余人，变压器车间的老员工听到这个消息后，个个自告奋勇，立下军令状，纷纷表示这十几天宁掉几斤肉，多流一些汗，也要把这些订单拿下。"

朱会武在电话这头心情激动地向苟建军讲述车间员工们昂扬的干劲。

"周愈，我是建军。跟电力公司的客户说，我们这边全力以赴，努力克服一切困难，力争满足订单需求。也请你与客户说明真实情况。"苟建军给销售商务代表周愈回了电。同时，苟建军也向他说明为了在十几天内保质保量地完成十几万只计量箱的订单任务，会带来多大的影响。

"你们这些驻外的商务代表，有时候也不考虑生产实际情况，总是满口应允客户而忘记完成一笔紧急订单要花多少工夫。什么时候你回来，要请我们这些人喝酒。"苟建军在电话里对周愈说笑道。

我们的信念是：订单就是信任，订单就是责任，订单就是使命。

没有辛劳就没有收获。一线员工们靠着自己的血汗、牺牲和奉献抓住了客户的心。

(浙江正泰仪器仪表公司运营管控部　张雷／文)

在国网表研发的日子里

科技的前行从不会照顾弱者，市场的竞争又何尝容得下赢弱，当科技的大潮一波又一波地洗刷着市场经济时，沉浮早已成为常态，没有谁能永立潮头，唯有在潮水中调整自己一直前行。2009—2014年国网公司主导智能电网建设，在这样的大环境中，正泰仪表公司有过没有中标的痛苦，也有过连续中标的喜悦，公司经受住了各种考验，在这个大潮中迎风破浪，披荆斩棘。

一

作为电表行业起步较早的正泰仪表，虽然历史悠久，但是真正迈入发展的高速期，却是从2009年开始的。在经历了一系列的企业整合与经营调整之后，正泰仪表在各个方面都迎来了发展的春天。

也正是在所有正泰人都憧憬美好未来时，严峻的考验接踵而至。早在2007年，国网公司着手进行了用电管理系统改造试点建设，随着试点的运营与调整，原有的电能表再也不能满足智能电网的要求，智能电表的概念由此诞生。2009年6月，国网公司下发了《关于加强公司物资集约化管理的意见》，明确提出，建设统一的物资管理体系，实施总部和网省公司两级管理，统一标准、统一平台、统一采购、统一监造、统一配送、统一结算，强化对电能表等物资的专业化管理。可以说，此时的智能电表已经成了国网智能电网计划推进的瓶颈，同时原本由各省网招标电能表的模式也将随着智能电网的统一建设而改为国网统一送检、统一招标的模式。国网公司是电能表厂商在国内的最主要客户，如何研发出符合国网公司技术标准的智能电表，通过国网公司"盲样"检测，取得参加招投标的资质，成了所有电表厂家不得不面对的生死难题。

挑战同样意味着机遇与发展，在整个电表行业即将迎来前所未有的重新洗牌之际，在行业即将进行颠覆性的变革之时，成立不久的杭州研发团队再一次被推到了风浪的前沿。2008年11月，正泰仪表成立了国网表联合项目组，自此开始了5年多的漫漫征程。

从2009年国网公司首次发布智能电表系列技术规范后的3年时间里，正泰仪表的智能电表在国网公司组织的集中招投标中，连年中标，在智能电表市场获得一席之地，市场份额逐年递增。随着技术的发展和用户的需求的提高，国网公司在2012年10月中旬又召集国内大部分电表制造商、各网省公司计量专家开会，对国网公司新的技术规范、标准进行了讨论、宣贯，决定于2013年4月发布最新的智能电表系列标准，2014年的招投标将按新标准执行。

2013年是国网智能电表新规范颁布实施的第一年，所有电表厂家将根据新的技术规范和标准开发全新的智能电表并进行送样检测。送检是否通过及样品的技术得分，可能会影响到所有电表厂家的未来发展，因此如何保证10款单相电能表顺利通过检测并获取高的样品技术分是智能电表研发部2013年工作的重中之重。

面对这种许胜不许败的形势，2012年10月，智能电表研发一部成立了单相智能电表项目组，自此开始了一年多的漫漫征程！

二

2008年，成立之初的研发中心由远控终端部、智能电表部、结构件部、测试部、中试样表制作部等部门组成，如何让各科室在产品研发过程中实现高效的统配合作考验着管理者的智慧。不仅如此，由于电表行业的特殊性，其产品杂，要求高，研发周期短，杭州研发中心在人手少、任务多的情况下担负着整个公司国内外几乎所有客户项目的研发工作。如何在不影响现有各省项目开发的前提下顺利地完成国网项目的研发工作，谁的心里都没有底。此时成立国网表联合项目组，压力可想而知，艰辛可见一斑。

在国网公司统一送检和招标标准之前，由于各省电业公司招标表计功能千差万别，加之人员不足，研发中心在产品设计上，采用各人负责各自区域项目表计设计的模式，这种方式导致各种表型不仅在硬件设计上而且在软件功能的编写上，差异很大，而2008年国网公司的第一次送检，便要求单三相表多种表型进行送检，这让习惯了单打独斗的研发人员不得不进行一次大的统一整合。硬件选型的统一，编程思路的捋顺，软件编写任务的重新分配，无不需要经过反复的讨论与修改。此时的国网表联合项目组需要的不仅是精兵强将，更需要通配统一的方法和互助合作。

单相智能电表的研发团队是一支非常特别的跨地域联合团队，不仅包括了杭州研发中心的硬件工程师、软件工程师、结构工程师、测试工程师和工艺验证工程师，还包括温州质量中心的质量工程师，甚至还有继电器制造部和变压器制造部的工程师。

对内，项目负责人组织项目组进行标准宣贯工作，仔细研读标准，可以说对标准中的每一句话，甚至每一个字，大家都反复斟酌。理解上存在差异的内容，大家整理后向标准制定人员进行沟通确认。

对外，公司两位副总工带领项目组积极参加国网公司组织的技术研讨会，和同行进行技术沟通、交流。

崔工带领一群"娃娃兵"和研发人员对国网公司的新标准、新技术规范进行逐条解析，并同步编写测试方案及用例。对于技术标准的解读，大家集思广益，采用分开理解、集中讨论的方式来确定最终的做法。对于技术条件中有些模棱两可的地方，大家往往争得面红耳赤，谁说的都有道理，谁都不能说服谁。对于一些悬而未决的问题，研发中心的领导多方协调，请兄弟厂家的参与国网公司标准修订的技术专家来给大家答疑。

三

从2009到2014年，国网公司的统一招标工作已经进行了曲折的5

个年头。这5年来，酸甜苦辣，风风雨雨，正泰人也终究收获了属于自己的那道彩虹。从2009年第一次招标的遗憾失手，到后续连续几年的中标，其中的艰辛点滴记在心头。

每一个新成员加入国网表联合项目团队之时，管理团队都会请"新鲜血液"吃饭。在聚餐中，项目经理会向他们讲述自己之前带团队的故事，分享那些亲身经历的项目难关，告诉大家，以往每个成功产品背后都有着一个有梦的团队，国网表联合项目团队也是这样一个怀着梦想的团队，加入这个团队的成员，虽然要默默耕耘两三年，但一定能干出一番事业。

项目组成立之初，不同类型的人才很多：有些人理论知识很丰富，但缺少实际操作；有些人技术能力很强，但缺少跨团队协作历练。为了克服这些困难，项目组在给予专家队伍充分的尊重和信任的同时，通过大量的技术交流会议和一对一的技术指导，让一批年轻的技术骨干逐步承担起整个项目的研发工作，形成了沟通与交流的良好氛围。

5年来，随着国网公司招标工作的推进、完善，国网表研发团队时刻进行着调整与壮大，逐步发展成一支非常特别的跨地域联合团队。从杭州研发中心到温州生产公司，研发团队制定了一套高效的样表研发、制作、检验与送样流程；从结构件选择到软、硬件设计，再到功能模块开发，研发团队实现了高效统一的合作模式。几年来，随着不断的发展，团队不停地吸收新鲜血液，不断地实现技术上的一个又一个创新。

四

正如所预期的，国网表联合项目组一成立，困难便接踵而来，最先是对新标准的理解。由于公司之前没有参与新标准的制定与讨论的机会，加之此次发布的标准较之以往变化很大，当标准发布的时候，可以说对于标准中的每一句话，甚至每一个字，大家都是反复斟酌的，理解上的争议很大。每次开会，对于标准理解的争议都是最多的，虽经反复讨论，但仍有数项内容在理解上无法统一。

为了能第一批送样并达到合格，研发中心投入了很大的精力，很早就开始了产品的研发设计工作。但每次技术标准有勘误和补充，有些原来已设计好的方案又得重新修改，特别是当涉及硬件修改时，又得重新投板。当产品提交到测试部门后，虽然测试时间同样紧张，但因为有了前期在人员培养、测试经验、测试方法方面的积累，所以在2013年国网公司测试送样产品时，我们不再像2009年那样慌乱，大家忙而有序，而且对自己测试过的产品很有信心。

2012年，国网公司又组织了技术专家对以前的国网规范进行修订，并需要各个厂家重新送样。正泰仪表由于前几年的努力，在技术层面及市场占用率和企业信誉度等方面都有了很大的提高，得到了国网公司的认可，所以国网规范的修订工作，也邀请了正泰仪表的技术专家参与其中。由于前期就介入了技术规范的修订工作，我们可以最早得到最新的技术规范，提前开展新产品的开发和设计工作。而且因为参与了技术规范的修订工作，对于技术条件的解读也比第一次国网送样时更精确，与国网公司的沟通渠道也更畅通。正因此，我们在这次新国网规范产品的设计和送样中掌握了主动权。

五

随着国网公司招标流程的进一步完善，今天的项目组也许再也不用经历最初招标时的艰辛。5年来，我们不断有新成员加入，也不断有成员因完成了自己的使命而暂时离开。岁月流逝，物是人非，曾经的努力与付出，也早已化作深深的回忆。

2009年，随着送检日期的一步步临近，伴随着公司所有员工的期盼，项目计划上一个个关键节点的日期成了所有项目组成员关注的焦点。

三相表研发项目负责人顾志勇，承受了前所未有的巨大压力。在后期样表的测试过程中，对于早已习惯了加班加点的他来说，在测试室一坐往往就是整个晚上；由于家在外地，回家与家人团聚早已成了奢侈，工作俨然成了他的一切。

加班，加班，还是加班，为了配合测试部更好地完成对样表的检测，项目组必须安排研发人员负责跟踪测试，有时一跟就是一天一夜。郑建林，作为当时整个项目组内年纪最轻的研发工程师，多次在领导安排工作时主动提出"我年轻，我来"，更是创出了一连3天通宵工作的纪录。

由于时间紧迫，程序设计容不得半点差错，也正是在这时，最初不是三相表研发项目组成员的蒋紫松、宦广东、丁文豪等在研发后期义无反顾地加入最后的攻坚中来。他们在不影响自己原有工作的同时，加班加点地一句一句研读、一条一条修改电能表程序；对测试中反馈的问题，仔细排查，逐一核对。那时候，他们每人都有一把折叠椅，累了的时候就在椅子上躺一会，然后继续工作，哪里有困难，哪里就有他们的身影。正是他们的认真，避免了很多软件修改错误的发生。

那个时候，项目组中女同事的任务一点都不比男同事轻，压力也一点都不比男同事少。三相表研发项目组成员郭永娟承担了电表几个重要模块的软件设计与自测工作。在送样之初便有孕在身的她，为了不耽误项目组的整体进度，经常加班到很晚；测试室出现问题时，她总能马上赶到，查找原因，解决问题。甚至临近预产期时，她仍坚持工作，让项目组所有成员倍受感动。一个星期后，她的孩子出生了，项目组的成员都开玩笑地说："这孩子是我们国网研发人员中年纪最小的工程师。"

测试部投入忘我的测试中，经常一坐下来就是半天，到中午或傍晚吃饭的时间，才发觉口渴得厉害，原来半天都没有喝过水；有人一站起来就憋红着脸往厕所跑，引来哄堂大笑。谁说人有三急，你看这群人，当投入紧张的测试任务中时，连尿急都已经麻木了。此时脑海中只有一个目标，要尽可能地测试出产品中存在的问题，即使是大海捞针，也绝不允许这针从自己的指缝中溜走，保证国网电能表送样的合格。

在样表送检前的最后两天，项目组所有成员通宵加班，严格把关样表制作的最后环节。此时的国网样表，不仅关系到送检的成功与否，更承载了所有项目组成员的艰辛与期望。记得那天早上，当样表被一箱箱寄走后，大家虽然身体疲惫不堪，但脸上却洋溢起了久违的笑容。

国网新标准下的产品研发的场景也同样令人动容。

2013年版单相智能电表样表送检型号共有6类，表型细分为10种，样表总数量达120只，为了保证样表质量，试制数量不能少于300只。这是一个艰巨的任务。

为了保证样表的质量，项目负责人专门编写了送样的样表方案说明书，方案中增加了国网评分数据的要求，所有的指标均按评分标准中的I级标准进行要求，送样前再按照此要求进行内部摸底测试评分。

7月1日，样表物料全部到位。

7月10日，完成样表的试制、组装、校表。

7月10日晚，项目组带着样表踏上了开往温州的动车。

7月11日，项目组开始在温州质量中心对样表进行最后的微调。

为了在国网公司的检测中尽量拿到较高的评分，项目组需要对每一只样表的全温区时钟误差曲线进行调试，由于质量中心只有两台高低温箱，同时启动，一个批次最多可对90只样表进行调试，完成全部样表的调试至少需要进行4轮。为了赶进度，项目组分成两个组，每组分别操作一台高低温箱，要求每天至少完成一轮的调试。

布线，送表入箱，通电，常温调试，降温，低温调试，升温，高温调试，降温，拆表。看似简单的流程，实际操作下来平均需要12个小时，如果遇到突发情况，这个时间还要延长。

加班，加班，还是加班，为了完成任务，项目组基本上每天加班到深夜。

经过3天的忙碌，所有样表的全温区时钟误差曲线调试完毕，进入下道工序。

7月14日，对样表进行在0.5mT工频磁场环境下的感应电流和功率试验。国网2013版新标准规定所有的样表在0.5mT工频磁场环境下检测到的感应电流和功率数据要始终小于电能表的启动阈值。试验在紧张有序地进行，50只合格，100只合格，150只合格。突然，出现了一只样表的感应电流和功率数据超过启动阈值。面对突如其来的问题，项目组冷静分析，立即排查，找准问题后，做出了全部返工的命令。这是项目组负责人做出的第一反应，即使自测合格，也不能拿有隐患的表去送样。 由于时间紧迫，刚刚休息下来的项目组又马不停蹄地加入了返工的队伍中。拆表，绕线，焊接，组装，对于习惯了以敲击键盘来完成工作的项目组来说，这样的工作经历估计从来没有想象过。

7月17日，项目组带着调试完毕的样表踏上了返回杭州的动车。

7月20日，研发中心中试部完成样表的复检工作。

7月25日，质量中心完成样表的出厂检工作，样表打包完毕。

7月26日，送检人员携带样表踏上了去北京的动车。

天若有志亦争早，唯有奋斗是正道。一个月后，当从电科院陆续传回来一款款表、专变终端及集中器等送样合格的消息时，大家已经比较淡定了，不再像2009年那样激动，因为大家相信，凭着几年来积累的知识、经验和忘我地投入工作的这股精气神，合格自然是再正常不过了。

这就是正泰仪表国网表研发征程的故事。故事远没有结束，这只是下一个征程的开始。5年的时光，没有感天动地的故事，也没有响彻云霄的口号，只有在平淡之中，谨记肩上的使命，齐心协力做好每一步；只有在漫漫征途中，默默耕耘，用心血和汗水来感悟生命的充实和青春的无悔！

待到山花烂漫时，与君把酒话桑麻。

什么是成功，鲜花遍地的时候不能叫成功；只有果实累累的时候，才能称为金秋。

（浙江正泰仪器仪表公司运营管控部　张雷／文）

一流的团队是如何炼成的

正泰新能源是正泰积极顺应国家大力倡导的"清洁能源，绿色环保"时代潮流而发展起来的大型新能源光伏企业。

作为新兴产业，企业发展迅猛，光伏建设如火如荼，绿色新能源的发展顺应时代，符合发展的趋势，同时也给电力行业的发展注入了新鲜血液，带来了新的希望。我在很偶然的情况下，于2013年5月加入正泰新能源旗下高台100MW光伏发电项目。当时我刚好下夜班，一起下班的一个家在高台的同事叫我上高台去玩。我想已经休班了，高台还没有去过，待在家里也没事，就随同事一起去了高台。由于是第一次去高台，很兴奋，上夜班的疲劳一扫而空，一路上和同事有说有笑，很是开心。到了高台才知道，原来同事到高台不是回老家游玩，而是去参加正泰新能源高台项目运维人员的招聘考试。

巧合的是，考试现场的负责人员误把我当成应聘考试人员，我就随同事到了考场门口。现场负责人员指着我的同事说："你坐到这儿。"指着我说，"你坐到那边。"我莫名其妙地坐下。当时心想，第一次到高台来，地方也不熟悉，待在考场外也没地方可去。既然来了，又进了考场，那就顺势而为吧。就这样我参加了应聘考试，凭着在火电上班9年积累的电气知识，我第一个答完了试卷，第一个交卷走出了考场，第一个参加了面试。面试之后又第一个进行了主变事故处理报告和高压开关柜操作票的模拟填写，整个过程非常顺利，之后现场相关人员让我回家等候通知。大概过了半个月，正泰新能源公司人事通知我到高台报到入职。富有戏剧性的是，我的同事原本是来高台应聘的，最后没有到正泰新能源入职。而我，原本不是应聘人员，最后却非常幸运地进入了正泰新能源这个大家庭，从此与正泰新能源结下了不解之缘。

2013年5月我加入正泰，那时候光伏发电是一个新兴行业，我进入这个行业，也就相当于一名小学生，什么都不会，一切都从头开始。公司对员工的培训比较重视。刚入职不到10天，公司就派我到敦煌一期电站学习110kV升压站和光伏电站运维知识。在敦煌一期电站学习了1个月后，公司又派我到酒泉进行甘肃省调调度证培训。培训结束，我顺利考取了甘肃省调调度证。从酒泉回到高台后，我就投入了忙碌的设备调试并网工作中。经过3个月的连续奋战，电站于2013年9月8日经72小时试运行顺利后并网发电。经过公司的多年培养，我也逐步从一名生产一线普通电工晋升到了值班长，负责管理整个电站的运维工作。2017年春，李建周总经理和王建祥经理到高台视察工作，找我谈话时提出，公司想将我抽出专门负责安全生产标准化建设工作。我当时想"革命同志一块砖，哪里需要哪里搬"，公司既然需要我，那我就毫不犹豫地站出来。在公司各级领导的支持下，在同事们的帮助下，我对电站制度、应急预案、运行规程、操作票、记录表格、警示标志进行了标准化管理。在公司领导的大力支持下，我的标准化管理方式从甘青藏区域逐步推广到西部区域，而我也在其中得到了学习和成长。我的辛勤付出，也得到了公司的回报，我荣获2017年度公司标准化管理"先进工作者"称号。

我和公司领导的初次接触是在2013年冬。有一次，电站生活用水管道断裂，电站十几天处于生活用水中断的状态，原施工单位在外地包工程，暂时无人前来处理。电站每天就靠两桶纯净水维持餐厅所用，刚好能做两顿饭，洗脸都是一盆水反复用。当时，大家都挺着急，施工单位一时半会又来不了。时至冬季，管道断裂漏水的地方受寒冬影响，冻得比水泥还结实，人工根本挖不动，要按正常的审批流程申请机器弄，还得耗一段时间。我抱着试一试的心态，直接给时任正泰新能源的常务副总经理周承军打电话，将电站因生活用水管道断裂，电站员工喝不上饮用水的情况，如实向周总进行了汇报。周总指示，民以食为天，这件事必须立即进行解决。之后不到1个小时，公司就安排行政人员联系相关方进行处理，挖掘机和维修人员当天就到达了现场，第二天就解了电站的燃眉之急，使电站全体员工喝上了饮用水。清冽甘甜的饮用水流淌在生活用水管道里，也流淌在电站每一个员工的心里，滋润着大家焦渴的心灵。周总急电站所急，急员工所急，作风雷厉风行，办事果断干练，赢得了电站员工的尊敬，也赢得了公司广大员工的尊敬。

2014年4月，当时我任高台电站值班长，由于原电站项目经理调往其他部门，公司任命工程部田昌权经理兼任高台电站项目经理。

田经理第一次到电站来就组织召开了电站全体员工会议，让大家进行自我介绍，畅所欲言，提出各自对电站管理和设备运维等方面的意见和建议。会后他又单独将一个个员工叫到办公室谈心，让大家将不方便在会议上提出来的问题和个人的一些看法讲出来，再综合大家提出的意见，对电站当前的运营管理和急于解决的问题做出了合理的安排，使电站逐步走向规范化、科学化。再后来，他又通过与施工单位和外来检修人员的沟通交流，并结合电站的实际情况，提出了优化SVG运行方式、减少公司力调电费支出的方案。在田经理的大力支持下，我们与SVG厂家和检修人员沟通，不断地调整运行方式，于2015年5月底取得了工作的重大突破，运行2个月，累计减少力调电费约12万元，一年下来可为公司节约电费支出约70万元。对此，正泰新能源奖励高台电站1万元，以示鼓励。由此可见，田经理是一位工作严谨、作风务实、大胆改革、敢于创新的合格的好领导。在田经理的领导下，电站各项工作蒸蒸日上、有序开展，各方面的工作都取得了显著的成效。

　　我和时任采购部预算工程师的孙健结识于2015年。那年7月4日早上10时10分，我带领高台电站运行电工陈祎、王建智检查电站西侧泄洪沟泄洪情况，发现洪水正从电站西南角漫过，西南角围墙被洪水冲毁，洪水进入电站后，冲毁了电站西南角37区部分光伏组件支架基础，37区西南角第一个光伏组件支架基础被洪水冲出，并且部分光伏组件土方被冲毁，造成基础下沉，组件变形。同时，电站西侧巡检道路被洪水冲毁，无法行车。我第一时间向田经理进行了汇报，并向保险公司报案，保险公司立即派人对现场进行了勘察、拍照。据初步统计，冲毁围栏约60片、围栏基础约180米，冲毁巡检道路420米，冲毁组件基础6处。洪水停止后，经进一步检查发现，由于此次山洪暴发，洪水较大，原泄洪沟较浅，洪水溢出改道从电站西南角流过，导致电站受灾。由于高台电站西侧泄洪沟为光伏园区地势最低处，洪水量最大，受灾最重。电站立即组织运行电工对37区冲毁的光伏组件支架基础进行了恢复，暂不影响电池板发电。对冲毁的围栏进行了部分恢复，对损坏的围栏全部进行拆除，在原围栏处架设警戒线，安装摄像头、警报器（假的，用于威慑小偷）；对冲毁的巡检道路进行临时修复，保证能暂时通车巡检。

　　由于当时光伏园区内盗贼猖獗，盗窃事件时有发生，高台电站围栏被冲毁，小偷可能随时光顾电站，虽然安排运行人员进行不定期巡检，但不是长久之计。鉴于电站实际情况，我们与公司领导多次协商最后决定，先修复电站被毁围栏，防止小偷进入电站进行盗窃，再恢复部分冲毁的光伏组件基础及巡检道路，以保证正常的生产发电。公司安排采购部孙健专门与我直接联系，我将电站的实际情况跟孙工沟通后，孙工让我立即联系当地的施工单位进行维修工程招标报价工作。由于施工单位要求签订合同后才进场施工，为了加快合同审批流程，孙工又亲自拿合同评审表找各级领导签字，使合同审批迅速走到了仇总那儿。由于当时仇总不在无法签字，孙工把合同先发我，让我先与施工单位签订合同，合同评审表待仇总回复后再补上。

正是孙工的综合统筹、合理安排和对工作认真负责的态度，使电站冲毁围栏很快得到了恢复，有效避免了电站财产损失和外部人员通过缺口进入电站发生触电伤亡的高危风险。正是因为拥有这样一大批工作积极热情的优秀员工，正泰新能源才能在短短几年内迅速发展壮大，成为引领光伏产业革命的弄潮儿。

在正泰新能源工作5年半以来，让我印象最为深刻的是这样一批人，这样一支团队：他们作风优良，技术过硬，不畏艰苦，勇于学习，攻坚克难，敢于拼搏。

也是在2015年，高台电站35kV馈线开关柜由于系统过电压，柜内三相组合式避雷器先后发生4次短路爆炸事故，公司经研究决定于2015年10月12日进行全站停电技改更换。为了减小发电损失，检修工作主要集中在夜间进行，计划检修时间为2015年10月12日13点至13日7点。检修内容包括：第一，更换高台电站23台35kV高压开关柜过电压保护器（更换为独立式避雷器）；第二，更换高台电站3513开关柜地刀机构；第三，安装调试高台电站35kV备用开关柜柜内设备。

这次检修由于停电时间较短、工期紧和任务重，高台电站全体运行电工根据调度命令，在针对全站设备做好安全措施后，立即配合甘肃星河电力工程有限公司检修人员对23台35kV高压开关柜过电压保护器进行更换。为保证检修进度，积累运行电工的检修经验，提高运行电工的检修技能，先由我站人员对更换的三相组合式避雷器进行拆卸，后由检修人员安装试验合格的独立式避雷器。原本整个检修按计划可以开展得很顺利，但原定于10月12日17点到站的成套厂家检修人员，未能准时到达现场，造成检修时间更紧，有可能无法按期完工，进而严重影响第二天设备的投运发电。鉴于这种情况，为抢检修进度，高台电站全体员工发挥大无畏精神，立即组织运行电工进行抢修。经与成套厂家检修人员联系后决定，由对方电话指导我方工作人员先对3513开关柜内损坏的地刀机构进行了检查维修，维修后3513开关柜地刀机构分合操作正常。待成套厂家检修人员于10月12日21时30分到达电站时，刚好3513开关柜内损坏的地刀检修完毕，时间上做到了完美的衔接。成套厂家检修人员到达现场后，高台电站全体运行电工发挥"一不怕苦，二不怕累"的连续作战精神，配合成套厂家检修人员安装35kV备用开关柜柜内设备。由甘肃星河电力工程有限公司检修人员对备用开关柜新装的独立式避雷器进行绝缘检测和直流泄漏试验，经检测绝缘效果合格，试验合格后投入备用。由于时至10月，北方夜间天气寒冷，高台电站全体运行电工冒着严寒，顶着疲惫，连夜奋战至10月13日凌晨5点完成全部检修工作，检查检修现场工完料净场地清，终结现场工作票。然后向调度汇报检修情况，终结调度中心检修工作票。并于10月13日6点开始向调度申请发电，7时05分开始送电，9时16分全站100MW光伏矩阵开始投运，省调命令发电计划先按35MW负荷执行，至10时12分省调规定35MW负荷已满发，10时40分全站100MW光伏矩阵已全部投运成功。至此，历时21小时40分钟的高台电站检修技改工作圆满结束。设备隐患得到了根除，至今再未发生同类事故。

这次检修工作的圆满完成，离不开公司领导的支持和协调，离不开电站、检修公司、厂家人员的精心合作，更离不开高台电站团队这支顽强拼搏、勇于奉献、顾全大局、敢打硬仗的队伍。正泰新能源正是集合了一支支这样的队伍，才会在同行业中脱颖而出。希望公司继续加强对人才的储备和基层班组长的培养，加强对基层员工的管理，关心员工的生活，减少人员的流失，努力打造一支高效协作、执行力强的优秀团队，以期应对未来风云变幻的光伏产业。

2015年11月，公司就高台项目申报"友好型光伏电站"称号，甘肃电科院来做验收实验。由于#1SVG、#2SVG设备在实验过程中跳闸，实验无法进行。更严重的是，#1SVG、#2SVG刚过质保期2个月，厂家无人前来处理。鉴于这种严峻形势，我将情况汇报给正泰新能源运营部领导，联合公司采购部，与厂家多方协调，厂家同意派遣技术主管亲自到站进行技术攻关，最终厂家将#1SVG、#2SVG所有功率柜单元板共计252块全部进行了免费更换。按当时的单元板单个采购价格27000元计算，仅此1项就为公司节省了680.4万元。单元板全部更换系统升级后，#1SVG、#2SVG投运正常，我联系电科院进行实验，结果为合格。12月，高台项目被甘肃电力调度控制中心评为"友好型光伏电站"（浙江省新能源企业只评了9家）。获得这个称号，意味着从2016年1月1日起，高台电站每天可比其他未获

友好型光伏电站

甘肃电力调度控制中心
二〇一五年十二月

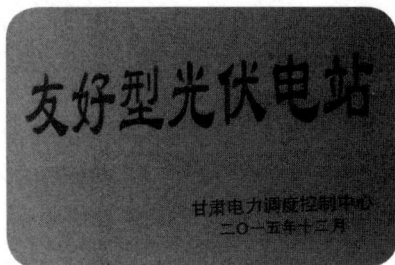

评电站多发5%的负荷。近3年来，这为公司创造了巨大的经济效益和社会效益。而我也因表现优异，成绩显著，被评为2015年度"岗位标兵"。

近期安全形势大好，设备运行稳定，公司保持着一种良好的安全态势向前发展，但员工普遍安全意识放松，公司上下一片歌舞升平。针对目前这种情况，我们更应该抓好安全生产工作，敲响安全警钟。老子有一句名言："祸兮福之所倚，福兮祸之所伏。"福倚傍在祸里面，祸潜伏在福之中，祸福相倚相成，在一定的条件下，可以互相转化。因此，我们必须在平时做好一些应对突发性事件的准备，以免在发生突发性事件的时候手足无措，陷于被动。只有居安思危，我们才能未雨绸缪，才能处变不惊。

路遥的《平凡的世界》是我最喜欢的一本书。就像书中所说，生活就像一个巨轮，碾轧在人生的道路上。没有完美的生活，没有完美的幸福。人世间的一切不平凡，都要用平凡生活来衡量其价值。

（浙江正泰新能源甘肃高台电站运维值班长　张世英／文）

兄弟齐心，其利断金

说起正泰，我算是很有资格的老员工了。我从2008年入职，从事物业部后勤管理的工作。从小小的老厂区周边租赁的几间安置房到现在的300多间宿舍，从自己租赁到申请政府批复的公寓楼，虽说工作上没什么大业绩可谈，但说起来，我们物业部门每个板块都不可或缺。

物业部的老搭档们都很齐心协力，这是我一直以来最喜欢物业部的主要原因。这里就说说G20杭州峰会期间，公司租赁的华纳宿舍搬迁的事儿给大家听听吧。当时我们接到华纳宿舍出租方的通知，只有两周的搬家时间，为了解决这个问题，金福娟书记亲自出马，联系华纳物业部门确认，到相关消防大队协调，联系区发改委调节，可终归因华纳配置的消防设施验收不合格责令我们退租，好在时间上延长到1个月后搬离。物业部负责人张建总经理紧急召我们开会分派工作，从需要确定租赁的新宿舍到员工撤离，还有华纳的资产运输和拆装，这么多事他一一敲定，并通知保安、维修人员积极配合我们完成这次400多名员工的大搬迁工作。

会后张经理带着我仅仅用了3天时间就找好了400多名员工的新住所，然后联系财务部、综合部对新宿舍进行确认后马上打款，事情顺利又高效，让人精神一振。可马上新的问题出现了，新宿舍不提供床铺、桌椅、空调和热水器，也就意味着华纳宿舍的家当要一边拆一边安装到新宿舍里。可这么多员工又急于转移，怎么办？那天夜里，我们让同部门的维修师傅将华纳宿舍平时换下来的坏了部件的床铺凑成3间宿舍的床铺。我们用一边拆一边搬家、再拆再搬的策略，快速又有效地进行着搬家工作。宿舍管理员许春燕阿姨连夜奋战，白天组织员工搬家、拆空调热水器，晚上清点搬走物品的数量和种类。而我们的维修师傅和保安每天晚上负责拆床装床，不当班的保安被我们调配到华纳宿舍帮忙清理房间，搬动桌椅，给员工搬行李，忙得脚不沾地。虽然这样，但每天每件事情大家都做得井井有条。30天后，我们的物品均没有过大缺失，也没有损坏，我们的员工也终于搬进了新的宿舍，那就是现在的中兴宿舍。

　　每每想起G20杭州峰会时杭州那被世界瞩目的城市风华，我就忍不住感慨：这里面，也有我们物业部员工的汗水。

　　"兄弟齐心，其利断金。"这句话我送给我们团队的每个成员，谢谢你们成就了物业部，谢谢你们在需要时随叫随到。

（浙江正泰新能源行政管理部　宫慧泽　陈荟／文）

团结协作，激情拼搏

2015年内蒙古区域成立，在短短的3年里，我们已并网6个项目，电站容量达165MW。区域和电站在服从公司安排部署及不断完成生产计划的同时，将大部分重心放在了发电量上。我们的付出是有回报的，2017年和2018年，内蒙古区域电站累计全年发电小时数已超过1800个小时，这在历年的发电业绩中，也是排得上名次的。我们的团队在获得荣誉的同时，也克服了种种困难，开辟了一条螺旋上升的光明道路。

位于内蒙古鄂尔多斯市鄂托克旗乌兰镇的鄂托克光伏电站，于2016年6月25日正式并网发电，其间无一起人员伤亡和设备损坏事故发生。2017年，鄂托克电站超额完成当年发电任务，并以全年有效可利用小时数1802个小时打破了公司自2009年以来的年发电小时数纪录，被公司评为标杆电站。

2018年末，锡林浩特锋威光电有限公司，因中调限电频繁，加上站里光伏区通信系统没有投运，无法在后台进行出力调整。站里人员发扬团结协作精神，采取一人在值班室接收调度信息，其余3人在光伏区中，除样板逆变器外，剩余的9个区，每人分管3个。在零下20多摄氏度的严寒中，他们以电话遥控和人工操作的方式，配合调度进行负荷的调整，争取在限电高峰期来临前多发电。天气寒冷，光伏区的人员只能在逆变器箱房中取暖，在中调暂停调负荷的间隙，轮流交替回值班室取暖并负责接收调度信息。因中调多在中午时分下发频繁的限发指令，为保正常生产，大家采取轮流吃饭的方法，吃完一个出去替换另一个回来吃。为了大家都能吃上热乎饭，站长和司机充分发扬风格，为运维人员做好后勤工作，每次都是等他们都吃完了再吃。在此期间，大家无一叫苦叫累，本着团结协作、真抓实干的精神，全站上下团结一心、众志成城，为了年底发电量大冲刺而努力。

包头市正泰光伏发电有限公司位于内蒙古包头市九峰山上，员工的生活条件比较艰苦。面对大自然出的难题，电站的同事们迎难而上。严寒来袭，一夜间把项目部的用水管道冻得坚不可摧，给大家的生活带来许多不便。同事们经过细心排查，终于确定了被冻管道的区间。问题处虽然找到了，但想要解决当前的困难也并非易事。管道埋藏于地下，冬天的寒冷早已将土地冻得牢如盔甲，想要挖开地面去疏通管道更是难上加难。大家经过讨论，认为最好的方法就是在地面架设用水管道。方案一出，大家立刻找来备用水管和工具，开始动工。动工过程中考虑到需避开行车的道路，大家便利用铲车搭建支架；考虑到用水后管道中的积水问题，大家分别将高处的管道架设成"山"字形，100多米长的管道被切断成四五节能够拆装的小管道，井中的水泵冰凉刺骨，大家不得不忍着冷冻重新拆装。忙活了几个小时，合上闸送上水的那一刻宣告了他们的成功。

即使是最平凡的工作，也会有闪光的地方；在最普通的岗位，也能创造不普通的价值。我们内蒙古区域一线的运行值班员们像一棵棵在夹缝里生长的小草，即使在杂草丛生的冷清山谷里，依旧努力绽放自己，用真诚奉献与满腔热情为自己铺就一条闪光的青春之路，也为我们正泰新能源的发展做出不可磨灭的贡献。

在今后的日子里，我们内蒙古区域各岗人员定会继续秉持正泰精神，和谐、谦学、务实、创新，将"致力于成为全球领先的智慧能源解决方案提供商"作为我们的光荣使命。

（正泰新能源内蒙古古区域各电站运维人员　付甜　冀卓毓／文）

转眼14年

我于2004年5月26日加入正泰，那时是我的一个大学同学引荐我过来的。当时正泰给我的感觉就是生产规模很大，每条生产线井井有条，办公环境整洁宽敞，更重要的是每个领导和同事都很热情，对我很关照，让刚踏入社会的我感觉到了大家庭的温暖。

我在正泰工作后慢慢发现，各个岗位不是固定不变的。公司给每个员工提供了各种职业发展通道，给有能力有志向的员工提供向上发展的平台和广阔的空间，这让员工在积累经验的同时也能在各个岗位上给公司创造更大的经济价值。

因为在正泰工作10多年了，换了几个部门，直属领导也换了好几个，比如我们现在的组长颜工。他知识渊博，待人和蔼可亲，平时工作孜孜不倦，加班加点对他来说是家常便饭，对于新员工，总是手把手地教，什么处理不了的难题都可以请教他，他总是知无不言，言无不尽，为我们答疑解惑，提供各种便利。科室里的同事无论是在工作还是生活上遇到了难事都会找他帮忙，他是公认的大忙人和大好人。

我们的戴经理在生活上平易近人，对工作却是一丝不苟，对下属可以用"苛刻"来形容，容不得半点马虎。沟通是一门很深的学问，一句话或者几个字都能关系到产品使用的安全性，关系到顾客对我们客服的印象，甚至关系到公司的荣誉。因为跟她坐得近，所以我是近水楼台先得月，从她身上学到了很多沟通处理技巧。

我们的班组是个学习型组织，几乎每个星期都会组织培训和考试，让我们不断充电，快速成长。公司每个季度都会组织一次集体活动，在活动中充分发挥团队合作的力量。这种团队精神让我们彼此间的距离被拉得更近，不仅是亲密的合作伙伴，更像是一起长大的兄弟姐妹。每次的活动中都会穿插产品知识，寓教于乐，既缓解了大家的工作压力，也能让大家学到一些实实在在的技能和知识。

我们的团队成员积极向上、关系融洽、互帮互助，每个人身上都有闪光点，几乎每个人都身怀"绝技"。我们会分享喜怒哀乐，工作上的心得，以及对待各种棘手问题的处理方法，等等。平时为顾客服务的过程中我们都会学到新的知识点，每天过得非常充实。我们一个个从不敢接电话、言语羞涩的新员工变成成熟精干、经验丰富的工程师。

从事客服行业最欣慰的是收到了顾客对我们这样的评价："你们的服务比同行业的好""使用正泰10多年了，你们的产品是我们一直信赖的品牌"。这是对我们付出的一种肯定，也是对我们产品质量的认可。最让我感动的是，有一次，由于我知识水平有限，顾客提出的问题没回答上来，当我说确认好给他回电话时，他说没关系。最后他获得答案后还专门打电话过来告诉我，教我怎么处理，末了还说今后大家互相学习，顿时心里是满满的感动。客服行业比较特殊，在工作中难免会碰到一些情绪比较激动的顾客，我们要对他们多些理解和包容，换位思考，站在他们的角度考虑问题。只有急他们之所急，想他们之所想，用专业的知识为他们解决问题，这才是我们客服的宗旨。

看到顾客满意率和接通率同比和环比水平的提升是我们莫大的动力，我们将始终牢记"微笑写脸上，服务记心中，真诚关爱客户，品质创造价值"的服务宗旨。

（正泰电器客服物流部在线工程师　许超连／文）

前行中的客服部

转瞬间，正泰集团即将迎来创业35周年。35年来，公司从一间小作坊做起，不断发展壮大，一步步成长为中国工业电器与新能源领域的领导企业，也始终践行着"为顾客创造价值，为员工谋求发展，为社会承担责任的经营理念"。

我于2011年进入客服部。作为一名驻外技术服务工程师，7年间我见证了客服部在各级领导的带领下，成为不断创新服务理念及服务模式，不断提高顾客满意度、为顾客创造最大化价值的低压电器客服行业标杆。

首先，客服部门丰富了客服的内涵。从被动服务到主动服务，从成立之初单一的故障产品维修，更换拓展到客户选购产品前的协同设计，选型，产品知识的沟通交流；客户选购产品后的物流跟踪，安装调试；重点客户使用中产品的跟踪巡检，隐患排查；等等。针对不同行业的客户建立关怀档案，定期走访跟踪了解产品运行情况，了解客户对产品功能和技术培训的需求，将客户的需求提交公司相关部门后通过分析、验证形成处理方案，并将处理方案反馈给用户，真正做到信息的闭环。通过以上措施形成固定的工作流程，使客户真切地感受到"上帝"的优越感及使用公司产品为其所创造的最大价值。

其次，为满足客户不断提高的服务需求，必须提升客服人员的综合素养。部门领导制订员工个人中长期学习及职业生涯规划，让员工年度统一返回公司进行新产品学习、理论考试、现场实操、情景模拟、知识答辩，以及日常工作中的分散自主学习、集中讨论和经验分享等，不断提升员工的综合素养，成功打造了一支适应公司战略发展、满足客户需求的高素质团队。

在产品同质化日益严重的今天，客服作为市场营销的一部分，已经成为众厂家和商家争夺消费者资源的重要领地。良好的客服是下一次销售前最好的促销，它提升了消费者的满意度和忠诚度，为公司树立了良好口碑和形象。

在正泰创业35周年即将来临之际，回顾客服部走过的历程，从简单的产品维修到全方位360度围绕客户的服务，我们相信在客服部各级领导的前瞻规划下，通过团队的不懈努力，正泰客服将成为公司的一张金名片。

正泰客服，我们一直前行，必将引领行业风向标。

（正泰电器客服物流部技术服务工程师　黎斌／文）

第四辑

匠心传承

运维界的诸葛"老"师傅

鄯善皇迈电站有一个"老师傅",单从外表是看不出他有多"老"的。这位"老"师傅就是运维电工魏良俊,一个个头不高,但眼睛炯炯有神,坚定而自信的人。从他自然平和的笑意中,你就能感受到年轻热情的气息;在一身笔挺的工装打扮下,呈现出了一个追求事业与成功的形象。与他接触后,慢慢你会发现,这位"老"师傅是个三国迷,会针对工作生活中的事讲三国,从而让你对当前事有所领悟与警示。他的老练在我们的生活工作中体现得淋漓尽致。

一日,我们去处理厂区逆变器电源板损坏问题。我们3名电工到达现场后,按部就班地做着处理和更换电源板前的准备工作。准备工作完成后,其中一个同事将带有塑料薄膜的电源板递给我,我正准备取出电源板时,魏师傅一把夺过还套有塑料薄膜的电源板说:"差点就要功亏一篑!"我一时疑惑不解地问:"我还什么都没干,这也有错?"魏师傅语重心长地说:"不要小看这北方秋季的干燥,有时人体的静电就足以使电源板的精微原件损坏,在接触它们之前人体一定要先静电放电,双手触摸进门时的铁门就行。"之后我便暗自记下这重点。魏师傅更换完毕后说："作为电工，就要像三国时的诸葛亮一样，处事谨慎细致，不能有任何冒险和轻视。细节决定成败，千万不要因忽视小事而酿成大错误。"

后来我发现，每一次处理厂区问题时，魏师傅都会去，可以算作我们的随身安全员、检查验收员。在我们处理问题时，魏师傅总会目不转睛地盯着，生怕有什么会伤害到我们人员或设备。魏师傅还会给我们讲一些案例，再分析原因，讲解原理。在魏师傅的影响下，我们对一些容易忽视的小细节更加重视；在魏师傅的努力下，我们的个人技术能力及对细节的处理能力都有提高，进而也改变了我们在生活中的行事作风，让我们逐渐变得像"诸葛亮"一样谨慎。

想必再没有比在工作中收获人生财富更有价值的事了！人生的财富是从经历、阅历中获得的精华，这些宝贵的财富对我们以后的人生会有很多帮助，会使我们变得更好！

（浙江正泰新能源鄯善皇迈电站运维电工　黄艺博／文）

爱管闲事的小钢哨

冬天里的杭城似乎是个爱闹脾气的娃娃，昨天还是暖暖的天气，突然今天就变脸了。每一次呼吸，空气中都会舞动出白色的图案，几乎要抽空天地间所有的热量。下班的路上，我正在想事情，突然一声响亮的钢哨声传来，一阵一阵的，虽然没有什么节奏，但还是给寒冷的园区带来一股不一样的味道。循声望去，只见一个笔挺的身影，像一根钢钉，直直地钉在道路间。果然是他，爱管闲事的小钢哨。

相识小钢哨是我第一次来到正泰园区时。那是个炎热的日子，我来公司面试，正在园区门外做出入登记，一声哨声引起了我的注意。只见一个人拦住了一位携带很大包裹的访客，然后在大门旁边一点一点地检查包裹，脖子上那明晃晃的钢哨在晃动。这人真爱管闲事，这么热的天气不待在岗亭里吹空调，非要在烈日下忙活。说他爱管闲事，还真是。在我面试结束后从园区大门经过时，他热情地跑过来同我打招呼，"你是之前登记的某某某吧，欢迎再来正泰"。我心想这个人真有趣，同时又有点好奇。他刚刚不是在检查包裹吗，怎么会知道我的名字，估计是留意到出入登记表上新出现的名字就记住了，真爱管闲事啊！

入职的第一天，阳光明媚，"某某某早上好"，一声招呼吸引了我，哟呵，爱管闲事的小钢哨。当我从他旁边经过时，他竟然还记得我的名字。下班时，园区里传来一阵阵哨声，心想不会是他吧，同时也在好奇这里又不是军队，吹哨子干吗，而且哨声也没什么规律。不一会儿我就见识到了那哨声的威力，每当道路上有汽车出现时，哨声就会出现。此时，路上行人就会靠路边行走，汽车也会减速行驶。那一阵阵的哨声，是一声声亲切的提醒。从那天起，不管天气怎么变，哨声都是一成不变的每天响起。

本以为小钢哨只在园区院子内管闲事，没想到管闲事管到员工餐厅了。那天吃午饭，我在寻找座位时看到西边很多空位，就打算过去，却被小钢哨制止了。原来是楼下有重要采访，楼上桌椅挪动产生的噪声会传到楼下，进而会影响楼下采访。奇怪，为什么他不管东边座位呢？正疑惑间听他解释道："这边都是可移动的桌椅，我仔细观察了一下，大家坐下和起来都会有很大的响动，而另外一边是固定座位，不会有响动。"这个小钢哨还挺聪明的，直击问题痛点。吃完午饭后，我看到他还在那边维持场面，谈笑间，大家就像被施了魔法一样自主地前往固定桌椅那边就餐。看到他不停忙碌的身影，这一刻，我懂得了入职培训时提到的务实精神。

用平常心做不平常事，这就是务实。

后来在办公室，又一次见到了小钢哨。他来做消防检查，发现文件柜挡住了消火栓，整个人立刻绷住了，像是发现很恐怖的敌人似的，然后转过来对我们说："理解你们办公位置紧张的难处，可是消防无小事，消火栓被挡住有很大的安全隐患。"说完他给出了整改安排，然后又细致地检查了里面的消防设备，检查结束后又提醒我们要整改，并说后面会再来。本以为只是说说而已，没想到没几天他真的又来了，发现没有了消防安全隐患，就开开心心地离开了。更没想到的是他这么爱管闲事，后来每隔几天就来一次，有一次让我印象非常深刻。那天，由另一个同事检查好消火栓后不久，小钢哨又来了。"刚刚有人检查过了。"办公室里的一位同事说道。"检查过了是吧！"他边叨咕边又仔细检查了一遍，看来是没有亲自检查不放心。

公司发展无小事，公司管理无闲人。岗位不在高低，事情不分大小。那一阵阵钢哨声，是温馨的提醒，是公司规章制度的执行，是响彻正泰园区的企业精神，是正泰主动承担社会责任的使命感，是公司快速、持续、稳定发展的不竭动力。我也要做一个爱管闲事的小钢哨。

正泰园区内，又传来一阵阵哨声，吹哨的便是本文的主人公，正泰新能源园区的保安徐士时。

（浙江正泰新能源技术质量部机械工程师　陈创修／文）

法务部里的小时光

自2015年我毕业后进入正泰法务部工作，已经有3年半了。在这段繁忙、青涩的时光里，大家给我的温暖与包容，如丝丝涓流融入心底。

2015年6月的杭州，室外热如蒸笼。一个北方小姑娘下了公交车，绕了正泰园区走了半圈，充满憧憬又紧张地到正泰法务部面试，一路小跑过来接待我的是一位身着职业装又不失青春气息的邻家姐姐模样的姑娘。那时她有着齐耳的短发，语速较快，声音细柔，笑容中偶尔泛起点少女的俏皮感，话语间体察到她对初入职场小菜鸟的怜惜，后来她成了我的上级。正泰这家公司的拼音缩写与我名字的缩写都为ZT的企业，是镌刻在我心里深深的情怀；法律是从小藏在我心里的兴趣景仰，企业法务是我没有预想过却在实践中渐渐热爱的职业。有人说法律方面的工作做久了就是体力型脑力劳动，依我所见所知所感，差不多也是这样。不得不感叹我的女领导，她毕业就进入正泰，在法务岗位上坚守依法护企10年是多么的坚强与厉害。虽不能同感，但能同理。

2015年正泰电器重大资产重组项目是她职业的里程碑之一。彼时，作为新能源产业公司法务经理的她担起正泰电器重大资产重组法务组负责人的担子，作为共同经历项目的见证者，我看到了她的艰辛与坚强。正泰电器重大资产重组项目由法务部牵头的工作主要为与股东沟通，与律所、投行、私募机构对接，等等。筹备上市公司重大资产重组必不可少的一步就是需对公司的所有信息做一个全面的梳理。时间紧，任务重，加班加点都是平常事，关键是事情多还琐碎，复杂得不得了，同时还要兼顾日常法律事务，对她而言，体能和心理上都是极限挑战，并且项目重点运作时她身体受伤恢复还没几个月。她经常工作到凌晨，第二天早上还按时到办公室继续奋战，中午没有时间吃午饭，就连续点公司食堂的盒饭吃。我当时作为一个入司不久的职场小菜鸟，协助她进行项目工作，我与200多个原股东进行6轮电话沟通，每天对着电脑做重复烦琐但又要细致认真完成的基础工作，一坐10多个小时，忙时连水都没时间喝，同她一样额头上起了好多好多的小痘痘……2016年12月27日，正泰电器重大资产重组成功通过证监会审查，当看到公告消息时，所有在背后默默付出的正泰人都激动万分，作为重大资产重组项目法务负责人的她更是情不自禁地笑了，不过这不是她奋斗的结束，而是又一个征程的开始。

伴随着正泰电器重大资产重组项目的成功落地，正泰新能源进行了组织架构大调整，由她出任正泰新能源的法务部总监，她由此开启了新的职业经历。正泰电器重大资产重组项目中正泰新能源的原股东承诺3年利润"对赌"，即正泰新能源要实现2016年7亿元的净利润，2017年8亿元的净利润，2018年9亿元的净利润才能达成对赌条件。2016—2018年，系正泰新能源历史中业务急剧扩张、发展特别迅速的一段时期，法务部的工作量也不断增加，要求也越来越高。秉持着"加强企业法律风险防范"的方针、"企业重大法律风险为零"的宗旨，正泰新能源法务部在人少任务重的情况下完成了电站板块、组件制造板块、户用光伏板块法务支持工作。在她的统筹组织下，2016—2018年，正泰新能源法务部平均每年完成4000多份合同评审、几百个光伏发电项目投资、收购跟进、支持新业务模式开展、提供各种法律咨询、参与合同谈判和合同模板的制定与修订等工作。在她主导制定的合同管理体系下，我们把合同风险分为一般风险、高风险、极高风险三级，确定具体风险后提交给管理层，最终由公司来决定是否接受。她倡导将法务充分融入公司业务中，镶嵌在公司运营的每一个关键环节里，职能前移，与业务肩并肩作战，努力实现法务的专业性、权威性、独立性。随着企业的发展与公司层面的重视及认可，正泰新能源法务部从3人扩编至7人，这也是她孜孜不倦地坚守的胜利。

法务部工作的高负荷并没有使她因为成为"工作狂"而失去对生活的热爱，在跑步、毅行、打羽毛球、打乒乓球、游泳等方面，她都是小达人，周末她偶尔还会犒劳法务部员工——邀我们到她家"撮一顿"。那时的她俨然一位居家小女人，准备满满一桌色香味俱全的饕餮大餐，记忆犹新的湖南小炒肉，回味起来都要流口水了。

她是一个湘妹子，一个女强人，一个小姐姐，一个法务总监，一个名是湘黔的陈姓人！成长需要一份执着、一种担当、一点情怀，她不仅仅是我的女领导，更是敦促我成长、包容我的人。在正泰法务部的日子里，湘黔是一个照亮我们的人。

（正泰法务部投融资法务管理主管　朱亭／文）

一份"莫名其妙"的快递

在今天这个日新月异的时代，几乎每个人都能很快收到自己的快递包裹。我讲的这件事就要从收到一件快递说起。2016年9月的一天，我正在上班，叮铃铃……手机响了，"喂，你好，你的快递到了，请到C栋休息室拿一下"。挂了电话后我蒙了，想着，我没有买东西呀？算了，先去拿了再说吧。拿到快递一看，是一个箱子，不知道里面装的是什么东西。我按寄件人的电话拨打过去，熟悉的声音传过来，"东哥，我是永强，在家乡自己种的苹果熟了，我给你寄了一箱，你带给家人吃，感谢你这些年对我的帮助和照顾"。听到这些朴实而真挚的语言和突如其来的感谢，心中有着莫名的感动和欣慰。

寄件人王永强是我们模块的一名检验员，陕西人，已经离职一段时间了，他在职时我是帮助过他，但那些都是自己应该做的。这个员工于2014年7月入职，2015年12月3日辞职。当时他媳妇难产，孩子生下来就没有了，他媳妇也因此悲恸欲绝，他几乎对生活失去了信心。我当时知道这个消息后非常理解他的那种失落、悲伤的心情，除了给予鼓励和安慰，在考虑到该员工的实际情况给予他一些照顾外，还为他延长了假期，但最后该员工考虑到家庭实际情况后辞职，在其离职后我多次给他打电话给予关心。

"滴水之恩，当涌泉相报。"每年的春节都是制造业招工难的时候，我们公司也一样。2016年春节后，我们部门人员严重不足，并且已经影响到我们的日常作业。我在自己的朋友圈发出公司招工信息后，王永强看到这个信息后安顿好家庭，再联系我表示要回来。按照公司规定离职未满6个月的人员是不接收的，我把情况给人事说明后最后同意录用他。重回公司工作一年多后，因家庭原因，他又离职回去了。

我们公司这样的员工还有很多，有的在职，有的已经离职，例如困难职工李富良、王卫杰，每当公司工会的困难帮助文件下发时，不用调查我们都知道哪位同事过得艰苦、困难。这样的快递我几乎年年都能收到，内容也是丰富多彩的，苹果、红薯、石榴……，我想这也是对我长期以来工作的一种认可和鼓励。正是由于在平时工作中尽职尽责，把同事当作自己的家人，在工作中让他们感受到春天般的温暖，在生活中让他们感受到家的温馨，我带领的这个小团队从未出现过因某个人或者某个失误造成重大质量事故；我们团队连续两年的离职率几乎为零，3年以上工龄的员工占团队的85%以上。为此，我也获得过正泰年度优秀员工、正泰创业30年优秀员工奖励。

这些在正泰工作的收获，就是我的一笔珍贵的财富。

（正泰新能源杭州组件工厂技术质量部高级领班　邓成东/文）

这位小伙
"抠抠搜搜的"尽职

我们电站有一位别样的小伙，他就是库房总管龚天涛。初来乍到，远看，他人高马大，身强体壮，故有"哎，这小伙子挺精壮啊"的寒暄；近看，在他那浓密的毛寸黑发下洋溢着青春与自信的笑意，一副平易近人、憨态可掬的友好形象赫然显现。

在工作期间，万万没想到的"追杀事件"正在光伏区上演着。那时我们已在装载着光伏板和安全工器具的皮卡车上，四处张望着光伏组件，不时会有人喊停下车去紧固光伏组件，我们两三人便拿着工具下车仔细检查，果然发现有两个压块松动，于是就分工合作紧固光伏板，紧固完后我和一个同事便要回车上继续巡检。才走到半路就听见龚师傅说："你们敢走一个试试？"我还在一脸茫然地思考是怎么回事时，只见龚师傅拿着螺丝刀跑向我，并喊着："干完活就想溜，工具呢？工具呢？"恍然惊醒的我拔腿就跑向刚才的工作现场，而龚师傅依旧拿着工具"追杀"我，愣是围着现场"追杀"了两圈才勉强放过我。胆战心惊的我在车上继续"检讨"，龚师傅也没有让我"肉偿"，而是采取了攻心计，语重心长地向我嘱咐工器具的保管与检查的重要性，以及从工器具出库到使用到检查再到归还的流程及注意事项。那一刻，我一面庆幸自己"逃过一劫"，另一面非常感激龚师傅对我的嘱咐。

在平时，龚师傅库管的秉性便毫无保留地表现出来了。早晨我在做标准化记录时，写着写着中性笔没墨了。我便找龚师傅说："龚师傅，笔没墨了，你看给出库一个笔芯吧。"不想龚师傅却说："不可能，你确定都没有墨了吗？"我还纳闷呢，出库一支笔有这么难吗？只见龚师傅翻找出一只还剩约1/4墨的中性笔芯说："我上回出库两支笔芯，估计是谁没用完就换新的了，这不是还剩一点墨吗？用完后拿两只空笔芯来找我领新笔芯。"就这样，我用那装有1/4墨的中性笔芯的笔把当日的标准化记录写完了。包括办公用品，龚师傅一律严格按照自己"抠抠嗖嗖的"性格并然有序地管理着，避免任何浪费、丢失、私用等不合理现象的发生。这样也自然而然地使我们养成了珍惜物品的习惯，至今在主控室里都无法找出有残留墨水的废弃笔芯。

就是这样一个同事，也许他仅仅是做着本分的事情，可是依旧能凸显出他的职责特色，他那种敬业爱业的精神值得我们学习。我相信，尽职尽责的人走到哪里都会受到赏识，都会让人信任、安心。如果我们每个人都恪尽职守，那么企业必定能蒸蒸日上，蓬勃发展。

（浙江正泰新能源鄞善皇迈电站运维电工　黄艺博／文）

"勤务兵"老潘

潘再兴，一名普通的花木工，同事都尊称他为"老潘"。自2010年1月进入公司后，他一直担任花木工一职。提起他，大家都交口称赞，用智能电表制造部综合科长董华师的话说："老潘是个热心人，不但工作认真，而且经常帮助别人，哪个宿舍的水龙头坏了，哪个办公室的桌椅不好使了，他都会帮忙修理。大家也都喜欢找他帮忙，他就像是我们每个部门的'勤务兵'。"

老潘45岁，中等身材，黝黑的皮肤，性格开朗、热情，承担整个公司园区的花木维护工作。老潘很厉害，每天起早贪黑地工作十个小时左右。他不仅适时修剪花草、施肥、浇水、松土、锄草，而且努力钻研园艺业务，不断提高园艺水平；他还主动栽植好应填补的花、木、草皮，大的工程向领导提出计划和建议，使公司成为园林式园区。在夏天，他会提前两个小时来到公司剪草、松土。等到大家到公司上班的时候，老潘那蓝色的工作服背后已经被大片的汗水浸湿。

他在工作上服从安排，每次都能不折不扣地、尽职尽责地完成公司下达的任务。他十几年如一日，每天坚持提前上班，满点下班，工作不论大小、事情不论轻重都积极主动去完成，每天总能看到他忙碌的身影，他却不觉辛苦劳累。

每次的抗台人群中都有他的身影。台风来前，他和大家一起紧固窗门，紧固树木不被风刮倒；台风过后，他又拆紧固材料，恢复原样。每天离下班还有十几分钟的时候都能看到他骑着那辆三轮车围着公司的十几个垃圾周转箱转，他把每个垃圾周转箱里的垃圾倒在车里，然后开着车将垃圾运到大桥边的周转站。每次他都做得那样专注，那样执着，他的神情总能深深地感动我。这些烦琐的后勤杂事被他细心打理得有条不紊、井然有序，每当看到他忙碌的身影或享受他周到的服务时，同事们都爱亲切地叫他一声"老潘"。

他干一行，爱一行。他工作贵在坚持，贵在落实，贵在奉献。俗话说，后勤要逢山开道，遇水搭桥。2018年3月，杭州量测大楼已快装修完毕，公司部分人员即将搬到大楼上班。为解决员工的住宿等问题，他率先到杭州整理宿舍，在那里工作的近半个月的时间里，他干的全是重体力活，不仅将钢结构的床搬上去，用肩膀扛热水器，还把它们一件件装好、调试好，清理每一间房间，粉刷，每天起早贪黑地干，就是为了让员工住得舒服安心。

2018年底，为做好杭州园区的绿化工作，公司准备将温州园区的部分花木移植到杭州。但临近春节假期，一时半会难以找到懂花木移植的技术工，而此时正是花木移植的最佳时期，为此，他专门打电话给懂花木的姐夫，让姐夫放下手中的活专门过来帮忙。就这样，在春节前后的两个多月时间内，他们把一棵棵树木挖出，用绳子固定好，再包裹好，运到杭州再把它们种植好，上百棵的花木全部安全地移栽好，没有一棵死亡。

老潘有爱心。老潘利用周末休息的时间，在公司旁边的土地上开垦了几分地，自己花钱买了种子，在地里种上时令蔬菜。春天有白菜、土豆、豌豆，夏季有茄子、番茄，秋季有红薯，冬季有莴笋等。蔬菜成熟后，就会采摘下来，分装一袋袋，送给周围的同事。他说，出门在外，赚一分钱也不容易，他出点力气没什么的。

老潘有孝心。老潘在进入公司以前，也在外面打拼了十几年，有过成功的喜悦，也有过失败的痛苦。他说进入正泰，使他有了一份安全的保障。2018年台风来时，他远在永嘉深山的老家被吹垮了，80岁的母亲只能寄居在亲戚家里，后来在亲戚朋友的帮助下，他盖起了3层的砖瓦房，让晚年的母亲居有定所。

老潘勤劳地付出，工作也得到了大家的认可，2012年，他被公司评为先进标兵。

（浙江正泰仪器仪表公司运营管控部　张雷／文）

"四勤"组长朱亚飞

朱亚飞，安徽省宿州市人，6年来一直在正泰仪表公司零部件制造部工作，先后担任过注塑车间冲压工、研磨工、班组长，直到今天的注塑车间主任。

关于朱亚飞的故事很多。原先他负责的注塑车间有20台注塑机，轮岗式作业需29人，一个固定的工作岗位需要每天安排不同的人进行操作，这样造成有些工作岗位的工作量不饱和。尤其是透明件生产，镜面要求高，每班工人吃饭至少停机1.5个小时，并且每天生产产品均不同，频繁轮换无法保障质量。于是，他将新老员工进行配对，让老员工帮扶新员工更快适应工作，使他们尽快地融入团队中；同时将20人进行分组，4人一组，每组分管10台注塑机的生产。在生产安排设计上，他推行区域组合式作业，通过一段时间的运行验证，提升了工人作业熟练程度，提高了产品合格率，可以做到不停机生产透明件。中晚班轮流用餐接机生产，每班增加1.5小时的生产时间，车间精简9人，效率提升16.6%。

注塑车间原转换模具接生产任务，由于组合设计不合理，换模造成了很大的时间浪费。原先采用的流程是到模具架找模具再将模具取出拿到车间，然后开始装模、压板，装好模具后接循环水，再清理模具后开始调试，如此按部就班，需花费40分钟。为此，朱亚飞大胆革新，提出在上一种产品工单未完成之前就到模具架取出模具再拿到模具车间，随后准备所需工具待装模，然后再装模压板、接循环水、清理模具和调试的方法，这样只需要25分钟就能完成一次换模，时间节省近37.5%。

"质量是企业的生命。"朱主任在制造部注塑车间主要承担国网智能电表壳体的自制工作。他说国网公司是他们公司最重要的客户，质量的好坏直接影响公司的信誉好坏。根据国网公司发布的《Q／GDW 1355—2013单相智能电能表型式规范》要求，端钮盒1#、11#和12#端子点漆要做红色、蓝色标识。最初他们采用的是手工点漆方式，但上下端钮人工点漆作业人均小时产能效率低，而且存在点漆不均匀、漆会溢出、不美观等问题，还需要人工进行擦拭返工处理；产品在注塑完成后，搬到暂存区暂存后再统一安排进行点漆作业，搬运距离达30米，工序间存在孤岛现象，造成搬动、动作、库存浪费。这些朱亚飞看在眼里，急在心里。为此，他和车间员工一道想办法，最后运用ECRS四项改善原则，引入自动点漆机简化点漆作业，并将点漆机放到注塑机旁边，将点漆和注塑作业合并成一个单元作业；同时加高注塑模具镶件，对产品进行减胶改善，在点漆机上制作定位治具，端钮在治具定位下进行作业，实现防呆作业，杜绝出错；取消注塑暂存区，实行一个流程的生产作业方式，这不仅改善了作业流程，还实现了半自动化生产。经过一个月的实验，车间上端钮点漆工序效率及质量得到明显提升，上端钮点漆实现900只/小时，下端钮点漆实现720只/小时，减少1名作业人员，还为公司年创效益10.63万元。

问及原因，朱亚飞说，一是"眼勤"。每天在车间巡视，关注同事们的面部表情，经常做到心中有数。二是"嘴勤"。经常利用早会，通过和同事们聊天谈心，及时帮助他们解决困难；自己在平时工作中，对所遇到的困难，主动积极地向领导及同事们请教，吸取其经验和教训。三是"手勤"。俗话说：好记性不如烂笔头。在工作中时时做好工作记录；经常带领员工举办一些娱乐活动，车间成功举办过劳动技能比赛及元旦趣味性联欢晚会，使员工在紧张的工作中得以放松。四是"脑勤"。动脑思考工作中出现的产品异常，结合自己所掌握的理论知识，归纳、比较、判断、分析，积累和总结工作经验，从而逐渐提高自己的工作能力和综合水平。

（浙江正泰仪器仪表公司运营管控部　张雷／文）

胡寒立往事

他，年轻自信，面带微笑，谦逊而从容；追求远大目标，严谨却又富有人文关怀；常在办公室运筹帷幄，又能在讲台上挥洒自如；用创新的思维开创新的事业，用如风的行动为正泰事业添砖……他，就是曾任变压器事业部副总经理、元件事业部总经理，现任电缆公司总经理的胡寒立。

精准定位，打开变压器国网市场大门

2006年1月，正泰松江园区正式启用，为迅速打开高电压产品市场，在输配电行业发出"正泰声音"，公司领导从一批"懂销售、会管理"的年轻干部中选中胡寒立，将他从销售中心调入变压器事业部担任销售副总。自此他肩负起重任，谋篇布局，带领销售团队踏上在输配电市场波澜壮阔的新征程。

时至2018年，正泰已经向海内外用户提供了超过2500台110kV—750kV的变压器，产品出口到美国、日本、瑞典、英国、韩国和澳大利亚等97个国家和地区，赢得了海内外用户的高度评价。让我们回

到2004年，第一台正泰110kV变压器刚刚进入市场，2005年仅卖出6台110kV变压器。那时摆在胡总和全体销售人员面前的就是，如何卖出第一台220kV主变？如何卖出更多的高压变压器？如何在全国100多家变压器厂中杀出一条血路来？

俗话讲：三流的销售拼价格，二流的销售搞关系，一流的销售靠品牌，只有超一流的销售才能搞定位。在同质化严重的市场上，正泰变压器该如何定位？经过多番思考，胡总提出了"正泰变压器全寿命周期运行最经济"的理念，公司上下围绕着这个定位奋力拼搏，2006年一举取得了34台110kV高压变压器订单，并实现了220kV高压变压器的业绩突破，至此正泰变压器向高电压行业迈出了扎实而又关键的一步。

但仅仅这样做，还远远不能满足公司的发展需求。正泰变压器将如何可持续发展？市场怎样快速扩张？对市场形势变化具有敏锐嗅觉的胡总，开始了新一轮的思考，他将目光投向电网核心市场，蓄势待发。

2008年的初夏，依稀记得松江依旧小桥流水，人们还沉醉在说不尽的诗情和春意之中，但胡总已经带领着我们销售团队紧张地筹备了半年，一切都是为了迎接国网公司合格供应商审查的大考。事隔10年，我们仍然清楚地记得那5天4夜的备考奋战，每天加班归家时都已是月落星稀，睡梦中时常被胡总的电话喊醒，他早已在办公室准备好了投影、白板和记号笔，模拟应对专家的各种问题，反复完善管理体系、供货业绩、公司资质、技术工艺、生产能力和质量体系等方面的评审资料，精益求精，力求将正泰变压器完美地展现在国网公司专家的面前，取得更好的评级结果。

那年8月，胡总从北京给我们带回了好消息——正泰电器成了国网公司的变压器设备合格供应商。我们挥洒的青春和汗水，也终于在2008年的冬天结出了丰硕的果实：中标国网新能源内蒙古杭锦旗乌吉尔风电场项目。这是正泰输配电产业首个进入国网公司集中采购大门的220kV电压等级产品，这标志着正泰电器正式进入电网主流市场。

时间到了2010年，正泰变压器已累计为用户提供了将近600台110kV及以上变压器。这时，公司提出了组织国家级行业鉴定会，推出500kV变压器的设想。这项重任落在了胡总身上，属于行动派的他很快就在当年6月完成了这项工作。

那时，来自中国电力科学研究院、发改委、三峡办、工业和信息化部、国家能源局、沈阳变压器研究院、国家电网公司、南方电网公司等单位的专家和领导一行40余人，齐聚上海松江。鉴定委员会经过听取报告，审查资料，考察生产现场，讨论、质询、答辩和评议后，集体认定被鉴定的500kV超高压自耦电力变压器等新产品性能优越，技术成熟，各项技术参数和性能指标均达到和优于国内同类产品的水平，一致同意正泰电器12个型号的新产品通过技术鉴定，并给予正泰电气国际先进、国际领先的评价。

此时，正泰电器已然牢牢屹立在高手林立的输配电行业，赢得了属于它的那份荣耀。

技术引领，奠定元件产品电网市场基石

2010年底，公司将中压开关、互感器、避雷器和配电自动化这4条产品线进行整合，成立了元件事业部，但元件事业部长期依赖内配业务，发展相对较慢。2011年，历史性的选择又一次摆在胡总面前，他毅然服从了公司的安排，调任元件事业部销售副总经理一职，他从容地接过元件产品的销售大旗。

元件产品与已在行业内打拼出一片天地的变压器完全不同，它是由关联不强的4条产品线组成，缺乏核心竞争力，未进入主流市场。上任伊始，胡总面临的首道难题就是如何让元件产品进入主流市场。"思路决定出路。"胡总提出了"技术先行，技术引领市场发展"的思路，他立即组织团队详尽剖析电网公司的招标要求，并拜访行业专家进行咨询，不断研究对策，补全资质，集中力量主攻电网市场。

国网公司集招的元件产品有互感器、避雷器、绝缘子、断路器四大类，而且各项资质均不齐备，因此元件产品进入电网市场比变压器更难。面对困难，胡总迎难而上，主动作为，拿着国网资质审核要求，与产品部召开会议，一一核对，新增了漏电起痕测试仪、可燃性测试仪等必备设备；带领营销团队对资质审核文件与标书制作过程中的每道环节都严格把关，用两个月的时间制作了第一份国网资质审核申请资料。

功夫不负有心人，努力终将结出丰硕果实。经过一年多的努

力，2013年2月，绝缘子产品首先突破国网市场，随后避雷器、互感器、断路器产品先后中标。截止到2018年，正泰电气的35-500kV避雷器、35-220kV互感器、35-220kV绝缘子、35kV断路器全系列产品均在国网公司集中招标市场中标并投运，并创造了连续5年在国网公司集中招标市场持续中标25批次的纪录。

在胡总提出的"技术先行，技术引领市场发展"的思路的指导下，元件事业部为了打造"市场的独门武器"，加大研发力度，开发出了技术参数优于行业标准的多个产品，如断路器机械寿命达到2万次，超行业标准100%；开断电流25kA，超行业标准25%。同时，熔断器产品在行业内率先通过高开断型式试验，针对一、二次融合柱上的开关在行业内率先取得专项检测报告。这一系列的举措最终赢得了客户的认可，让正泰电气元件产品在省网招标数百家供应商中脱颖而出，市场占有率与行业地位不断提升，避雷器、熔断器进入行业前十名，断路器进入行业前十五名。胡总带领我们将元件产品深深地扎根于电网市场，为元件系列产品的发展打造了一片新的天地。

善于分享，成为销售首席内训师

胡总是一名善于分享、乐于培养他人的领导，他经常说："真正的领导是能够带领团队走向成功的人"，"我希望每个人都比自己强"。为了让营销团队能够更快更好地成长，胡总响应公司内训师体系建设工作，利用自己的业余时间，系统梳理了10余年来在标书、营销策划、直销和销售管理等方面的经验，为正泰电气的营销体系量身打造了"电气产品销售的决策与管理""中国电力体制现状与改革"两门内训课程。

胡总的授课"幽默、诙谐，干货多"，即使是枯燥的销售策略与销售管理方法论，他也可以结合自己亲身经历的实际案例，讲得精彩纷呈，让参训者持续兴奋和专注，在笑声中领悟到销售的真谛。上了他的课，参训者如醍醐灌顶，纷纷表示终于上了"听得懂、用得上"的精品课程。这几年来，胡总应综合管理部和其他兄弟单位的邀请，还陆续为公司销售系统、电缆公司销售系统、驻省代表、金牛营销训练营、NMI新晋管理者训练营等进行了多场次的精彩培训。胡总总结的"锁定客户、找关键人、建立关系、做对事情"的16字销售拓展要诀，成为指导广大销售人员开展工作的指南，他本人也赢得了"销售系统首席内训师"的美誉。

时光可能老去，但曾经和胡总一起共事的场景，都让我们记忆犹新。他的严于律己、挑战创新、勇于担当和包容分享，深深影响着我们。他为公司发展奉献着自己的聪明才智和青春汗水，也正是有着许多像胡总这样的人的付出，才凝聚成不断前行的正泰之路。

值此正泰创业35周年之际，我们写下一个胡寒立，写下一个正泰人，为共勉，为前行，为青春。

（胡雷武　欧鹏／文）

快下班的那些事儿

"民妹，南京有个急要产品，立体库的货6点钟左右有人会送过来，你等下？"订单处钱丽娜打电话过来时，我正收拾东西，准备下班。

"现在是5点钟了，有单子出来吗？托运站的大货车5点半就会开走，我问下托运站。"我说道。

"民妹，我已开出了急要产品的单子，你上来拿一下，这批产品是客户临时通知急要的，立体库那边已经接到通知，会送过来的。今天一定要发出去。"钱丽娜焦急道。

"是南京托运站老板吗？您好，今天晚上正泰物流这边还有一批急要产品，可能是6点钟送过去，到时您那边能否派一辆小车过来拉货？"我翻到了托运站老板的电话，当天的货车已离开了物流园。

"您好，是货运处调度吗？我是陈民妹，听说南京有一批急要产品，还在立体库那，是哪位司机过去拉货，能否尽量早些？"我打电话给货运处霍博。

"是胡师傅（胡四兵），他5点半从这边出发去立体库拉货，那边货已联系好了。"霍博回道。

"胡师傅啊，听说南京有批急要产品……"我刚给运输部门司机胡师傅打电话，他已迅速道："民妹，那批南京急要产品我已叫立体库的同事直接送过去了，5点半前能到的，不用担心，我知道南京托运站的车回去得早，我自己去拉货会来不及的。"

临下班的5点，我接过客户临时急要产品的通知，就不断地接电话、打电话，短短18分钟，就在5时18分的时候，我看到立体库的货车到了。看到了那批急要产品，我马上联系仓管员、扫描工，该有的流程一个也不少，再迅速让人把产品装入大货车，一切都没耽误，没过多久大货车便开走了。这时，我给客户打了一个电话，确认急要产品已发，便欢快地下班了，好像刚才都没有发生过什么事一样。

回到家吃过晚饭了，特殊订单员打电话问急要产品到了没有，我说5点半前就发了，我们的效率是非常高的。刚挂掉电话，托运站老板便打电话过来问："听说南京还有批急要产品，到了没有？"我汗流了，道："不好意思，我之前跟你们那边一位司机说了，急要产品已经装上大车了，不用来了。"刚说完，又接进来一个电话："南京急要产品来了没有，我要过去拉货了？"这是托运站小货车司机的电话，我说："不好意思，急要产品已经提前到了，已装上大车了。"仅在10分钟内，我又接了4个电话，突然间我感动了，大家都是以客户为中心，客户的特殊紧急需求都能第一时间响应并处理，都将客户的事当作自己的事，以主人翁的心态对待工作。

工匠精神不一定都体现在做产品上，服务质量也是工匠精神，服务是无止境的，服务质量也是需要不断完善、提升的。提高客户的满意度，这需要的是一颗责任心，对客户负责的责任心，这也是一种匠心。

我们的物流供应链看似很简单，就是订单、仓储、配送，但每一个环节都要考虑服务的需求，不只是一个环节做好了，物流就没有问题了，而是必须处在整个物流环节中的人都以客户为中心，以客户的满意度至上来开展工作的。每一个流程都是一步一个脚印，一个钉子一个孔，需要的也是一种不丝一苟的工匠精神。

正泰为了提高产品质量，如昆仑系列产品光方案就有36套，模具有800多副，只为了昆仑系列产品能让每一个用户在使用过程中感受到安全可靠、方便舒心。为了客户，一切都得精益求精，包括我们的物流服务，这是对"以客户为中心，一切为客户服务"的升华。用工匠精神进行服务，我们终能实现正泰电器的目标——成为世界一流的低压电器全面解决方案提供商。

（正泰电器客服物流部 陈民妹／文）

我所熟悉的几位领导

正泰仪表团队原总经理施贻新，是个特别有工作热情的人。他不但在职务上是团队的主心骨，在精神上也是大家的主心骨。在他的带领下，大家总是忘我的工作，总觉得一切都很有希望，非常有奔头，这是一种神奇的影响力。极多的工作经验，与对社会与人心的深度了解，以及对办企业的常年不间断的思考，使他成为一个极强大的企业领导者。

正泰仪表团队原顾问刘得新，是个经常提出不同意见的人，总经理很尊重他，同事们都非常爱戴这位老人家，只要是他说的话，大家就很愿意接受。他为公司引进与挽留了很多人才，在行业内的影响力很大。他是仪表公司里最善于与人打交道的人，却也是最守原则的人，真不知道这两者是如何在他身上这么和谐并存的。

这两位领导，构成了正泰仪表做出重大决策的基本力量。基本上，得到这两位领导共同认可的事，问题肯定是不大的。而且，正泰仪表团队能够发挥出极大的能量，完全是靠他们的领导。也许有些事情很遥远，但是，只要方向正确，有志者事竟成！

正泰仪表团队第三位重要的成员，总是很低调，他就是黄信瑶。他是正泰仪表生产方面最主要的落实者，丰富的工作经验让很多事情在他那里总是手到擒来。每当有难办的实事，总经理总是先想到他。因此他是正泰仪表极受人尊重的人之一。

正泰仪表团队第四位重要的成员——林克，国网公司的业务主要由他负责，每年4次招标，他的压力是最大的。他是不信教的，但是他说，投标的时候，看到佛就很想拜拜。他对客户的服务是真诚的，客户很喜欢称他为小林子。只要他在场，客户总是很开心的。

正泰仪表早先一直没能找到最合适的总工，后来终于来了一位，他就是蒋紫松。这位同事带领的团队，一直是正泰仪表最有干劲的，工作质量也位于最高水平之列。他总是说，这个事情，你不办，谁办？事情分配落实下去，接下来就是下属拼命把事情办好了。之所以有这样的控制力，我想，主要是他自己积极带头，加上他很能体谅员工吧。

这几位研产销同事，是正泰仪表的实力代表。

在正泰仪表的工作中，争吵是常有的事，但是每次争吵之后，工作总是得到最快的推进与落实，并且大家没有因此而失去了相互间的信任与理解。这就是正泰仪表的战斗风格。

会争吵的同事，到客户面前，都会变得温柔与细腻。因为这是正泰仪表的要求，做不到的同事，就没有机会见到客户了。服务客户，本质是靠真诚的心，客户当面骂我们，那是我们的失误，也是客户对我们最大的关心。不管客户还要不要我们的产品，他们还是我们的客户，特别是，我们仍然要为已经卖出去的产品服务到客户不再使用为止。而挽回失去多年的客户，是我们最大的幸福。

以客户为中心，以奋斗者为本，大概就是这样子吧。

（浙江正泰仪器仪表有限责任公司技术部、模拟电表研发 施易展／文）

记一位"草根员工"

在如今浮躁的社会有多少人会在一个岗位坚持20多年，而且还是一份每天下班后衣服上沾满黑乎乎的油污、让手指甲常年洗不干净的工作呢？在模具制造部就有这么一位员工，他是模具中心的生产人员，以前的线切割班长——陈程雨。

他，小小的个子，脸上挂着一副眼镜，总是一副笑眯眯的样子。1990年，陈程雨初中毕业后便进入模具加工行业——线切割加工，1997年8月进入正泰模具中心，这一干就是20多年。

他是一个包容的人。那时他是线切割班组长，而我才进入工艺岗位半年。针对一款产品的型芯安排直接线切割精加工分型面，但该款产品试出后，侧面有拉伤。当时就因为这原因还郁闷的时候，他过来拍了拍我的肩，把产品看了下，说是工艺安排不当导致的产品拉伤。我说，另外的零件也是这样安排的也没问题啊。他就对我详细介绍了线切割的加工原理，他说在加工分析面时加工方向和脱模方向是垂直的，因为机床原理在放大镜下面看会形成小小的楼梯形状，导致拉伤。他就这样给我上了一课，并且这种类型的课他也经常给其他员工上。

别看他总是一副笑呵呵的样子，但在工作上可是很"抠"的。那时我们那的快走丝设备有16台，慢走丝设备却只有3台，在柳市地区慢走丝设备还是比较精贵的。当时慢走丝外加工费用为100元/小时，线切割为12元/小时。他对工艺人员安排用慢走丝设备加工的型芯都要看了一遍又一遍，开玩笑地说："怕你们把宝马车当货车用。"必须用慢走丝设备加工的零件，他也跟我们建议能否用线切割开粗下，当时为了开粗留量的问题，我们一起做过很多的实验，以保证零件精度及粗糙度和加工机床效率的最大化。直到现在，公司零件的加工工艺也是线切割开粗，慢走丝精加工。

他就是这样的一位员工，他毫无保留的经验传授方式及在工作上的"抠"深深影响着我，也将会继续影响着很多人。

（正泰电器工业化部　喻艳梅／文）

铁骨柔肠的军官主管

那是2015年，公司决定把NM8系列产品从温州搬往上海诺雅克电气公司生产。我在温州打工生活了10多年，突然来到上海这个熟悉而又陌生的城市，怎么也找不到在温州工作时的愉悦和生活节奏，对我影响最深的就是人际关系。他的出现缓和了那种状况。

"他"是谁？因为我知道他也是公司从配一制造部请来上海管理物料仓库的，有种他乡遇故知的感觉。直至他被调到框架塑壳生产车间工作，我才知道，他就是在温州配一制造部的传奇人物唐贵全。他是经过层层考验，直接从仓管员成功应聘为采购、仓库主管的，现任上海诺雅克电气公司框架塑壳车间主管。

军人出身的他，在工作中处处体现出那种军人气派。他说过的让我印象深刻的一句话是："做好任何一件事都必须做好细节工作，在战场上一个细节可以决定生死，在工作中的细节一样可以决定一个人或者一个企业的命运。"他经常会说："咱们不能快速响应和解决问题，那公司要我们做什么？"为了创建更安全、更可靠的工作环境，他带领我们做的第一件事情，就是指导全员参与

6S学习与应用、梳理作业标准SOP的准确性。身先士卒是最有力的领导！在车间6S排查期间，他的军人气质表现得淋漓尽致。那段时间，在车间的各个角落经常能看到他的身影，他要求现场规划整改方案，能立刻整改解决的绝不限期，全部当场解决。这样的做事风格深深地影响着车间的每一名员工，也为接下来开展的安全、质量、交付、6S标准化等工作的推行奠定了坚实的基础。

军人的"铁骨柔肠"作风在他这里传递，铮铮铁骨的背后也有对生活的柔情。除了对工作的严格，他也有对生活的热爱。每天早晨上班后都能看到他在生产线与员工交谈，了解各班组反馈的员工工作、生活方面的困难，疏导员工正确处理工作、家庭矛盾等。这就是他经常说到的"人的情绪可以影响到整个生产过程的方方面面"。因长期走访车间，我们汇报工作时无论提到哪个岗位他都能说出该岗位员工的名字，及时明确地给出我们处理建议。这也是在鞭策我们每一位班组长，要想做好生产车间的管理工作，就要深入各个岗位去了解员工的工作状态及生活状况，只有把我们工作定位准确才能胜任、称职。

我记忆深刻的还有他对待人情世故的细致。就在今年的3月，我得知舅舅生病的那一段时间，心情特别不好。记得小时候因为家庭贫困，交不起学费，家里连电灯也没有，都是舅舅帮助我们走过来的，我们全家特别感激舅舅。工作期间，我尽量控制情绪，但还是被唐工察觉到我情绪的波动，他找我谈心，讲他自己对舅舅的情感。经过一番深刻的交流，我了解到他与我有着同样的情感经历，这让我彻底明白了有些人、有些事只是一段美好的怀念和回忆，也是我们成长过程中不可回避的经历。

每个人只有在一个优秀的团队里成长，才能对生活、对工作有积极向上的心态。有时候我都不习惯称呼他领导，其实我更愿意尊称他为老师。因为与他相处时，我不但学会了怎么做好协调、沟通工作，而且学会了为人处世之道。

（上海诺雅克电气有限公司　闫永杰／文）

对公益的热心
源于"白雪姑娘"

"双十一"当天的"先斩后奏"

经过4天的等待，2018年11月10日上午，正泰燃气表公司杭州研发中心的段锦终于在浙江省中医院进行了造血干细胞采集。

按照捐献的流程，11月6日段锦就到医院打动员剂了。"虽然这是打了动员剂后的正常反应，但说实话真的挺难受的，前两天还只是腰酸，从第三天开始骨头就痛了。护士给了我一盒止痛剂，但是我忍着没吃，还扛得住。"段锦这样描述那几天的感受。

虽说这4天每隔12小时就要再去医院打一针，回来就待在宾馆里的日子比较难熬，但一想到明天就能结束了，段锦的内心逐渐平静下来，想着明天如果他捐干细胞的过程能顺利，而她未来的受干细胞过程也顺利，她的身体就能重新恢复健康，再次站起来好好看看这个世界——它充满了各种意外，但也有各种惊喜，不是吗？愿她能一如既往的乐观、积极、开朗，微笑面对这个世界的一切。

段锦，这个戴着眼镜，有些斯文又充满朝气的年轻小伙，从11月10日早上8点多开始，就静静地躺在浙江省中医院的血细胞分离室的采集床上。伴随着血细胞分离机正常运转的嗡嗡声，暗红色的造血干细胞液开始从他的身上聚集到透明的采集袋中。

4个多小时共采集了225毫升混悬液，24小时后，它将为北京的一名患者带去生的希望。

据了解，捐献造血干细胞是治愈血液病患者、挽救其生命的唯一有效的方法。现在采用的方法是，先为捐献者注射动员剂，每天早晚各注射一次，共注射4天；然后在捐献者两手分别扎上一针，让血液通过造血干细胞分离设备，分离出造血干细胞悬液，再将其余的成分回输捐献者体内，整个过程约需4小时。经医学证明，这对捐献者绝无损害。段锦因此成为全国第4565例、浙江省第208位造血干细胞捐献者，也是杭州市滨江区第一位造血干细胞捐献者。

在整个捐献过程中，段锦一直腼腆地微笑着，显得非常淡定。

据他同事介绍，段锦在接到红十字会打来的电话，得知自己与一名患者初配成功后，为了不引起公司领导和家人的担心，反复思考怎么向家里人和公司领导说这件事情，最后他下了决心：干脆捐完再告诉他们好了！于是，11月6日，在滨江区红十字会工作人员的陪同下，段锦来到浙江省中医院进行捐献造血干细胞之前的注射动员剂环节。

事后，段锦说："我给我爸打了电话，他比较通情达理，在得知这件事后只是叮嘱我这几天要好好休息，多补充营养。不过，妈妈夺过了电话，语气很是焦虑，还带着一点埋怨，但我理解她的心情。我一直安慰妈妈，说自己挺好的，没那么辛苦。"

对公益的热心源于"白雪姑娘"

其实，段锦对于中华骨髓库（造血干细胞）的认识，是从白血病开始的。段锦读中学时，班上有位姓周的女同学写了一篇作文，讲述了一个名叫"白雪"的姑娘，她白皙如雪，人如其名，可惜后来得了白血病，却由于未能与其他人骨髓配型成功，只能天天进行化疗，后来早夭了的凄惨故事。这篇文章让他感触颇深，那时段锦就想，如果每一个人都能加入中华骨髓库（至少每个无偿献血者都加入），那会不会每一个白血病患者都能配型成功，获得治愈呢？那样大家就都不用怕"白血病"了，白血病患者再也不用接受那种难挨的伤身伤财的化疗过程了。所以，段锦在湖北武汉上大学第一次献血时，很自然而然地就加入了中华骨髓库，志愿留下10毫升的造血干细胞样本进入中华骨髓库。离开武汉后，从家乡咸宁到温州乐清，再到杭州滨江，工作岗位不断变动，但他始终未曾忘记许下的诺言。每次更换联系方式后，段锦都主动找资料库管理中心修改电话和地址，并且会与中华骨髓库湖北分库志愿者韩敏在QQ上保持联系，及时更新自己的联系方式和地址。渐渐地，在多次交流及看过一些影视作品后，段锦对捐献造血干细胞有了比较全面的认识。为此，他十分注意自己的身体健康，在饮食上尽量避免吃辛辣的食品。

2008年大学毕业的段锦，在家乡咸宁的一家事业单位上班，每天早九晚五按部就班地上下班，过着一杯茶、一张报纸度过一整天的日子。一段时间后，他感觉自己年纪轻轻的不能安于现状。于是，2009年初毅然离开了原来的单位，到沿海城市去实现自己的梦想。

2009年初，段锦来到温州后就加入了正泰仪表公司，在燃气表公司负责技术研发工作，2014年因工作需要调往位于杭州滨江区的研发中心工作。和以前一样，段锦及时将自己在杭州的电话和工作地址告诉了资料库管理中心。在工作中他总是兢兢业业，面对工作中的困难，他总是迎难而上，不久后，勤劳聪慧的他成了一名科技骨干。段锦充分发挥自己的主观能动性，勇于站在解决问题的前列，利用一切可利用的时间学习和研究，发现各个燃气表线路板的侵蚀情况有很大的差异，例如潮气、硫化氢等外界环境因素，都会对燃气表的计量等造成不同程度的负面影响。通过对各种三防材料、工艺等进行大量的比对和试验，他最终找到了问题的症结所在，提出的解决思路大大地提升了产品的可靠性。因为感觉自己的知识不够用，2010年，段锦报名参加浙江大学的在职研究生考试，2011年开始研究生课程学习。工作之余，段锦热心参加各类公益活动。2010年底，正泰成立志愿者协会，段锦是该协会首批会员。每到周末，他就会和协会的同事骑上自行车，到当地的敬老院看望老人。前两年公司园区白鹭屿、硐桥在夏季时出现过几次大面积停水情况，段锦和志愿者一起参加为困难员工送水活动。而公司组织开展的献血活动，段锦也总是积极报名参加。

成功概率为万分之一的配型

也许是他的诚心感动了上苍，6月19日，段锦接到浙江省红十字会工作人员的电话，说他的血液HLA（人类白细胞抗原）分型资料与北京的一个患有血液病的"90后"女孩初配成功。随后中华骨髓库湖北分库的工作人员也打来通知电话。

接到通知确认后，段锦当即答应捐献造血干细胞，他说："从加入骨髓库那天起，我就做好了准备，既然有人需要我，我就应当负起这个责任。"令人欣喜的是，6月19日上午，段锦最先接到省红十字会周赟的电话通知，说他存放在中华骨髓库湖北分库的造血干细胞配对成功，问他是否同意捐献。当时接到电话，段锦也感到比较意外，非亲属配型成功的概率是万分之一，后来对方向他确认了加入骨髓库的时间，以及当时填写的联系人等信息后他才相信。段锦立马答应捐献。7月25日，段锦去杭州血液中心抽血，寄往北京进行高分辨匹配工作。8月5日，段锦去了浙江大学第一附属医院体检中心做全方面体检。令人欣慰的是，这些高分辨配型、体检等程序都很顺利，段锦符合捐献条件。为了在捐献造血干细胞手术时有一个健康的体魄，从6月起，平时坐惯了办公室的段锦坚持每天跑步一小时。11月2日，他还参加了第四届（国际）杭州毅行大会，从钱江新城走到湘湖，一共30千米。段锦说："虽然很早就开始准备了，但在捐献的时候医生还是说我的血压偏低，看来以后还是要坚持锻炼。"

10月16日，浙江省红十字会的周赟打电话通知段锦，确认了打动员剂和入院采集的最终时间。原本安排在10月30日，当天是段锦的生日。但由于月底工作较忙，段锦与领导汇报协商后，时间定在11月10日上午。

按照捐献的流程，需要提前4天到医院打动员剂。11月6日早上，段锦自己乘坐地铁到了龙翔桥站，步行至浙江省中医院，在那里与杭州市红十字会的王铭坤主任碰面。8点左右，在浙江省中医院12楼血液科进行动员剂注射，并在当天晚上，段锦与浙江省红十字会签订了自愿捐献造血干细胞承诺书。

11月7日早上，除了注射动员剂还需要抽血进行化验，查看血液中的造血干细胞促进生长情况，因此不能吃早餐。其他几天的动员剂注射都需要在饭后进行，尤其是采集造血干细胞当天必须吃饱，否则会出现低血糖晕厥情况。由于采集过程较长，医生和护士特意叮嘱段锦采集当天早上不能吃流质食物，所以当天段锦也只是简单地填饱肚子。

捐献结束后，当听说这份凝聚着爱心和希望的225毫升干细胞混悬液已运往北京，小段心安了。他告诉记者，在手术前夕，他还特地写了一篇文章鼓励接受干细胞移植的"90后"小姑娘："你要保持一种平和的心态，来接受这世界给你带来的意外，来接受这份造血干细胞，希望你能尽早融合，身体少些排斥现象。"小段说，他还计划将这篇文章发到朋友圈中，鼓励更多的人加入志愿捐献造血干细胞的行动中来。

在段锦结束造血干细胞采集后，患者医院的代表来到了病房。

患者是一名21岁的女孩，她托医生给段锦捎来一封感谢信和一份小礼物。姑娘写得一手好字，在信中她倾诉了自己的感激之情，还说起自患病以来家人总是红肿着眼睛，自己也瘦了30多斤，因为段锦的救助，她看到了生命的阳光。她在信中还说："我和我的家人将用全部的身心来回报社会，在我病情稳定后，他们也要成为骨髓捐献者中的一员……我在今后的人生中，一定会做一个有益于社会的人，关心帮助每一个需要帮助的人，继承发扬您的这种精神。"

段锦说："我只是众多捐献志愿者中的一员，但我比较幸运，能和这名姑娘配型成功。希望今后能有更多的热心人加入捐献志愿者的队伍中，帮助那些需要帮助的人。"

来自正泰大家庭的支持和鼓励

段锦自愿捐献造血干细胞救人的事迹被大家知道后，引起了强烈的反响。仪表公司总经理施贻新得知后，当面了解了情况并第一时间打电话来慰问他。施经理高度赞扬了他的这种举动，专门指示要号召全体员工学习段锦的高尚品德和感人事迹，并重点奖励段锦5万元。公司党支部、工会、人力资源等部门领导或打电话，或发短信慰问与赞扬他，或登门看望他。段锦在正泰集团党委组织的表彰大会上，这样阐述他的想法："作为一个普通人，能去帮助别人，我非常高兴；作为一名中华造血干细胞库的志愿者，能够有机会用实际行动实践自己作为志愿者的誓言，我感到很荣幸。在这项爱心事业中，我只不过做了一个普通人、一名志愿者应该做的事，却得到了公司领导的大力褒奖，得到了大家的一致赞扬，得到了正泰集团公司和集团党委的肯定，我感到非常暖心。在正泰仪表这个集体中，我也一直感受到温暖。因为感觉自己的知识不够用，2010年报考了浙江大学在职研究生，因为当时在温州上班，周末需要到杭州上课，公司领导得知情况后很支持，在我有课的时候，不给我安排工作，同事们也主动分担我的工作。"

现在，段锦的身体状况很好，又生龙活虎地投入紧张的研发工作中！现在他最大的心愿就是自己捐献的造血干细胞能够让那名姑娘早日恢复健康。如果真的需要他进行第二次捐献，他也一定会义无反顾的。

（浙江正泰仪器仪表公司运营管控部　张雷／文）

第五辑

憧憬与梦想

继往开来

光阴荏苒，不经意间，正泰已经走过了35个年华。作为公司的一员，我对公司今天所取得的成绩，感到由衷的骄傲。在这几十年间，正泰通过不断的实践和学习，在这个飞速发展的新时代执着顽强地耕耘播种，在光伏、电气领域已站在众多竞争对手的前列，傲视群雄! 作为一名新人，我想我是幸运的。2018年2月，我进入海宁正泰新能源工作，完成了从一名学生到企业员工的转变，从此开始人生新的旅程。来到海宁正泰的这一年，留给我最多的还是惊叹。

努力和汗水灌溉了希望的种子，智慧和力量成就了美丽的果实，这是我对我身边每一个同事简单的概括。回顾过去，无不充满了感慨，艰辛与丰收并存，快乐与激情同在。除夕晚会、合唱团、正泰好声音、篮球赛、拔河赛、千人行，还有好多好多有意义的活动，让正泰的兄弟姐妹们更好地融为一体，大家一起激动过，沸腾过，也热泪盈眶过。

记得我刚来公司那会儿，什么都不懂，领班李昌坤认真指导我并鼓励我，说实话，那时候我挺怕他的，与其说是怕他，倒不如说是我怕自己做错了他会骂我，虽然知道他是为我好，但开始的时候或许是心理压力大，反正我就是有点怕他。后来熟悉了之后感觉他其实挺好相处，私下里打打闹闹他都无所谓。很快我就通过了针对新员工的学习培训，成了一名真正的仓管员，虽然在工作上很多需要自己独立完成的事情我做得还不是很顺畅，但是老李头（我们私下里称呼领班为老李头）还是很耐心地为我讲解，以至于现在的我都能快速有效地独立处理所有的正常和异常情况。其实我挺感谢我们可爱的老李头，没有老李头耐心、细心的指导，或许就没有能够快速适应正泰的我。

与正泰的35年相比，我在正泰的这段经历实在不值一提，但也就是因为这段经历，我给自己定下了一个人生目标：遵循内心，坚持梦想，无论在外的日子有多么苦。

感动与感悟中，35年的时间转瞬即逝，未来还会有更多的时间和更多的挑战，而正泰也会迎来属于它的新一年。在这过程中，我有太多的专业知识要去学习，有太多的奥秘要去探究，我会与同事们一起在各自的岗位上尽职尽责，体会忙碌中的快乐，团结中的默契，挑战中的激情与勇敢。感谢这段时间给予我帮忙与关怀的领导、同事们，未来的道路还很长，让我们携手勇往直前，踏上新的征程！

（浙江正泰新能源组件原材仓储　程斌／文）

提升自我 筑梦正泰

在来正泰之前，作为一名温州人，对正泰多少是有一点了解的，知道正泰是上市公司，民营企业五百强，是温州的龙头企业。

在2015年春节后，我去应聘正泰的岗位。当时也是一波三折，前前后后来了正泰三趟，面试了不同的岗位，最后来到了人才引进处，觉得很幸运。

我们的领导李岩是一位特别乐于分享的人，不论是在平时的工作中，还是生活中，只要有可能存在的问题，他都会给我们提一些解决意见。

在我们部门，很多同事经历尚浅，对于自己未来的规划、要发展的技能等都很迷茫。对此，在日常接触或者例会上，李岩就会分享很多东西，比如招聘经验、职场公文写作、谈薪技巧等，也会给我们一些生活方面的建议。其实我们在做团队建设时，领导讲的不只是工作，他更会深入我们的生活，大到人生大事，小到身材保养，我们无所不谈，无所不包。

我在这几年里得到了他的许许多多的建议，比如初入职场的时候为我讲解职场人与校园人的不同，怎样实现角色转变，在校招过程中应该注意哪些事项，并要求我不断提升自己。

举个例子，最近他给我们分享了《干法》（稻盛和夫，2010）一书中第六章的第二节《"扫地"改变人生》一文，并结合我们最近的工作状态，将文中所思所悟与我们分享，即人的创造性源于自身的思考，一味地待在自己的舒适区，不愿意突破自己、改变自己，只会止步不前。人生如逆水行舟，不进则退，因此我们应该将事情分成3个阶段步步紧逼：做事情—做好事—做成事。不论做什么事情我们都要试着去思考有没有更好的方法，每一次的改变其实都是一种创新，只要平时多努力去做，不放过任何可能提升的机会，潜力就会被自己挖掘出来。

我们每一个同事都各有所长，有擅长制作PPT的郑拉洁、沟通能力强的傅重彪、专攻高难度问题的池政宏、擅长文字写作的郑旭威、活泼脑洞大的周恩跃、心思缜密的刘文广、大家的开心果诸葛槟漫等，大家在团队里优势互补，各司其职，同时又互相帮助。

可能因为我们团队的成员普遍年轻化，所以我们在工作交流中充满了各种新鲜的网络词汇、搞笑段子；我们也很注重个人的身体健康，比如每天通过做工间操来活动筋骨。

年轻是我们的劣势，也是我们的优势，团队里的每个小伙伴都充满了干劲，比如在2018年这个比往年忙碌得多的一年里，大家保持着一种开了挂、打鸡血的状态。这一年也是我来到正泰之后最充实的一年。

像是2018年我们新来的应届大学生，大家也都在忙碌中不吝给她提供意见，像是我们湖南的同事总在每年橙子最香甜的时候给我们带来他家乡的问候，像是这样的事还有很多，我们每天的故事都很精彩。

我们办公室每天都充满欢声笑语，如果什么时候我们办公室人少了，留下的人会明显地感觉到冷清了许多。我们会互相吐吐槽，聊聊最近有趣的事，讲讲笑话，增添趣味。当然我们也不是一天到晚地如此，我们一般都是在做操的时候（一天两次，一次大概10分钟）会聊。

今年的工作强度远超以往，大家都像打了鸡血一样，白天面试，晚上沟通，大半夜的还在检索简历，项目制度一写可能就是一天，细节和解决方案的敲定，使用世界咖啡的形式来让所有人开启脑洞。我们一直在探寻提升工作效率的方式，因为我们每个人都强烈地感觉到时间不够用。每一年通过我们招聘的同事少说有一两百人，因为我本来就有点脸盲，很难记得清楚所有人的面孔，所以每每遇见他们热情地和我打招呼，没能叫出他们的名字时就心中有愧，但是他们中有人发现我的窘迫，一方面安慰我，另一方面重新介绍一下自己，我总是很自豪，我们找到了这么优秀的一批同事。

最近的工作很满很累，但是也很充实，而且大家都一起在战斗，何况付出的越多，收获的也就越多。我们在保证日常招聘的同时，还要设计校招方案（如流程、物料、安排、行程等），工作要做得细致，同时要及时协调校方、产业、学生、供方的工作。在各个环节上，我们务必追求精益求精，但总感觉时间不够，很多时候回到宿舍简单洗漱一下就得睡了，因为第二天还有新的任务，要用饱满的精神去面对。印象很深刻的就是，在2018年9月的时候，我们一个同事在凌晨2点起床修改第二天要使用的PPT，像这样的事情不胜枚举，这样的心态和状态是我们一直越走越好的原因。

人才引进这个处室，主要任务是招聘，但是招聘工作并不是简单地找简历、打电话就能够完成，其中涉及多个部门之间的协调、市场情况的分析等，我们要一直提升自己，所以学习也是我们工作的主要职责之一。

刚刚来到公司的时候，尤其是第一个月，一方面自己找不到方向，另一方面在从无到有的这个过程中，对于不可预见的未来，充满了彷徨。在看到同期进来的同事们都已经做出了成绩，而我在一个月后仍然没有任何结果时，内心的慌张可想而知。后来，在同事们的帮助和鼓励下，我渐渐地能够承担起这份责任，也对得起各位对我的指导，在此再次感谢各位领导和同事的帮助。

"追求卓越、行业领先、传播幸福"是我们的理想，我们的目标是要给正泰吸引、保留人才，助力企业发展。在这一路上，我们也一直在摸索，每周我们都会开内部的分享会，我们会不断收集和累积行业内其他的优质案例，也会不断地分享所见所闻所感，学习是我们不断前行的动力。

希望在将来，我能成为一名"追求卓越、行业领先、传播幸福"的HR。

（正泰电器人力资源部人才引进主管　郑旭威／文）

我们的燃气表梦

在不经意间已伴随公司8年了，起初怎么也没想到我会在一家公司的一个部门的一个岗位待这么长的时间，更何况当时的我在这里举目无亲。这8年是公司燃气表事业起步、发展的8年，也是我学习成长的8年。在这几年里，我见证了公司燃气表事业由小到大的过程，见证了销售团队的成长。同时，在共同的努力中，我们都已完成了人生的转折，现在我们燃气表事业团队是专业的，是自信的。

先来说说燃气表产业的发展吧。在"十二五"和"十三五"期间，随着国家大力推广和鼓励使用天然气，我国天然气消费量每年以17%的增长率在上涨，从而带动了仪器仪表行业发展。燃气表工厂到2010年便达到了100余家，竞争开始变得激烈，当年的龙头企业年产销量达300万台。从2012年开始，随着物联网技术、无线网络的快速发展，主打智能表的企业开始发力，借助与燃气公司的战略合作、并购相关产业丰富的自身产品线、开发系统管理软件等模式，逐渐与以基表为主的燃气表厂拉开差距，以价格优势、成熟的产品优势，迅猛抢占智能表市场。2012年之后陆续有多家智能表厂家上市，往昔的龙头企业也易了主，不禁让人叹息，同时也在时刻警醒着我们，只有改变、突破，才能卓越。

正泰燃气表于2002年正式取得家用普表制造计量器具生产许可证，开始生产燃气表产品；2003年取得IC卡表制造计量器具生产许可证。2010—2017年，正泰燃气表陆续更换了3位负责人，这期间燃气表事业部发生了很大的变化，产线扩张了，设备增加了，人员增加了，业绩翻番了，产能从2010年的120万台上升到400万台，燃气表产业也开始被公司上层关注，各种资源也慢慢向燃气表产业倾斜，没过多久，无线远传表、物联网表正式面向市场。2017年燃气表事业部的总经理是黄信瑶，他外表看着很严厉，实则和善，在他的带领下，燃气表事业部终于迎来了第一个春天，销售业绩由2010年的几千万元快速增长至几亿元，引起了公司所有人的注目，而我们也因为能为公司创造这样的业绩而感到自豪、开心，同时也为所有为燃气表事业奉献多年的团队而感动，庆幸在面对质疑和困难时我们从未放弃。成长是一种蜕变，经历了磨难才能破茧而出。

最后，我要重点讲讲我所在的燃气表销售部。2007年正式成立的燃气表销售团队，最初是各产业整合后余留的人员，以及后期慢慢引进的外来销售人员。2010年我进入该部门时，燃气表销售部含技术支持、售后服务、销售服务、驻外销售4个业务模块，共12人（其中驻外销售8人，售后服务和技术支持人员3名，销售服务即我1人），未区分科室，所有业务模块人员的直属领导均为陈小华。燃气表销售团队更像是一个家，成员间配合度高，干劲十足，相互理解支持。燃气表销售在未组建销售团队前的销售模式是以分销为主、直销为辅。后由于同行厂家竞争激烈，燃气表产品利润下降，经销商的利润空间逐渐减小。到我进入公司的时候，经销商已经由16名减少至4名。从2008年开始，为适应市场的变化，销售模式转变为以直销为主、分销为辅，而与之匹配的直销激励政策在逐步拓宽的直销道路上逐渐健全，我认为燃气表销售团队是公司一支真正意义上的直销拓展队伍。我们的主要目标客户是燃气公司，主要有华润燃气集团、中国燃气集团、中石油昆仑燃气集团、港华燃气、新奥燃气、中油中泰燃气集团及省会和直辖市的大客户，而六大燃气集团总部的物资非集中采购，具体业务是由集团各成员公司自行采购的，前提是必须入围集团供应商名录。2008年，陈总带领销售团队入围华润燃气集团、中石油昆仑燃气集团、华通燃气集团、中国燃气集团、中油中泰燃气集团供应商名录。入围后再由陈总带领并指导各驻外销售人员从拜访各成员公司开始直至最终实现业务合作。

2015年，中国燃气集团与行业内表厂形成战略合作，强制将其他入围合作的表厂踢出局，也包括我们正泰。虽努力挽回，但已成既定事实，这直接造成当年销售业绩下滑。直至2016年，我公司全系列产品入围华润燃气集团供应商名录，业绩才得到快速提升。在这几年间，我们的销售组织架构不断完善，随着部门人员的增加，分工更加明确，市场响应速度更加快速。通过摸索和创新，这个团队已成功赢得了行业关注和认同。同时，通过这8年平凡的积累和努力，我们的自身能力也获得了无限的进步，2018年我们在陈总和黄经理的带领下继续不忘初心，踏步向前，接受了更大的挑战。

前面我提到燃气表事业部的一个重要转折点是2016年重新入围华润燃气集团的供应商名录，我认为这件事情值得被记录下来。2016年，我们最大的合作客户华润燃气集团针对普表、智能表重新招标，当年各入围企业的业务发展严重不均衡，但华润燃气集团的销售业绩占比较大，一旦不入围对燃气表事业的发展造成的影响将不可估量，一时间所有的重担都压到了陈小华的肩上，而我是他的助理，自然比任何人都更清楚这对他意味着什么，也更清楚他是扛着多大的压力在不顾一切地努力着。入围工作流程包括资格审查、样表实测、现场考察、报价4个环节，他事无巨细一一核实。这些事一直持续做了半年时间，正泰仪表所有相关部门都为之倾尽了他们所能的力量。在大事情面前，我看到了真正的仪表人精神，无论是外部门还是本部门的同事，绝对是无条件地配合支持。每一步我们都走的提心吊胆，而每到最关键的时刻，陈总比谁都沉着、冷静。我还记得针对华润智能表的最终报价的场景，3位领导提着公文包进入深圳华润总部评标报价会议室，在华润总部安排有10余位评委的会议室面谈。陈总按事先商量好的负责最终报价工作，为了能让公司产品实现最大的利润，他报出的最终价格比事先公司内部商定的价格高了几元。正是因为这几元我们险些没能入围，也正是因为这几元我们不仅入围了，而且还比同行厂家有了更大的利润空间。他的心在这过程中经历了大落大起，个中滋味没有谁能真正体会。在他身上我看到了真正的奋斗精神。

陈总是个对待工作极细致的人，他热情洋溢，充满激情，富有想象力，对待下属严厉却又不失温暖。我很佩服他无论何时都能保持高度的热情和积极的心态对待工作，是他教会我方法永远比困难多，在他眼中没有什么困难是不能解决的。他的这种工作作风深深地影响了我们部门的每一个人。燃气表销售部这个团队中，都是在默默奋斗和思考的人，虽意见有分歧，但心始终是连在一起的，一荣俱荣，一损俱损，这也是为什么我会选择和这个团队一直走下去。在我眼里，这个销售团队的每个人都是善良可爱的。

在这个公司工作的8年中，最吸引我的是"人和"，大概这便是机缘。曾经我有一个梦，这个梦就是燃气表销售业绩何时能做到一亿元；但是现在我又有了一个新的梦，燃气表何时能实现利润一亿元。很多事情都有个曲折反复的过程，非得锲而不舍、非得有耐心才成。我相信那天很快就会到来，现在我们要做的就是为这个梦而奋斗。我们燃气表事业部一定不会辜负所有关心、支持和帮助我们的领导、同人及朋友，特别是我们最可爱的合作伙伴。

（浙江正泰仪器仪表有限公司燃气表事业部　张丽娟／文）

荒漠蓝海，和静正泰

这是一片让我着迷的空间，时间对它而言，仅仅是无休止的符号。它绵长无限，苍茫之中，隐藏着博大和神奇。这些年来，我感受四季变化，以及它的荣辱兴衰。风，是驱动时间的发条，那一撮沙土里，一夜之间可以绿起一片野草，而在另一个晚上，它们也可以枯竭败落。一场大雪，让远处秃顶的山头银装素裹；而蒙古包的上空，弥漫的是牛粪燃烧后青蓝的炊烟；那碗浓重的奶茶和一块馕的诱惑，依旧不能让策马奔腾的背影定格在草丛之中。那片肥胖的羊群，和几条跑来跑去的牧羊犬，并不是这儿唯一的风景，还有那繁华的都市，那街道的车水马龙和喧嚣……

灰沉沉的空间里，一只只野黄羊在拼命逃跑，那只狼已经不见了行踪。时光经年，敖包已驻扎很遥远了，而在它的边缘，我茫然站立，抬头远望，想看到那戈壁滩深处的模样——天山脚下，在这样一个太阳能资源十分丰富的戈壁滩上，正泰和静成功地给遍地荒漠带来了一片蓝海。

经过项目组和工程建设单位的共同努力，正泰和静项目顺利实现竣工并成功并网发电。正泰电源系统新一代500kW光伏逆变器的高效率、高稳定性，以及高适应性成为项目顺利竣工的有力支撑，成为这片荒漠中蓝色海洋最有力的心脏，为电网源源不断输送光伏能源，并可以减少二氧化碳排放量、二氧化硫排放量、氮氧化物排放量。该项目是和静县大力发展清洁能源、建设绿色生态县城的重点项目，和静县在规划中起到了带头作用，全程以建设"绿色能源基地"为重要发展目标。该项目的投入使用，开启了和静县新能源利用产业的新篇章，对和静县当前和今后一个时期的绿色发展、环境改善将发挥重要的推动作用，为打造南疆最大的"绿色能源基地"再添浓墨重彩的一笔。

站在小山尖举目眺望，眼前的场景令人惊叹。1200多亩的苍坡上，漫山遍野"披"着9万多块太阳能光伏面板，迎着朝霞，熠熠生辉。一块块面板，犹如向日葵，尽情地吸收阳光，再转化成饱满的电能，那光伏板之下又将捧出怎样一片充满希望的戈壁滩！

每一块光伏板都长出海蓝色的翅膀，它们忠诚地飞起，去迎接太阳，去接纳光。时间在黎明之前驻足，河流停止延伸，大地安静。或远或近的方向，不停传来怦怦的心跳声，一切，在庄严中进行着。

（浙江正泰新能源新宁电站运维值班长　陈志／文）

见证正泰太阳能发展之路

喜迎正泰集团创业35周年之际，作为一名与正泰携手10年有余的老员工，我由衷地感到骄傲和自豪，满满的幸福感油然而生。同时也感叹岁月的一去不复返，青春已不在。

10多年前的正泰太阳能公司还处于创建期，一期厂房都是租赁的，我入职的工号是70号，还在100名范畴内，也算是老员工了，现在的排序数字早已上千了。10年后的今天，正泰太阳能公司不断增加厂房而且产能还在原来的基础上至少翻了3倍，同时还新建和收购了国内外工厂，业务遍布全球各地，这些都让我感到无比自豪。公司强大的力量正在引领我们继续前行。我作为一颗"小小螺丝钉"也正在散发着自己的光芒。

回想刚刚来到太阳能公司时，我应聘的岗位是采购。由于公司初建，人员配置不齐全，也不分主材和辅材采购，工艺、技术、质量和采购三四个部门合并到一个大办公室办公，采购人员包含我在内也只有3个人，只有一条晶硅试生产线，因此生产线需要任何一种物料甚至设备上需要配置一个小螺丝钉，我们都得亲自去市场寻找和采购。直到1年后生产线正常投产，我才正式被划分到主材（即硅片电池片）采购部门。当时的光伏行业是新型行业，晶硅的主要原材料硅片的价格高不说，而且处于卖方市场，一片难求。硅片一旦卖出，厂家就不退不换，很强势，这就导致了采购部门在寻找到货源，在锁定价格后还得带着汇票、带着IQC人员去现场验货，生怕买回来的硅片里面掺杂着价格廉低的应力片而给公司造成损失。为了抢到硅片，我们每周出差是常有的事情。所幸这样的状况只持续了1年左右，其随着2008年全球爆发的金融危机而瓦解。我们也像是翻身农奴一样高兴地开始与供应商商谈和制定商务条款了。对于硅片，就没有出厂后不退不换的说法了。当时所制定的商务条款延续至今，中途并没有因为买卖双方市场的转变而中止过，甚至针对投产后生产线上的不良数据都开始制定相应的条款，要求供应商赔偿。买卖市场发生质的转变，对于当时处于卖方市场的我们来说真是觉得开心至极。但奇怪的是，光伏行业并没有因为全球爆发的经济危机一直都处于买方市场，而是随着全球经济变暖，晶硅材料也随之华丽转身，卖方与买方市场也随之轮换转变，而且当时的价格也像过山车一样快速急转，真是让人难以接受。可以说这10年来我见证了光伏行业起起落落的同时，也感受了老板敏捷的洞察力和快速的应急反应能力，这让我受益匪浅。

　　尤其是在2012年前后，整个光伏行业都很低迷，其中包括规模超大型的尚得、晶澳、阿特斯及天合，他们都是拥有几十条甚至上百条生产线的厂商，它们的财报中显示都出现了负增长。我们当时只有十来条生产线，但也处于亏损状态。为了弥补损失甚至为了把亏损降到最低点，南董亲自来到太阳能公司主持供应链大会，希望能从物料上降低采购成本以减少亏损。会议结束后，大家反映强烈，我们像是打了鸡血一样开始四处寻找价廉物美的货源。以主材硅片为例，当时我就大量引进了国外进口硅片（包括日本的、韩国的、欧洲国家的、东南亚国家的），其中对韩国NEXOLEN公司的采购数量最多。由于双方商务合作信誉良好，次年NEXOLEN的副总裁来到太阳能公司，对我们的诚信合作给予了高度评价，甚至还说Astroner是他们全球客户中的"Number one"。如此高的评价让我感到无比欣慰。功夫不负有心人，我们的财报显示，第一、二季度是负增长，从第三季度开始稍有好转，第四季度就开始盈利了，真正做到了扭亏为盈，而其他制造商都还是亏损的。同时这也印证了老板所说的话："我们改变不了环境，但我们可以改变自己。"这是我心中永久的经典话语。

总感觉光伏行业注定了就是个不平坦的行业，多灾多难。每年都会有一波行情上的转变不说，接踵而来的便是美国第一轮对华的光伏行业的"双反"。为了应对"双反"，我们以寻找和采购境外电池片的方式来冲击出口量。其实在这10多年间，除了美国，还有欧盟的好多国家也多次发起对华的"双反"制裁，但公司高层领导在这场变幻莫测的战斗中果断地做出决策，发挥着自己的能量，有效地应对各种挑战。

转眼间，10多年已成为过去式，在此我要感谢公司领导对我的关怀，感恩公司给予的平台。未来10年我将继续跟随公司一起成长，见证公司再创辉煌佳绩，也将继续展示个人魅力，发挥"小小螺丝钉"的精神，在这个大舞台上翩翩起舞，再为公司创造更多价值。

（海宁正泰新能源科技有限公司辅料采购采购管理　宋妮/文）

寒风中的感悟

写年终总结时，我坐在办公室里苦苦思索。窗外天凝地闭，寒气逼人。

对于销售来说，最要命的莫过于年末销售业绩的压力、客户久拖的欠款。有人说，做销售，接受挫折是家常便饭。过去一年中，我们遭受了品牌知名度欠佳、客户名录落选、国家政策突变、恶性价格战、商业陷阱、客户变卦取消订单、旺季产能不足、产品技术不够领先、客户项目融资环境恶化等问题，挫败感接踵而来，让人寝食难安。踌躇之际，不由得常常扪心自问："正泰如何发展？正泰的竞争力和生命力到底在哪里？自己又该如何发展和获益……"

30多年前，我就知道正泰了。1年前，初来正泰时，进入"正泰世界"展厅参观，眼前展现的崭新、亮堂、大气以及现代的展品震惊到我。现在的正泰不仅在传统的低压电器赛道上奋力驰骋，而且在太阳能业务方面进行国内和国际的制造与销售、电站开发与投资、电站总承包与运维等业务。虽然太阳能行业常常受到各国光伏政策变化、各国金融融资环境变化、技术不断推陈出新、产品同质性强等商业环境的影响，但多年来，正泰太阳能业务获得的骄人财务业绩和稳健上升的行业口碑，不断证明着这个企业的生命力。除此之外，正泰还在冷热电三联供、生物质能、储能、售电、多能互补等领域进行布局，其中任何一个子市场的潜力都是非常巨大的。

在过去的一年中，我们看到正泰上市公司大额股息的派发，让普通股民收到现金回报，落袋为安，这便是正泰对自身发展成就的最好诠释和对未来盈利能力的笃定。我们看到的是，高层管理层带领所有其他管理人员参加一次次的多地同步视频培训，这样的培训，表面上耗费时日、兴师动众，细细一算账，却是增加团队战斗力综合成本最低、效果最好的智慧选择，其商业手笔之大、格局之大、愿景之高令人叹服。我们看到的是，高层在错综复杂的商业环境中具有的持续的、审时度势地做出正确抉择的能力。我们看到的是，高层带领整个正泰逐步打造与对手不对称的、差异化的、难以模仿的竞争优势的希望。我们相信，今后正泰的综合竞争力会越来越强。

据第三方统计，中国企业平均寿命为4.7年。正泰作为一家地地道道的民营企业，稳稳地迈过了35个春秋。古语道，三十而立，四十不惑。正泰正像一个有为青年，逐步消去往日的快马加鞭、锋芒毕露，变得更加持重理性，更加有担当、有抱负。因此，与正泰共进退是每个正泰人的责任和骄傲。

窗外传来施工机械的轰隆声，滨江产业园区的制造工厂正在有条不紊地搬迁中。不久的将来，一座座崭新的大楼将在这里拔地而起。这里将不再有工业机器和产业工人，而将成为更有价值的创造和管理的宫殿。

寒风依旧，虽感觉瑟瑟发冷，但心中升起的充实感和自豪感已经冲淡了所有的迷茫，感觉前途光明。是啊！作为一名销售负责人，眼前的这点困难算什么呢？全身心投入工作不就是对自己未来做出的最好投资吗？

（浙江正泰新能源晶硅制造部华东区销售总监　周铁荣/文）

售后服务之我见

春秋轮回，光阴如梭。回首自己在正泰工作的十几年，在驻外售后服务岗位上度过的日日夜夜，所做的点点滴滴，感慨万千。下面谈谈自己对售后服务工作的一些理解。

任何一个行业都离不开售后，所谓售后就是对产品销售后的一个保障，即维护与维修。一个产品销售的好与坏，跟售后有着密不可分的联系。因此，售后不单单是出了问题去解决好了就完事，其实很多问题出现的本源，往往并不是在产品上，而是用户在使用时操作不当导致的。售后的目的是在处理问题的同时让用户明白问题出在哪里，以便用户在今后的使用过程中知道如何避免问题的发生。任何一种出色的产品，任何一家成功的企业，都与其售后服务的成功息息相关。能够满足顾客的需求、让顾客满意的售后服务也是留住顾客的一种重要手段。这一点在2015年我们处理的东营万达广场项目中得到了很好的体现。当时，由于工期紧、环境差，一些问题客户要求正泰公司的售后人员到现场处理。我们到达现场后，就现场情况向客户提供整改方案，并多次帮客户调试系统。正常送电后，客户非常满意，对正泰品牌十分认可，并把其他产品更换为我们的产品。

　　良好的售后服务，是靠有相应能力和水平的售后服务人员来提供的，正泰公司拥有低压电压电器领域最专业、最敬业的售后服务团队。所有的正泰售后服务人员都有一颗对客户的真诚、职业的心及相应的技术水平。在进售后工作的过程中发现的问题，我们都做了清楚明确的记录，经常就此与不同区域的同事们交流，并讨论各自在售后服务中遇到的技术问题、技术难点，使我们不同区域的合作非常自然、流畅、和谐。

　　售后服务很多都与客户有关，所以我体会最深的是，要做好与客户的沟通，客户意识是对外交流的核心。但我们要有原则性，重灵活性，一切要在保证公司利益的前提下更多地维护顾客利益。售后服务工作是靠售后服务人员与客户的交流和沟通一步步来完成的。售后服务工作的开始通常是最困难的时候，在售后服务人员刚开始与客户沟通时，就必须端正态度，整理好情绪，要给对方留下尽量好的印象，打消客户对公司及产品的疑问和不满。沟通并不是售后服务人员简单地说自己的想法，而是要详细了解客户的想法和需求，站在对方的立场分析问题。作为售后服务人员不仅要了解自己所扮演的角色，还要清楚客户的期待是什么。只有做好了与客户的积极沟通，并帮他们解决了实际存在的问题，他们才能很乐意接受你的意见和建议。作为售后服务人员，一定要具备强烈的服务意识，心态一定要平稳，要不急不躁，要不卑不亢。服务的好坏，关键是态度，态度决定一切，积极的态度，会让奇迹出现，因此售后服务人员服务意识的好坏是决定其能否给客户提供优质服务并令客户满意的基础，好的服务既能解决问题，又能赢得客户的好感和口碑。

售后服务工作虽然辛苦，但是我们很快乐，因为我们能够体会到我们工作的重要性。如果能够对公司的发展有利，我们苦点累点也是值得的。

（正泰电器客服物流部技术服务经理　程兆伟／文）

创百年品牌，从我做起

在这秋高气爽、丰收喜悦的日子里，我们满怀喜悦和希望迎来了正泰集团创业35周年纪念日。在这难忘的日子里，有欢乐、有汗水、有磨砺，更有团结一心战胜困难的决心。

回顾过去，我们为取得的成绩感到自豪。展望未来，我们更加感到任重而道远。过去35年的成绩，为我们今后的发展奠定了良好的基础。未来的日子里，我们要更加清醒地认识到正泰公司面临的形势和任务，继往开来，迎接挑战，不断开拓前进。

公司在研发新产品的同时努力缩短开发周期，降低开发项目成本；在提高产品质量的同时努力降低采购成本，并不断强化队伍建设，提高管理水平。

公司"以人为本"的文化，引领着我们将自己的幸福积淀下来，与周围的人们一同分享。个人发展要跟上公司发展的主旋律，这一思想使员工将自身的发展融入公司的发展中，与公司的发展保持一致，使自己成为公司核心竞争力的一部分。随着公司业务的蓬勃发展，员工队伍也快速壮大，在公司战略目标的指引下，大家精诚团结，求实奋进。同时，大家注重加强团队学习，注重项目锤炼，在此过程中，老员工的技术业务水平在不断提高，新员工也很快适应了企业的发展节奏，积极投入紧张而有序的工作中。在未来的日子里，我们依然会更坚定地行走在路上，我们依然会怀抱我们的梦想披荆斩棘。不论前方有多少坎坷和艰辛，我们始终有理由相信更美好的风景一定在前方。

筚路蓝缕启山林，栉风沐雨砥砺行，薪火相传不知尽，艰难困苦玉汝成。30多年来董事长以高瞻远瞩的战略眼光审时度势，全面布局，构筑起现在产值几百亿元规模的产业版图。董事长身上的这种敢为人先、勇攀高峰、砥砺前行的精神，深深感动着我们。

以人为本，整合资源，促进发展，不断改革。

创百年品牌，从我做起。

（正泰电器客服物流部技术服务工程师　郑海洋／文）

扬帆起航，勇往直前

　　还记得是2018年4月，正在和煦暖阳下驱车的我接到猎头的一通电话，就有了后续的故事。起初没听清楚，以为是众泰汽车（本人原是汽车行业的），就与对方聊了一通与汽车相关的业务，猎头一头雾水。结果发现，原来是正泰电器，一个之前有接触但是接触不多的企业。我知道正泰是家用安全电器这块很知名的企业，是国内市场主力军。之后特意上网查了具体的情况，才更多地了解了它——国内500强企业，早已布局新能源光伏产业……

　　氢能源行业是一个新兴行业，对于正泰，也是全新的领域。这样的一个岗位，对于个人职业发展有很大风险，也有很大的不确定性。但同时也是一个机遇，我想趁年轻搏一把，因为我相信氢能源会是未来的一种主要能源形式。

　　公司管理很人性化。因本人在外地不便现场面试，正泰特意安排了视频面试，其间网络不良，但没有影响面试。领导很有耐心，让还未入职的我就感受到了一份温暖。

　　很高兴面试顺利，我满怀着希望与斗志在5月中旬进入正泰。

　　记得还没报到的时候，领导就打电话过来问询过相关产品的技术问题及技术参数。初到公司时，我发现已有比较成熟的方案，很多事项已着手在做了。在项目讨论中我发现，领导对产品设计有非常专业的技术理论基础，并且对细节掌控得很好，从工程、工艺、成本，以及客户使用便利性等多方面考虑问题，能给予我实质性的指导。

来到公司，与同事一起商讨过很多技术方案，大多数时候想法一致，有共同的认知，合作非常顺利。当然也有不同的分工。我的主要职责是实现氢系统的运作，即从氢气的制取到氢气的应用，完善领导制定的技术路线并实现其功能，包括理论数据整理计算、3D数模建设完善、零部件选型测试和组装调试试验。虽然整体设施较为简陋，设施不完善，各种问题多，但我们通过不断的努力，不断地做试验，最终得到了有效数据。

一个产业如此庞大的企业，在已经有足够的产销量及利润的情况下，还在不断地探索新的产业、新的技术来提升自己在市场及未来的竞争力。这让这个企业充满危机，但这也是一个企业能够越做越大、在市场中生存的要素。正所谓生于忧患死于安乐，氢能源产业是一个能给社会带来绿色空气、提升生活质量的产业，但是其技术难度大、研发成本高、投入周期长，是需要广大社会群体、政府、企业共同努力的事业。这是对社会的责任心及对企事业发展的责任心在驱使我们做这样的决策。我们希望氢能源产业能够茁壮发展，也希望集团能够在市场经济中屹立不倒，世纪常青。

做这样一份工作，我们必当努力克服各种困难，寻找最优的最好的技术路线，来实现我们伟大的目标——改变能源消费形式，改善空气质量，造福全人类。

为了更好地发展氢能源产业，我们需要增加相关人才，构建更加适应市场的技术路线，研发高功率、高性价比和使用更便利的产品，并与相关企事业开展合作，攻克层层技术难关，共同发展，实现能源氢能化。

氢能源的未来也是全球能源形式的未来，10年后的氢能源，将是未来的主要能源形式之一。坚持着这份事业的自己，是为氢能源发展做出努力的一分子，也是众多推进该产业的技术研发者中的一员。

彼岸，是葱葱绿绿、生机勃勃的新大陆。路途上，也许艰辛，有风浪，或许还有翻沉，但前方的氢能源，是我们人类社会发展的未来，是我们子孙后代的家园基石，我们必将扬帆起航，勇往直前。

（正泰研究院氢能源技术研究院　余建帮／文）

未来的路，
和正泰携手并进

时光荏苒，岁月如梭。岁月如一个少年，满怀欣喜；岁月又如一个长者，沉重而坚定。在陌上花开的季节，遇见是一种幸运；在迟滞的光阴里，遇见是一朵花开的喜悦。

6年前，我背上行囊从湖南来到温州，那一列很慢的绿皮火车载着我从校园走向了社会。那也是我第一次踏上温州这片土地，这片土地承载着太多的传奇和经历，鼎鼎大名的温商遍布全球。有句话叫"一方水土养一方人"，温州这片土地传承着不懈奋斗、拼搏进取的精神，后来在正泰的工作和生活中，我逐步地接触和了解到正泰与温州精神的传承，而正泰的发展也就是温州发展的一个缩影。

在正泰，我印象深刻的是，在入司培训时培训员对正泰这一名词的解释，他说正泰就是走正道，泰然而行。这一解释既表明了正泰做产品的态度，也是正泰的企业文化及正泰员工做人的哲学。一个"正"字教会了我为人处世，当以行直走正为立身之根本；在面对世俗诱惑之时，要守住本心，经得起诱惑，耐得住寂寞。做事先做人，即是这个道理。

　　在正泰近6年的工作中，我先后担任过一线操作工、仓库管理员、计划统计员、精益生产管理员、生产副主管、项目管理员等多个岗位。在正泰，优美的工作环境、丰富的岗位经历极大地锻炼了我的工作能力。更为幸运的是，先后有3个非常优秀的领导既教会我如何开展工作，又教会我为人处世的原则和态度，可谓人生导师。正泰良好的工作环境塑造了和谐、团结的工作团队，一个个团队既是一个个温暖的大家庭，又有明确的团队目标和奋斗精神。2018年上半年，为顺利通过国家工信部对交流接触器数字化车间的验收，项目组经常工作至凌晨两三点。而信息化部同事更是通宵达旦近一个月完成了数字化平台的建设工作，这是非常了不起的成绩。在我身边，有很多像这样努力付出的同事，在他们的身上我看到了正泰人拼搏进取的精神，即面对困难绝不畏怯、退缩。这是一种奋斗的工作精神，也是正泰职业精神的缩影。

　　在正泰的6年时光中，我伴随着正泰的成长而成长，从一个刚出大学的懵懂学生逐步成长为一名拼搏进取的正泰人。愿未来的路，能够和正泰一起携手并进。

（正泰电器工业化部智能装备工程及制造中心经理　陶玉／文）

后 记

　　这本书从策划到出版历时近一年，在编辑过程中，承蒙公司领导、朋友、同事的重视和大力支持。这本书与其说是编者的劳动成果，不如说是正泰员工的共同创作成果，我们只是搬运工，负责真实地记录每个人的喜怒哀乐。

　　本书从不同侧面反映了约百名员工在正泰的成长经历，由于篇幅所限，许多同样优秀的员工故事没有出现在书中，但他们都是值得学习的榜样。正泰今天能成长为一棵参天大树，离不开每一个员工的辛勤付出。

　　另外，要特别感谢各产业线的同事们给予的无私鼓励和帮助，于百忙之中抽出时间，讲述他们经历的正泰故事。

　　谨以本书，献给正值35周岁的正泰，献给默默奋斗在一线的正泰同仁，献给所有关心正泰发展的朋友！

正泰文库编委会

2019年8月